LA LLAVE DE
SARAH

**LA NOVELA EN LA QUE SE BASA LA PELÍCULA
PROTAGONIZADA POR KRISTIN SCOTT THOMAS**

Tatiana de Rosnay nació en París y tiene raíces inglesas, francesas y rusas. Criada en un entorno multicultural, vivió en Estados Unidos durante su infancia y se licenció en la University of East Anglia (Norwich, Inglaterra). Es autora de nueve novelas y de diversos guiones. También escribe en la revista *Elle* y es crítica literaria de *Psychologies*. Su primera novela, *La llave de Sarah* (convertida en película), se ha traducido a 33 idiomas y ha sido un éxito rotundo de crítica y ventas en todo el mundo, con unas cifras que superan los dos millones de ejemplares vendidos. Asimismo la novela ha estado más de 50 semanas en la lista de más vendidos del *New York Times* y recibió los premios Prix Chronos, Prix des lecteurs-choix des libraires du Livre de Poche. En 2011 Punto de Lectura publicó también Boomerang, su segunda novela. Tatiana vive en París, está casada y tiene dos hijos.

http://mapage.noos.fr/tatianaderosnay

Blog de *La llave de Sarah*:
http://ellesappelaitsarah.over-blog.com

TATIANA DE ROSNAY

LA LLAVE DE
SARAH

**LA NOVELA EN LA QUE SE BASA LA PELÍCULA
PROTAGONIZADA POR KRISTIN SCOTT THOMAS**

Traducción de José Miguel Pallarés

punto de lectura

Título original: *Elle s'appelait Sarah*
© 2007, Tatiana de Rosnay
© Traducción: José Miguel Pallarés
© De esta edición:
2010, Santillana Ediciones Generales, S.L.
Torrelaguna, 60. 28043 Madrid (España)
Teléfono 91 744 90 60
www.puntodelectura.com

ISBN: 978-84-663-2484-7
Depósito legal: M-8.393-2012
Impreso en España – Printed in Spain

Cubierta: cartel de la película *La llave de Sarah*

Primera edición: diciembre 2010
Segunda edición: enero 2011
Tercera edición: marzo 2011
Cuarta edición: marzo 2012

Impreso por **blackprint**
A CPI COMPANY

Todos los derechos reservados. Esta publicación
no puede ser reproducida, ni en todo ni en parte,
ni registrada en o transmitida por, un sistema de
recuperación de información, en ninguna forma
ni por ningún medio, sea mecánico, fotoquímico,
electrónico, magnético, electroóptico, por fotocopia,
o cualquier otro, sin el permiso previo por escrito
de la editorial.

A mi madre, Stella.

A mi preciosa y rebelde Charlotte.

En recuerdo de mi abuela Natacha (1914-2005).

Prólogo

Los personajes de esta novela son ficticios, pero algunos de los acontecimientos descritos no lo son, en especial los ocurridos durante la ocupación francesa en el verano de 1942, y en particular la gran redada del «Vélodrome d'Hiver»*, que acaeció el 16 de julio de 1942 en el corazón de París.

Ésta no es una obra histórica ni alberga pretensión alguna de serlo. Se trata de mi homenaje a los niños del «Vel' d'Hiv'», tanto a los que nunca regresaron como a los que sobrevivieron para contarlo.

T. de R.

---

* Velódromo de Invierno. [N. del T.]

Nota bene

Las páginas 256 y 257 contienen fragmentos del discurso que pronunció el primer ministro Jean-Pierre Raffarin el 21 de julio de 2002 durante la sexagésima conmemoración de la redada del Vel' d'Hiv'.

¡Dios mío! ¿Qué me está haciendo este país?
Como me ha rechazado, considerémoslo con frialdad,
vamos a contemplar cómo pierde el honor y la vida.

IRÈNE NÉMIROVSKY, *Suite francesa*, 1942

Tigre, tigre, de brillo ardiente
por los bosques de la noche,
¿qué mano, qué ojo inmortal
pudo crear tu terrible simetría?

WILLIAM BLAKE,
Canciones de experiencia, 1794

París, julio de 1942

La niña fue la primera en oír cómo aporreaban la puerta, ya que su habitación era la más cercana a la entrada del apartamento. Al principio, adormilada, pensó que era su padre, que subía desde su escondrijo en la bodega. Seguramente había olvidado las llaves, y se estaba impacientando al comprobar que nadie oía los primeros golpes, más suaves; pero después escuchó unas voces que en el silencio de la noche sonaban ásperas y brutales. No se parecían en nada a la de su padre.

—¡Policía! ¡Abran inmediatamente!

Los golpes volvieron a oírse con más fuerza, y le resonaron hasta la médula de los huesos. Su hermano pequeño, que dormía en la cama de al lado, se removió en sueños.

—¡Policía! ¡Abran! ¡Abran la puerta!

¿Qué hora sería? Se asomó a través de las cortinas. Fuera todavía estaba oscuro.

Tenía miedo. Recordó las conversaciones quedas que había escuchado últimamente, bien entrada la noche, cuando sus padres ya la creían dormida. Se acercaba con sigilo hasta la puerta de la sala de estar, y a través de una pequeña ranura escuchaba la voz nerviosa de su padre y observaba el gesto preocupado de su madre. Usaban su lengua materna; la chica la entendía, aunque no la hablaba con tanta fluidez como ellos. En susurros, su padre decía que les aguardaban tiempos difíciles, y que debían ser valientes y cautelosos. Pronunciaba palabras extrañas, desconocidas para ella: «campos», «redada, una gran redada», «arrestos al amanecer». La niña se preguntaba qué significaba todo aquello. Su padre había murmurado que sólo los hombres estaban en peligro, no las mujeres ni los niños, y que iba a esconderse en la bodega por las noches.

A la mañana siguiente su progenitor le había explicado que era mejor que él durmiera abajo durante una temporada, hasta que «la cosa estuviera segura». La chica se preguntó qué era exactamente esa «cosa», y a qué se refería con «segura». ¿Cuándo volvería a ser «segura» la cosa? También quería saber a qué se refería él con «campos» y «redada», pero le daba miedo reconocer que había espiado sus conversaciones, y que además lo había hecho varias veces, así que no se atrevió a preguntar.

—¡Abran! ¡Policía!

Se preguntó si habrían encontrado a su padre en la bodega. ¿Era por eso por lo que estaban allí? ¿Había venido la policía para llevárselo a esos lugares que había mencionado en aquellas conversaciones nocturnas en voz baja, a esos «campos» lejanos, fuera de la ciudad?

La chica corrió de puntillas hasta el final del pasillo y entró en la habitación de la madre, que se despertó en cuanto sintió su mano en el hombro.

—Es la policía, mamá —susurró la niña—. Están llamando a la puerta.

Ésta sacó las piernas de debajo las sábanas y se apartó el pelo de los ojos. La niña pensó que parecía cansada y mayor, mucho mayor de sus treinta años.

—¿Han venido a llevarse a papá? —gimoteó la niña, agarrándola de los brazos—. ¿Han venido a por él?

La madre no respondió. Las voces volvieron a oírse en el vestíbulo. La madre se echó una bata sobre el camisón, agarró a la niña de la mano y fue hacia la puerta. Su palma estaba caliente y sudorosa; como la de un crío, pensó la chica.

—¿Sí? —dijo la madre con voz apagada, sin abrir el cerrojo.

Una voz masculina ladró su nombre.

—Sí, monsieur, soy yo —respondió ella. Su acento sonó fuerte, casi áspero.

—Abra ahora mismo. Policía.

La madre se llevó la mano a la garganta y la niña advirtió su extrema palidez. Parecía exangüe, helada, como si ya no pudiera moverse. Nunca había visto tanto pavor en el rostro de su madre. La niña sintió cómo la angustia le secaba la boca.

Los hombres aporrearon la puerta una vez más. La madre abrió con dedos torpes y temblorosos. La niña hizo una mueca, esperando ver uniformes de color caqui.

Había dos hombres. Uno era policía, con capote azul oscuro hasta la rodilla y una gorra alta y redonda. El otro llevaba una gabardina beis y traía una lista en la mano. Volvió a pronunciar el nombre de la mujer, y también el del padre. Hablaba en perfecto francés. Entonces estamos a salvo, pensó la niña. Si son franceses, y no alemanes, no corremos peligro. Si son franceses, no pueden hacernos daño.

La madre apretó contra ella a su hija, que pudo sentir a través de la bata los latidos de su corazón. Quería apartarla de un empujón, quería que se mostrara firme y mirase a aquellos hombres con coraje, que no se acobardase, que su corazón dejase

17

de palpitar como el de un animalillo asustado. Quería que su madre fuese valiente.

—Mi marido... no está aquí —balbuceó la madre—. No sé dónde está. No tengo ni idea.

El hombre del gabán beis la echó a un lado y pasó al apartamento.

—Dese prisa, madame. Tiene diez minutos. Coja ropa para un par de días.

La madre, sin moverse, se quedó mirando al policía. Éste seguía en el descansillo, dando la espalda a la puerta. Parecía indiferente, aburrido. La mujer puso la mano en la manga azul.

—Monsieur, por favor... —empezó a decir.

El policía se volvió, apartándole la mano. Sus ojos tenían una expresión dura, vacía.

—Ya lo ha oído. Usted se viene con nosotros. Y su hija también. Haga lo que le hemos dicho.

París, mayo de 2002

Bertrand llegaba tarde, como de costumbre. Intenté fingir que no me importaba, pero no lo conseguí. Zoë estaba repantingada contra la pared, aburrida. Se parecía tanto a su padre que a veces me hacía sonreír. Pero aquel día no. Contemplé aquel edificio alto y antiguo. Era el piso de Mamé, el viejo apartamento de la abuela de Bertrand. Íbamos a vivir en él; a dejar el bulevar de Montparnasse, su tráfico ruidoso, las incesantes sirenas de las ambulancias que acudían a los tres hospitales cercanos; a cambiar sus cafés y restaurantes por esta calle estrecha y tranquila de la margen derecha del Sena.

El Marais no era el tipo de *arrondissement** al que yo estaba acostumbrada, aunque admiraba su belleza antigua, a punto de desmoronarse. ¿Era feliz con aquella mudanza? No estaba segura. La verdad es que Bertrand no me había pedido la opinión. No habíamos hablado mucho de ello, de hecho. Tan impulsivo como siempre, había seguido adelante con la idea, sin contar conmigo.

* Distrito. *[N. del T.]*

—Ahí está —anunció Zoë—. Sólo llega media hora tarde.

Observamos a Bertrand pasear calle arriba con aquel contoneo tan peculiar y sensual. Delgado, moreno, y exudando atractivo sexual, era el prototipo de francés. Iba hablando por teléfono, como siempre. Su socio, Antoine, con su barba y su rostro rosado, le pisaba los talones. Sus oficinas estaban en la calle de l'Arcade, detrás de la Madeleine*. Antes de que nos casáramos, Bertrand había trabajado mucho tiempo con una firma de arquitectos, pero hace cinco años se estableció por su cuenta con Antoine.

Bertrand nos saludó con la mano; luego, señaló al teléfono, bajó las cejas y frunció el ceño.

—Como si no fuera capaz de colgar a la persona con la que está hablando —se burló Zoë—. No te digo.

Zoë sólo tenía once años, pero a veces parecía ya una adolescente. En primer lugar por su altura, que empequeñecía a todas sus amigas, además de sus pies, como ella misma solía añadir en tono resentido, y también por una lucidez precoz que a menudo me dejaba atónita. Había algo adulto en la mirada solemne de sus ojos color avellana, en el modo pensativo en que levantaba la barbilla. Siempre había sido así, desde muy pequeña. Serena y madura; a veces demasiado madura para su edad.

Antoine se acercó a saludarnos mientras Bertrand seguía hablando, lo bastante alto como para que pudiera oírle toda la calle, gesticulando con las manos, haciendo muecas y girándose de vez en cuando hacia nosotras para asegurarse de que no nos perdíamos una sola palabra.

* Iglesia de la Madeleine, cercana a la plaza de la Concordia. *[N. del T.]*

—Es un problema con otro arquitecto —explicó Antoine con una sonrisa de discreción.

—¿De la competencia? —preguntó Zoë.

—Sí —contestó Antoine.

Zoë suspiró.

—Eso significa que nos podemos tirar aquí todo el día.

Se me ocurrió una idea.

—Antoine, ¿no tendrás, por casualidad, la llave del apartamento de *madame* Tézac?

—Pues sí, Julia —repuso él, sonriente. Antoine siempre me respondía en inglés. Supongo que lo hacía por ser amable, pero en el fondo me molestaba. Me hacía sentir como si, después de vivir aquí tantos años, mi francés aún no fuera lo bastante bueno.

Antoine nos enseñó la llave con gesto teatral. Decidimos subir los tres. Zoë marcó el código en la puerta con dedos ágiles. Cruzamos el patio sembrado de hojas y nos dirigimos hacia el ascensor.

—Odio ese ascensor —refunfuñó Zoë—. Papá debería hacer algo al respecto.

—Cariño, sólo está reformando el piso de tu bisabuela —señalé—, no el edificio entero.

—Pues debería —replicó ella.

Mientras esperábamos el ascensor, en mi móvil sonó el tema de Darth Vader. Miré el número que aparecía en la pantalla. Era Joshua, mi jefe.

—¿Sí? —contesté.

Joshua fue al grano, como siempre.

—Te necesito de vuelta a las tres. Hay que cerrar los asuntos de julio. Cambio y corto.

—Genial —repuse con descaro.

Antes de que colgara, oí una carcajada al otro lado del teléfono. A Joshua le encantaba que yo dijera «genial». Tal vez le recordaba su juventud. En cuanto a Antoine, parecía divertirse con mis americanismos pasados de moda. Le imaginé memorizándolos para luego practicarlos con su acento francés.

El ascensor era uno de esos inimitables armatostes parisinos con una cabina diminuta, una reja de hierro que había que abrir a mano y una puerta doble de madera que, invariablemente, se te cerraba en las narices. Según subíamos, achuchada entre Zoë y Antoine (se le había ido la mano con su colonia Vétiver), vislumbré mi cara en el espejo. Parecía tan deteriorada como aquel ascensor quejumbroso. ¿Qué había sido de la lozana beldad que vino de Boston? La mujer que me miraba se hallaba en esa temible edad entre los cuarenta y cinco y los cincuenta, en esa tierra de nadie donde acechan las arrugas y la sigilosa inminencia de la menopausia.

—Yo también odio este ascensor —dije con tono sombrío.

Zoë sonrió y me pellizcó la mejilla.

—Mamá, en este espejo parecería horrorosa hasta Gwyneth Paltrow.

Tuve que reírme. Así eran los comentarios de Zoë.

La madre empezó a sollozar, al principio en silencio; luego, más fuerte. La chica la miró, impresionada. En sus diez años de vida jamás había visto llorar a su madre. Asustada, vio cómo las lágrimas caían por aquel rostro pálido y arrugado. Quería decirle que dejara de llorar; le daba vergüenza verla moquear delante de aquellos desconocidos. Pero ellos, sin prestar atención a las lágrimas de su madre, le dijeron que se diera prisa. No había tiempo que perder.

El niño seguía durmiendo en la alcoba.

—Pero ¿adónde nos llevan? —inquirió su madre en tono implorante—. Mi hija es francesa, nació en París. ¿Por qué la quieren a ella también? ¿Adónde nos llevan?

Los hombres ya no dijeron nada más y se limitaron a mirarla, enormes y amenazantes. Su progenitora tenía los ojos desorbitados de terror. Se fue a su habitación y se hundió en la cama. Unos segundos después, enderezó la espalda y se giró hacia la niña. Su voz era un susurro; su rostro, una máscara inexpresiva.

—Despierta a tu hermano. Vestíos los dos. Coge algo de ropa, para él y para ti. Rápido. ¡Date prisa!

Su hermano enmudeció de terror al asomarse a hurtadillas por la puerta y ver a los dos hombres. Miró a su madre, despeinada, que intentaba hacer el equipaje entre sollozos. El crío hizo acopio de todas las fuerzas que había en su cuerpo de cuatro años y se negó a moverse. La niña trató de convencerle por las buenas, pero él no hizo caso y se quedó allí de pie, con los bracitos cruzados sobre el pecho.

La chica se quitó el camisón y eligió una blusa de algodón y una falda. Después se puso los zapatos. Su hermano la observaba, mientras oían los sollozos de su madre desde su habitación.

—Voy a nuestro escondite secreto —susurró el niño.

—¡No! —le dijo su hermana—. Tú te vienes con nosotras.

Ella le agarró, pero el niño se zafó de ella y escapó hasta el armario empotrado en la pared del dormitorio. Allí era donde jugaban al escondite. Se metían dentro y se encerraban con llave, y era como si tuvieran su propia casita. Su madre y su padre lo sabían, pero fingían ignorarlo. Les llamaban a gritos, con voz divertida. «Pero ¿dónde se habrán metido estos chicos? ¡Qué raro, si estaban aquí hace un minuto!». Y ella y su hermano se tronchaban de risa.

Allí dentro tenían una linterna, unos cojines, juguetes y libros, e incluso una botella de agua que su madre rellenaba todos los días. Su hermano aún no sabía leer, así que la chica le leía en voz alta Un Bon Petit Diable. Al niño le encantaba la historia del huérfano Charles y la terrorífica madame Mac' Miche, y la forma en que Charles conseguía vengarse de todas sus maldades. Su hermana se lo leía una y otra vez.

La chica vislumbró en la oscuridad el rostro de su hermano, que la miraba. Tenía abrazado su osito de peluche favorito y ya no parecía asustado. Tal vez allí estaría a salvo, después de todo. Tenía agua y una linterna, y podía mirar los dibujos del libro de la Condesa de Ségur. Su favorito era el que mostraba la magnífica venganza de Charles. Quizás era mejor que le dejara allí de momento. Aquellos hombres nunca le encontrarían. Luego, cuando les permitieran regresar a casa, volvería a por él. Además, si su padre, que seguía en la bodega, subía, sabría dónde estaba escondido el niño.

—¿Tienes miedo ahí dentro? —le preguntó en voz baja mientras los hombres las llamaban a su madre y a ella.

—No —contestó—. No tengo miedo. Echa la llave. Así no me cogerán.

Ocultó la carita blanca de su hermano al entornar la hoja de la puerta. Introdujo la llave en la cerradura y giró la llave. Después se la guardó en el bolsillo. Un artefacto con apariencia de interruptor de la luz ocultaba el cierre. Era imposible distinguir el contorno del armario del revestimiento de la pared. Sí, allí estaría a salvo. Estaba segura.

La chica murmuró el nombre de su hermano y puso la palma de la mano sobre el panel de madera.

—Volveré a por ti. Te lo prometo.

Entramos en el apartamento palpando las paredes en busca de los interruptores. No ocurrió nada. Antoine abrió un par de postigos para permitir que entrara la luz del sol. Las habitaciones se veían desnudas y polvorientas. Sin muebles, la sala de estar parecía inmensa. Los rayos dorados entraban en diagonal a través de los cristales alargados y mugrientos de la ventana y sembraban de motas de luz la tarima parda.

Miré a mi alrededor, a las estanterías vacías, a los rectángulos más oscuros donde una vez colgaron de las paredes hermosos cuadros, a la chimenea de mármol que me recordaba tantos fuegos invernales mientras Mamé tendía sus manos pálidas y delicadas hacia el calor de las llamas.

Me acerqué a una ventana y me asomé hacia abajo, al patio verde y tranquilo. Me alegraba de que Mamé se hubiera ido antes de ver su apartamento vacío. La habría apenado tanto como a mí.

—Todavía huele a Mamé —dijo Zoë—. «Shalimar».

—Y a esa asquerosa de *Minette* —apostillé levantando la nariz. *Minette* había sido la última mascota de Mamé. Una siamesa con incontinencia.

Antoine me miró sorprendido.

—La gata —le expliqué. Esta vez se lo dije en inglés. Por supuesto sabía que *la chatte* es el femenino de «gato», pero también significa «coño». Lo último que me apetecía era ver a Antoine reírse por un doble sentido de mal gusto.

Antoine evaluó el lugar con ojo profesional.

—El sistema eléctrico es antiguo —comentó al tiempo que señalaba los fusibles de porcelana—. Y la calefacción también.

Los enormes radiadores estaban negros de mugre y escamosos como reptiles.

—Pues espera a ver la cocina y los baños —le dije.

—La bañera tiene patas —comentó Zoë—. Las voy a echar de menos.

Antoine estudió las paredes mientras las golpeaba con los nudillos.

—Supongo que Bertrand y tú querréis reformarlo de arriba abajo —preguntó mirándome.

Me encogí de hombros.

—No sé qué quiere hacer exactamente. Lo de mudarnos aquí fue idea suya. A mí no me entusiasmaba venir, yo quería algo más... práctico. Un piso nuevo.

Antoine sonrió.

—Estará nuevo y reluciente cuando terminemos.

—Puede ser, pero para mí siempre será el apartamento de Mamé.

Aunque Mamé se había trasladado a una residencia nueve meses antes, el apartamento conservaba su impronta. La abuela de mi marido había vivido en él mucho tiempo. Recordé nuestro primer encuentro, dieciséis años atrás. Me impresionaron los cuadros, viejas obras maestras, y también la chimenea de mármol con fotos de la familia enmarcadas en plata labrada, los muebles elegantes y engañosamente sencillos, la cantidad de libros que se alineaban en las estanterías de la biblioteca, el piano de cola envuelto en lujoso terciopelo rojo. La soleada sala de estar daba a un tranquilo patio interior con un espeso emparrado de hiedra que se extendía hasta el muro de enfrente. Fue precisamente allí donde la vi por primera vez, donde le tendí la mano con cierta torpeza, pues aún no me había acostumbrado a lo que mi hermana Charla llamaba «esos besuqueos franceses».

Nunca se le da la mano a una mujer parisina, ni siquiera cuando la ves por primera vez. Hay que darle dos besos.

Pero yo aún no lo sabía.

El hombre de la gabardina beis volvió a mirar la lista.

—Espera —dijo—. Falta alguien. Un niño.

Leyó el nombre del niño.

A la chica le dio un vuelco el corazón. La madre la miró.
La niña se llevó rápidamente el dedo a los labios, un gesto que
los hombres no captaron.

—¿Dónde está el niño? —preguntó el hombre.

La niña dio un paso adelante, retorciéndose las manos.

—Mi hermano no está aquí, monsieur *—contestó en un*
perfecto francés, francés de nativa—. Se marchó a primeros de
mes con unos amigos. Al campo.

El hombre del gabán la miró pensativo. Luego le hizo al
policía un gesto con la barbilla.

—Registra la casa. Date prisa. Quizás el padre también
esté escondido.

El policía recorrió las habitaciones, abriendo puertas sin
contemplaciones, mirando debajo de las camas y dentro de los
armarios.

Mientras procedía a su ruidoso registro del apartamento,
el otro paseaba por la estancia. Cuando se volvió de espaldas, la
chica le enseñó rápidamente la llave a la madre. Papá subirá
a por él, papá vendrá después, articuló con los labios. La madre

asintió. *Vale, parecía decir, ya sé dónde está el niño, pero después frunció el ceño e hizo un gesto como quien gira una llave: ¿dónde le vas a dejar la llave a papá? ¿Cómo sabrá dónde la has puesto?* El hombre se volvió de repente y las miró. La madre se quedó helada, y la chica se estremeció de miedo.

Se quedó contemplándolas un rato y después cerró la ventana de golpe.

—Por favor —pidió la madre—, hace mucho calor aquí.

El hombre sonrió. La chica pensó que jamás había visto una sonrisa tan desagradable.

—Se va a quedar cerrada, madame —respondió—. Esta misma mañana, una mujer arrojó a su hijo por la ventana y luego saltó ella. No queremos que vuelva a pasar.

La madre, paralizada de miedo, no dijo nada. La chica miró al hombre con odio, aborreciendo cada centímetro de su cuerpo. Odiaba su cara colorada, su boca húmeda. La mirada fría y muerta de sus ojos. Su pose, con las piernas desparrancadas, su sombrero de fieltro inclinado hacia delante, sus manos gordezuelas enlazadas tras la espalda.

Le detestó con todas sus fuerzas, como si nunca hubiera odiado a nadie más en su vida, incluso más que a Daniel, un chico asqueroso de la escuela que le había susurrado cosas terribles sobre el acento de sus padres.

Escuchó al policía, que seguía con su desmañada búsqueda. No iba a encontrar al niño. El armario estaba muy bien camuflado. El niño se hallaba a salvo. Nunca le encontrarían. Jamás.

El policía volvió. Se encogió de hombros y meneó la cabeza.

—Aquí no hay nadie —dijo.

El hombre del gabán empujó a la madre hacia la puerta. Pidió las llaves del apartamento. Ella se las dio en silencio. Ba-

jaron las escaleras despacio, entorpecidos por las bolsas y bultos que llevaba la madre. La chica pensó a toda prisa cómo podía dejarle la llave a su padre. ¿A quién se la podía dar? ¿A la concierge*? *¿Estaría despierta a estas horas?*

Para su sorpresa, la concierge *ya estaba despierta y asomada detrás de su puerta. La chica advirtió en su rostro una curiosa expresión de regocijo. ¿A santo de qué viene ese gesto?, pensó la chica. ¿Por qué no las miraba ni a su madre ni a ella, sino sólo a los hombres, como si no quisiera verlas, como si nunca las hubiera visto? Y eso que su madre siempre había sido amable con la* concierge. *De vez en cuando cuidaba a su bebé, la pequeña Suzanne, que siempre andaba llorando por culpa de los cólicos. Su madre tenía mucha paciencia y le cantaba a Suzanne en su lengua materna todo el rato. A la criatura le encantaba y por fin se dormía.*

—¿Sabe dónde están el padre y el hijo? —preguntó el policía, entregándole las llaves del apartamento.

La concierge *se encogió de hombros. Seguía sin mirar a la chica ni a la madre. Se guardó las llaves en el bolsillo con un movimiento rápido y codicioso que a la chica no le gustó.*

—No —contestó al policía—. No he visto mucho al marido últimamente. Tal vez ha huido a esconderse y se ha llevado al chico. Pueden buscar en las bodegas, o en las habitaciones de servicio que hay en el piso de arriba. Si quieren se las enseño.

Dentro del tabuco, el bebé empezó a quejarse. La concierge *volvió la cabeza y miró por encima del hombro.*

—No tenemos tiempo —dijo el hombre del gabán—. Hemos de seguir. Si hace falta, volveremos más tarde.

* Portera. [N. del T.]

La concierge *cogió al bebé, que estaba llorando, y lo abrazó contra su pecho. Dijo que sabía que había otras familias en el edificio de al lado. Pronunció sus nombres con cara de asco; la chica pensó que lo hacía como si estuviera soltando palabrotas, esas expresiones malsonantes que se supone que no deben decirse en voz alta.*

Al fin, Bertrand se guardó el teléfono en el bolsillo y me prestó atención. Me dedicó una de sus irresistibles sonrisas. ¿Por qué tendré un marido tan atractivo?, me pregunté por enésima vez. La primera vez que lo vi, hacía tantos años, esquiando en Courchevel, en los Alpes franceses, tenía un tipo esbelto, adolescente. Ahora, con cuarenta y siete, más robusto, más fuerte, exudaba masculinidad y esa clase tan francesa. Era como el buen vino: envejecía con poder y con gracia, mientras que yo me sentía como si hubiera extraviado mi juventud en algún lugar entre el río Charles y el Sena, y era evidente que no estaba floreciendo en la madurez. Si bien las canas y las arrugas parecían resaltar la belleza de Bertrand, estaba convencida de que mermaban la mía.

—¿Y bien? —dijo, abarcándome el culo con una mano indiferente y posesiva, sin importarle que su socio y nuestra hija nos estuvieran mirando—. ¿Qué, a que es genial?

—Sí, genial —retrucó Zoë—. Antoine acaba de decirnos que hay que reformarlo todo. Lo que significa que probablemente tardaremos otro año en mudarnos.

Bertrand se rió. Era una risa asombrosamente contagiosa, un híbrido entre el sonido de una hiena y el de un saxofón. Ése era el problema con mi marido: su encanto embriagador. Y a él le encantaba ponerlo a máxima potencia. Me pregunté de quién lo habría heredado. ¿De sus padres, Colette y Edouard? Eran extremadamente inteligentes, refinados y eruditos, pero no encantadores. ¿De sus hermanas, Cécile y Laure? Bien educadas, brillantes, de modales exquisitos, pero sólo se reían cuando creían que tenían que hacerlo. Supongo que debía de haberlo heredado de Mamé, la rebelde y batalladora Mamé.

—Antoine es un pesimista —se rió Bertrand—. Nos instalaremos aquí muy pronto. Va a ser mucho trabajo, pero recurriremos a los mejores profesionales.

Lo seguimos por el largo pasillo, haciendo crujir la tarima bajo nuestros pies, y visitamos las habitaciones que daban a la calle.

—Esta pared tiene que desaparecer —dijo Bertrand, señalándola, y Antoine asintió—. Debemos arrimar la cocina. De lo contrario, aquí, *miss* Jarmond dirá que no lo encuentra «práctico».

Pronunció esta palabra en inglés, mientras me hacía un guiño de picardía y dibujaba unas comillas en el aire.

—Es un apartamento bastante amplio —comentó Antoine—. Más bien enorme.

—Oh, sí, pero en los viejos tiempos era bastante más pequeño, muy humilde —informó Bertrand—. Fue una época muy dura para mis abuelos. Mi abuelo no consiguió amasar dinero hasta los sesenta, y entonces compró el apartamento del otro lado del descansillo y los unió.

—Así que, ¿cuando el abuelo era niño vivía en esta parte tan pequeña? —preguntó Zoë.

—Así es —respondió Bertrand—. En esta parte de aquí. Ésta era la habitación de sus padres, y él dormía en esta otra. Era mucho más pequeña.

Antoine golpeó en las paredes, pensativo.

—Sí, ya sé lo que estás cavilando —dijo Bertrand, sonriente—. Quieres unir estas dos habitaciones, ¿verdad?

—¡Exacto! —admitió Antoine.

—No es mala idea, pero va a dar mucho trabajo. Aquí hay un trozo de pared bastante peliagudo. Te lo enseñaré después. Tiene un revestimiento de madera muy grueso, y conducciones por todas partes. No es tan fácil como parece.

Miré el reloj. Las dos y media.

—Me voy a ir —anuncié—. Tengo una reunión con Joshua.

—¿Y qué hacemos con Zoë? —preguntó Bertrand.

Zoë puso los ojos en blanco.

—Puedo coger un autobús de vuelta a Montparnasse.

—¿Y el colegio, qué?

Otra vez los ojos en blanco.

—Papá, hoy es miércoles. No hay colegio los miércoles por la tarde, ¿recuerdas?

Bertrand se rascó la cabeza.

—En mis tiempos era...

—Era los jueves, no había clase los jueves —salmodió Zoë.

—El ridículo sistema educativo francés —suspiré—. Y, para colmo, hay clase los sábados por la mañana.

Antoine coincidía conmigo. Sus hijos iban a un colegio privado donde no había clase los sábados por la mañana, pero Bertrand, como sus padres, era acérrimo partidario de la escuela pública francesa. Yo quería llevar a Zoë

35

a un centro bilingüe, ya que había varios en París, pero el clan Tézac no lo habría permitido. Zoë era francesa, nacida en Francia. Tenía que estudiar en una escuela francesa. En aquel momento iba al *lycée** Montaigne, cerca del Jardín de Luxemburgo. A los Tézac se les olvidaba que Zoë tenía una madre americana. Por suerte, el inglés de Zoë era perfecto. Nunca había hablado otro idioma con ella, y además viajaba con cierta frecuencia a Boston para visitar a mis padres, y pasaba la mayoría de los veranos en Long Island con mi hermana Charla y su familia.

Bertrand se volvió hacia mí. Tenía ese destello en los ojos que me ponía en alerta, el que anunciaba que iba a decir algo muy gracioso, o muy cruel, o ambas cosas a la vez. Era obvio que también Antoine sabía lo que significaba, a juzgar por la docilidad y atención con que se dedicó a estudiar las borlas de sus mocasines de charol.

—Oh, sí, claro, ya sabemos lo que *miss* Jarmond piensa sobre nuestras escuelas, nuestros hospitales, nuestras huelgas interminables, nuestras larguísimas vacaciones, nuestra fontanería, nuestro servicio postal, nuestra televisión, nuestros políticos, nuestras aceras llenas de cagadas de perro —dijo Bertrand, luciendo su perfecta dentadura—. Lo hemos oído tantas, tantas veces, ¿verdad? Me gusta estar en América, todo está limpio en América, ¡todo el mundo recoge la mierda de su perro en América**!

—¡Papá, basta! ¡Eres un grosero! —dijo Zoë, agarrándome de la mano.

---

* Escuela secundaria pública francesa que prepara a los estudiantes para la universidad. *[N. del T.]*

** Parodia de la canción *America* del musical *West Side Story*. *[N. del T.]*

Fuera, la chica vio a un vecino en pijama que se asomaba a la ventana. Era un hombre muy simpático, profesor de música. Tocaba el violín, y a ella le gustaba escucharle. A menudo tocaba para ella y su hermano desde el otro lado del patio. Interpretaba viejas canciones francesas como Sur le pont d'Avignon *y* À la claire fontaine, *y también piezas del país de sus padres, que hacían a éstos bailar alegremente. Las zapatillas de su madre se deslizaban por el entarimado mientras su padre la hacía girar una y otra vez hasta que todos acababan mareados.*

—¿Qué están haciendo? ¿Adónde se las llevan? —gritó el vecino.

Su voz resonó en el patio, amortiguando el llanto del bebé. El hombre de la gabardina no respondió.

—No pueden hacer eso —insistió el vecino—. ¡Son gente honrada! ¡No pueden hacer eso!

Al sonido de su voz empezaron a abrirse postigos, y hubo rostros que observaron por detrás de las cortinas.

Pero la chica se dio cuenta de que nadie se movía, nadie decía nada. Se limitaban a mirar.

La madre se paró en seco, con la espalda encorvada por los sollozos. Los hombres le dieron un empujón para que siguiera andando.

Los vecinos observaban en silencio. Hasta el profesor de música permaneció en un mutismo absoluto.

De pronto, la madre se giró y chilló a pleno pulmón. Gritó el nombre de su marido, tres veces.

Los hombres la sujetaron por los hombros y la sacudieron con fuerza. Se le cayeron las bolsas y los bultos. La chica intentó detenerles, pero la apartaron de un empujón.

Apareció un hombre en la entrada, un hombre flaco, con la ropa arrugada, sin afeitar, los ojos rojos y cansados. Atravesó el patio caminando con la espalda erguida.

Cuando alcanzó a los dos hombres les dijo quién era. Tenía un fuerte acento, como el de la mujer.

—*Llévenme con mi familia —dijo.*

La chica entrelazó sus dedos con los de su padre.

Estoy a salvo, pensó. Estaba a salvo con su madre y con su padre. Aquello no iba a durar mucho. Se trataba de la policía francesa, no de los alemanes. Nadie iba a hacerles daño.

Pronto estarían de vuelta en casa, y mamá prepararía el desayuno. Y su hermano pequeño podría salir de su escondite. Y papá caminaría calle abajo, hacia el almacén donde trabajaba de capataz y, junto con sus compañeros, fabricaba cinturones, bolsos y billeteras, y todo sería igual. La cosa volvería a ser segura, muy pronto.

En el exterior ya se había hecho de día. La angosta calle estaba desierta. La chica volvió la mirada a su edificio, a los rostros silenciosos de las ventanas, a la concierge, *que abrazaba a la pequeña Suzanne.*

El profesor de música levantó la mano despacio, en un gesto de despedida.

Ella le devolvió el saludo, sonriente. Todo iba a ir bien. Iba a volver. Todos iban a volver.

Pero el profesor parecía afligido.

Por su rostro corrían lágrimas; lágrimas silenciosas de impotencia y vergüenza que ella no alcanzaba a comprender.

—¿Grosero? A tu madre le encanta —dijo Bertrand riendo entre dientes y guiñándole un ojo a Antoine—. ¿Verdad, mi amor? ¿Verdad, *chérie*?

Empezó a dar vueltas por la sala de estar chasqueando los dedos al ritmo de la canción de *West Side Story*.

Me sentí idiota, estúpida, delante de Antoine. ¿Por qué disfrutaba Bertrand dejándome como la americana despectiva y llena de prejuicios que siempre critica a los franceses? ¿Y por qué yo me quedaba parada y le dejaba seguir con ello? En su momento resultaba divertido. Al principio de nuestro matrimonio era un chiste clásico, una de esas bromas con las que nuestros amigos, tanto americanos como franceses, se desternillaban de risa. Al principio.

Sonreí, como de costumbre. Pero aquel día mi sonrisa debió de parecer un tanto forzada.

—¿Has ido a ver a Mamé últimamente? —pregunté.

Bertrand ya estaba ocupado tomando medidas a algo.

—¿Qué?

—Mamé —repetí con paciencia—. Supongo que le gustaría verte. Para hablar del apartamento.

Sus ojos se encontraron con los míos.

—No tengo tiempo, *amour*. ¿Vas tú?

Una mirada suplicante.

—Bertrand, yo voy todas las semanas, ya lo sabes.

Bertrand suspiró.

—Es tu abuela —le dije.

—Y ella te quiere, *l'Américaine* —dijo con una sonrisa—. Igual que yo, *bébé**.

Se me acercó para darme un suave beso en los labios.

La americana. «Así que tú eres la americana», dijo Mamé, muchos años atrás, en esa misma habitación, estudiándome de arriba abajo con sus ojos grises. *L'Américaine*. Qué americana me hizo sentir aquello, con mi pelo cortado a capas, mis zapatillas de deporte y mi sonrisa saludable. Y qué francesa en su quintaesencia era aquella mujer de setenta años, con su espalda recta, su nariz aristocrática, su moño impecable y su mirada sagaz. Y, sin embargo, Mamé me cayó bien desde el principio. Tenía una risa gutural que te hacía dar un respingo, y un mordaz sentido del humor.

Tiempo después tuve que reconocer que, ese mismo día, me cayó mejor que los padres de Bertrand, que aún me hacen sentir como «la americana» a pesar de llevar veinticinco años viviendo en París, quince casada con su hijo, y de haber traído al mundo a su nieta, Zoë.

Cuando bajábamos, encarada de nuevo con la desagradable imagen del espejo del ascensor, se me ocurrió de pronto que ya había aguantado bastante las puyas de

* Nena. [*N. del T.*]

Bertrand, a las que respondía siempre encogiéndome de hombros de buen humor.

Y ese mismo día, por alguna oscura razón, fue la primera vez en que pensé que ya estaba harta.

La chica permaneció pegada a sus padres. Bajaron toda la calle con el hombre del gabán beis apremiándolas. ¿Adónde vamos?, se preguntaba la niña. ¿Por qué tienen tanta prisa? Les dijeron que entraran en un taller. Ella reconocía el camino, no estaba lejos de donde vivía y del lugar donde trabajaba su padre.

En el taller había operarios encorvados sobre los motores, con monos azules manchados de grasa. Los miraron en silencio. Nadie dijo nada. Después la chica reparó en un gran grupo de gente que aguardaba en el garaje, con bolsas y cestos en el suelo. Advirtió que la mayoría eran mujeres y niños. A algunos de ellos los conocía de vista, pero nadie se atrevía a saludar. Un momento después aparecieron dos policías y empezaron a decir nombres. El padre de la chica levantó la mano cuando oyó el suyo.

La chica miró a su alrededor. Vio a un chico que conocía de la escuela, Léon. Parecía cansado y asustado. Ella le sonrió, para decirle que todo iba a ir bien, que pronto todos podrían irse a casa. Esto no duraría mucho, pronto los mandarían de vuelta. Pero Léon la miró como si estuviera loca. Ella agachó la cabeza con las mejillas rojas. Quizás estaba equivocada, pensó, mientras el corazón le latía con fuerza. Tal vez las cosas no iban a ir como ella creía. Se sintió ingenua y estúpida, como una cría.

Su padre se inclinó para decirle algo. La barbilla sin afeitar le hizo cosquillas en la oreja. Pronunció el nombre de la chica y le preguntó dónde estaba su hermano. Ella le enseñó la llave. Su hermanito se encontraba a salvo en el armario secreto, le murmuró orgullosa de sí misma. Allí estaba seguro.

El padre abrió los ojos como platos y la agarró del brazo. Pero no pasa nada, dijo ella, allí estará bien. Es un armario muy profundo, y hay aire de sobra para respirar. Y tiene agua y una linterna. Estará bien, papá. No lo entiendes, respondió el padre. No lo entiendes. Y para consternación de la niña, a su padre se le llenaron los ojos de lágrimas.

Ella le tiró de la manga. No soportaba ver a su padre llorando.

—Papá —le dijo—, vamos a volver a casa, ¿verdad? En cuanto digan todos nuestros nombres volveremos a casa, ¿no?

—No —respondió él—. No vamos a volver. No nos van a dejar.

Sintió que algo frío y horrible la atravesaba. De nuevo recordó lo que había oído cuando espiaba los rostros de sus padres desde la puerta, su miedo, su angustia en mitad de la noche.

—¿Qué quieres decir, papá? ¿Adónde vamos? ¿Por qué no vamos a volver a casa? ¡Dímelo! ¡Dímelo!

Casi gritó estas últimas palabras.

Su padre la miró. Volvió a decir su nombre, muy despacio. Aún tenía los ojos húmedos, y lágrimas en la punta de las pestañas. El padre le apoyó la mano en la nuca.

—Sé valiente, cariño. Sé todo lo valiente que puedas.

La chica no podía llorar. Su miedo era tan grande que parecía engullirlo todo, como si hubiera absorbido todas sus emociones, como una monstruosa y potente aspiradora.

—Pero le he prometido que volveríamos, papá. Se lo he prometido.

La chica vio que su padre había empezado a sollozar de nuevo y que ya no la escuchaba. Estaba envuelto en su propia tristeza, en su propio miedo.

Los mandaron a todos fuera. La calle estaba vacía, salvo por unos autobuses en fila junto a las aceras. Eran los autobuses que la chica, su madre y su hermano cogían para moverse por la ciudad, los normales, los de todos los días, verdes y blancos, con plataforma en la parte trasera.

Les ordenaron que subieran a los vehículos, y les empujaron a unos contra otros. La chica volvió a buscar los uniformes de color caqui y ese idioma cortante y gutural que había aprendido a temer, pero sólo eran policías. Gendarmes franceses.

A través del polvoriento cristal del autobús reconoció a uno de ellos, un joven pelirrojo que solía ayudarla a cruzar la calle cuando volvía a casa de la escuela. Golpeó el cristal para llamar su atención. Cuando los ojos del policía se cruzaron con los de ella, él apartó la mirada de inmediato. Parecía avergonzado, casi enfadado. Ella se preguntó por qué. Mientras los empujaban hacia los autobuses, un hombre protestó y recibió un empellón aún más fuerte. Un policía gritó que dispararía si alguien intentaba escapar.

La chica contempló con languidez cómo pasaban los edificios y los árboles. Sólo podía pensar en su hermano, que le esperaba en el armario de una casa vacía. Era incapaz de olvidarse de él. Cruzaron un puente y vio brillar el Sena. ¿Adónde iban? Papá no lo sabía. Nadie lo sabía. Todos tenían miedo.

El estruendo de un trueno asustó a todos. Empezó a llover tan fuerte que el autobús tuvo que parar. La chica oía el repiqueteo del agua en el techo del vehículo. El chubasco duró poco. Pronto el autobús reanudó su marcha, haciendo sisear sus ruedas sobre el empedrado, brillante por la lluvia. Salió el sol.

El autobús se detuvo y todos se apearon, cargados con bultos, maletas y niños que lloraban. La chica no conocía esa calle. Nunca había estado allí. Al otro extremo de la carretera se veía el metro elevado.

Los condujeron a un edificio grande y descolorido. En la fachada había algo escrito con letras enormes y negras, pero no lo entendió. Vio que la calle entera estaba llena de familias como la suya, que bajaban de otros autobuses mientras la policía les gritaba. Y seguía siendo la policía francesa.

Mientras agarraba con fuerza la mano de su padre, la empujaron bruscamente hacia un enorme estadio cubierto. En el centro había multitud de gente, y también en los duros asientos de hierro de las galerías. ¿Cuánta gente? No lo sabía. Cientos. Y seguían llegando. La chica miró hacia el inmenso tragaluz azul, diseñado en forma de cúpula. Un sol despiadado brillaba a través de él.

Su padre encontró un sitio para que se sentaran. La chica observaba el continuo goteo de gente que engrosaba la multitud. El ruido cada vez era mayor, un zumbido constante de miles de voces, llantos de niño, lamentos de mujer. El calor se hacía insoportable, más sofocante conforme el sol se elevaba en el cielo. Cada vez había menos sitio y estaban más apiñados. Ella miró a los hombres, las mujeres y los niños, sus rostros cansados, sus miradas asustadas.

—Papá —dijo—, ¿cuánto tiempo vamos a quedarnos aquí?

—No lo sé, tesoro.

—¿Por qué estamos aquí?

La chica se llevó la mano a la estrella amarilla cosida en la parte delantera de su blusa.

—Es por esto, ¿verdad? —preguntó—. Todos llevan una.

Su padre esbozó una sonrisa triste, patética.

—Sí —contestó—. Es por eso.

La chica frunció el ceño.

—No es justo, papá —se quejó—. ¡No es justo!

El padre la abrazó y repitió su nombre con ternura.

—Sí, preciosa mía, tienes razón. No es justo.

La chica apoyó la mejilla sobre la estrella que llevaba su padre en la solapa de la chaqueta.

Un mes atrás, aproximadamente, su madre había cosido las estrellas en la ropa de toda la familia, excepto en la de su hermano pequeño. Antes de eso les habían sellado la palabra «judío» o «judía» en las tarjetas de identificación. Y luego les dijeron todas las cosas que de repente ya no podían hacer, como jugar en el parque, montar en bicicleta, ir al cine, al teatro, a los restaurantes, a la piscina. Ya tampoco se les permitía tomar prestados libros de la biblioteca.

La chica había visto los letreros que aparecían por todas partes: «Prohibida la entrada a judíos». Y en la puerta del taller donde trabajaba su padre un gran letrero rojo rezaba: «Empresa judía». Mamá tenía que comprar después de las cuatro de la tarde, cuando por culpa del racionamiento ya no quedaba nada en las tiendas. Les tocaba viajar en el último vagón del metro. Y debían estar en casa para el toque de queda y no salir hasta por la mañana. ¿Había algo que aún les dejaran hacer? Nada, pensó la niña. Nada.

Injusto. Muy injusto. ¿Por qué? ¿Por qué ellos? ¿Por qué estaba pasando todo eso? De repente, parecía que nadie podía darle una explicación.

Joshua ya estaba en la sala de reuniones, bebiendo el café aguado que tanto le gustaba. Entré deprisa y me senté entre Bamber, director de fotografía, y Alessandra, responsable de reportajes.

La sala daba a la ajetreada calle Marbeuf, a tiro de piedra de los Campos Elíseos. No era mi zona favorita de París (demasiado abarrotada y chillona), pero me había acostumbrado a acudir todos los días bajando la avenida, por las amplias y polvorientas aceras que estaban atestadas de turistas a cualquier hora del día y en cualquier época del año.

Llevaba seis años escribiendo para el semanario americano *Seine Scenes*. Publicábamos una edición en papel y una versión en línea. Normalmente escribía sobre cualquier acontecimiento de interés para la audiencia americana afincada en París. Se trataba de «Color local», que lo abarcaba todo entre la vida social y cultural: espectáculos, películas, restaurantes, libros, y las elecciones presidenciales francesas, que estaban a la vuelta de la esquina.

La verdad es que era un trabajo duro. Andábamos con plazos ajustados, y Joshua era un tirano. Me caía bien, pero era un tirano, el típico jefe al que no le importan nada las vidas privadas, los matrimonios ni los hijos. Si alguna se quedaba embarazada, la trataba como a un cero a la izquierda. Si a alguien se le ponía enfermo un hijo, le fulminaba con la mirada. Pero tenía buen ojo, excelentes dotes de editor y un misterioso don para cronometrar el tiempo a la perfección. Todos le hacíamos reverencias. Nos quejábamos de él cada vez que se daba la vuelta, pero aun así nos arrastrábamos a sus pies. Cincuentón, neoyorquino de pura cepa que llevaba diez años en París, Joshua tenía un aspecto engañosamente apacible. Tenía la cara alargada y los ojos caídos, pero en el momento en que abría la boca, él mandaba. Todo el mundo escuchaba a Joshua, y nadie le interrumpía nunca.

Bamber era de Londres y tenía cerca de treinta años. Medía más de metro ochenta y llevaba unas gafas tintadas en púrpura, varios pírsines, y se teñía el pelo de naranja. Poseía un maravilloso humor británico que me resultaba irresistible, pero que Joshua raras veces captaba. Yo sentía debilidad por Bamber. Era un colega discreto y eficiente. También resultaba un magnífico puntal cuando Joshua tenía un mal día y descargaba su ira contra todos nosotros. Bamber era un valioso aliado.

Alessandra tenía sangre italiana, piel tersa, y una ambición desmedida. Era una chica guapa, con rizos negros y lustrosos y la típica boca húmeda y carnosa que vuelve idiotas a los hombres. Era incapaz de decidir si me caía bien o mal. Tenía la mitad de mis años y ya ganaba casi lo mismo que yo, aunque mi nombre aparecía por encima del suyo en la cabecera.

Joshua repasó la lista de asuntos pendientes. Había que hacer un artículo de peso sobre las elecciones presidenciales, un tema candente desde la controvertida victoria de Jean-Marie Le Pen en la primera vuelta. No me entusiasmaba escribirlo, y en el fondo me alegró que se lo asignaran a Alessandra.

—Julia —dijo Joshua mirándome por encima de las gafas—, éste te viene de perlas: el sexagésimo aniversario del Vel' d'Hiv'.

Me aclaré la garganta. ¿Qué había dicho? Sonaba como «veldiv». Me quedé en blanco. Alessandra me miró con condescendencia.

—El 16 de julio de 1942. ¿Te suena? —dijo ella. A veces la odiaba cuando ponía esa voz de doña Sabelotodo. Por ejemplo, hoy.

Joshua prosiguió.

—La gran redada del Velódromo de Invierno. Eso es lo que resume «Vel' d'Hiv'». Un famoso estadio cubierto donde se celebraban pruebas ciclistas. Allí estuvieron hacinadas miles de familias judías durante varios días en unas condiciones espantosas. Después los enviaron a Auschwitz y los gasearon.

Me sonaba, pero sólo vagamente.

—Sí —respondí con seguridad mirando a Joshua—. Bien, ¿y entonces, qué?

Se encogió de hombros.

—Bueno, podrías empezar por buscar supervivientes del Vel' d'Hiv', o testigos. Luego, averigua en qué consiste la conmemoración, quién la organiza, dónde y cuándo va a tener lugar. Por último, los hechos: qué ocurrió exactamente. Ya verás que es un trabajo delicado. A los franceses no les gusta mucho hablar de Vichy, Pétain y todo eso. No es algo de lo que se enorgullezcan.

—Hay un hombre que puede ayudarte —dijo Alessandra, en tono algo menos condescendiente—: Franck Lévy. Él fundó una de las asociaciones más importantes para ayudar a los judíos a encontrar a sus familiares tras el Holocausto.

—He oído hablar de él —repuse mientras anotaba su nombre. Y era verdad que lo conocía. Franck Lévy era un personaje público. Daba conferencias y escribía artículos sobre los bienes robados a los judíos y los horrores de la deportación.

Joshua se terminó otro café de un trago y añadió:

—No quiero artículos insulsos. Nada de sentimentalismos: hechos, testimonios. Y —miró a Bamber— fotos impactantes. Busca también material antiguo. No hay mucho disponible, como comprobarás, pero tal vez ese tal Lévy pueda ayudarte.

—Empezaré visitando el Vel' d'Hiv' —anunció Bamber—. Echaré un vistazo.

Joshua sonrió con ironía.

—El Vel' d'Hiv' ya no existe. Lo destruyeron en el año 59.

—¿Dónde estaba? —pregunté, aliviada por no ser la única ignorante.

Alessandra respondió una vez más:

—En la calle Nélaton. En el distrito XV.

—Aun así, podemos ir —dije mirando a Bamber—. Tal vez quede gente en esa calle que recuerde lo que ocurrió.

Joshua se encogió de hombros.

—Podéis intentarlo —aceptó—, pero no penséis que vais a encontrar a mucha gente dispuesta a hablar con vosotros. Como ya os he dicho, los franceses son muy susceptibles, y se trata de un asunto muy delicado. No olvidéis que quien arrestó a todas esas familias judías fue la policía francesa, no los nazis.

Escuchando a Joshua me di cuenta de lo poco que sabía sobre lo ocurrido en París en julio de 1942. No lo había estudiado en clase, cuando vivía en Boston. Y desde que me vine a París hace veinticinco años no había leído gran cosa sobre el tema. Era como un secreto, algo enterrado en el pasado. Algo que nadie mencionaba. Me moría por sentarme delante del ordenador y empezar a buscar en Internet.

En cuanto acabó la reunión, me fui a mi despacho, un cuchitril con vistas a la ruidosa calle Marbeuf. Trabajábamos en un espacio muy reducido, pero me había acostumbrado y no me importaba. En casa no tenía sitio para escribir. Bertrand me había prometido que en el apartamento nuevo tendría un despacho muy amplio para mí sola, mi propia oficina privada. Por fin. Sonaba demasiado bonito para ser cierto, un tipo de lujo al que tardaría un tiempo en acostumbrarme.

Encendí el ordenador, entré en Internet y luego en Google. Escribí: «*vélodrome d'hiver vel' d'hiv'*». Había muchas entradas. La mayoría estaba en francés, y algunas eran muy minuciosas.

Estuve trabajando toda la tarde. No hice más que leer, archivar información y buscar libros sobre la Ocupación y las redadas. Comprobé que muchos de esos libros estaban agotados, y me pregunté por qué. ¿Era porque nadie quería leer acerca del Vel'd'Hiv'? ¿O acaso porque ya no le importaba a nadie? Llamé a un par de librerías y me dijeron que iba a ser complicado conseguir esos volúmenes. «Por favor, inténtenlo», les pedí.

Cuando apagué el ordenador tenía un cansancio tremendo. Me dolían los ojos, y todo lo que había averiguado hacía que sintiera un gran peso en la cabeza y en el corazón.

Encerraron a más de cuatro mil niños judíos de entre dos y doce años en Vel' d'Hiv'. La mayoría de esos niños eran franceses, nacidos en Francia.

Ninguno regresó de Auschwitz.

El día se hacía eterno, interminable, insoportable. Acurrucada junto a su madre, observaba cómo las familias a su alrededor iban perdiendo la cordura. No había nada que beber ni que comer. El calor era sofocante. El aire estaba cargado de un polvo ligero y seco que le irritaba los ojos y la garganta.

Las grandes puertas del estadio estaban cerradas. En cada pared había policías de gesto sombrío que les amenazaban en silencio con sus armas. No había adónde ir ni nada que hacer, salvo quedarse sentada y esperar. ¿Esperar a qué? ¿Qué iba a pasarles a su familia y a todo aquel gentío?

Su padre la acompañó a buscar los baños, al otro extremo del estadio. Se encontraron con un hedor inimaginable. Eran muy pocos baños para semejante multitud, y enseguida se averiaron. La chica tuvo que ponerse en cuclillas contra el muro para aliviarse, mientras luchaba contra las ganas de vomitar tapándose la boca con una mano. La gente orinaba y defecaba donde podía, avergonzados, destrozados, acurrucados como animales sobre aquel suelo inmundo. La chica vio a una anciana pudorosa que se escondía tras el abrigo de su marido. Otra mujer jadeaba de espanto, se tapaba la boca y la nariz con las manos y meneaba la cabeza.

La chica siguió a su padre por entre la multitud, de vuelta al lugar donde habían dejado a su madre. Tuvieron que abrirse paso a través de la muchedumbre. Los pasillos estaban repletos de bultos, bolsas, colchones, cunas, y la pista, atestada de gente. ¿Cuánta gente habría allí?, se preguntó. Los niños corrían por los pasillos, desaliñados y sucios, pidiendo agua a gritos. Una embarazada, debilitada por el calor y la sed, gritaba con todas sus fuerzas que se iba a morir, que se iba a morir en cualquier momento. Un hombre se desplomó de repente y quedó tendido sobre el polvo del suelo. Tenía la cara azulada y un rictus le deformaba el gesto. Nadie se movió.

La muchacha se sentó al lado de su madre, que se había tranquilizado, y apenas hablaba. La chica le cogió la mano y la apretó, pero ella no respondió. El padre se levantó y se acercó a un policía para pedirle agua para su hija y su esposa. El hombre respondió en tono brusco que de momento no había. El padre dijo que era una vergüenza, que no podían tratarles como a perros. El policía se dio la vuelta y se alejó.

La chica volvió a encontrarse con Léon, el chico al que había visto en el taller. Caminaba entre la multitud, mirando hacia las puertas. Se dio cuenta de que no llevaba la estrella amarilla. Se la habían arrancado. Se levantó y se dirigió hacia él. Tenía la cara sucia, una magulladura en la mejilla izquierda, y otra junto a la clavícula. La chica se preguntó si ella parecería tan exhausta y molida como él.

—Voy a salir de aquí —dijo el chico en voz baja—. Mis padres me han dicho que lo haga. Ahora.

—¿Pero cómo? —preguntó ella—. Los policías no te dejarán.

El chico la miró. Tenía su misma edad, diez años, pero parecía mucho mayor. Ya no quedaba ningún rasgo infantil en él.

—Encontraré la manera —respondió—. Mis padres me han dicho que me vaya. Ellos me han arrancado la estrella. Es la única forma. Si no, se acabó. Será el fin para todos nosotros.

La chica volvió a sentir que la invadía un pavor gélido. ¿Tendría razón el chico? ¿De verdad iba a ser el fin?

Él la miró con gesto un tanto desdeñoso.

—No me crees, ¿verdad? Deberías acompañarme. Quítate la estrella y ven conmigo. Nos esconderemos. Yo cuidaré de ti: sé lo que he de hacer.

La chica pensó en su hermanito, que la esperaba en el armario, y metió la mano en el bolsillo para tocar la llave. Podía escaparse con aquel niño tan rápido y espabilado. Así podría salvar a su hermano, y también a sí misma.

Pero se sentía demasiado pequeña y vulnerable para hacer algo así ella sola. Estaba demasiado asustada. Y sus padres... ¿Qué les pasaría a ellos? ¿Y si lo que decía el chico no era verdad? ¿Podía confiar en él?

El chico le puso la mano en el brazo, intuyendo su reticencia.

—Ven conmigo —la animó.

—No sé —musitó ella.

El chico se apartó.

—Yo ya me he decidido. Me marcho. Adiós.

Lo vio dirigirse hacia la entrada. La policía hacía pasar a más gente: ancianos en camillas, en sillas de ruedas, grupos de niños que gimoteaban y mujeres que lloraban. Vio a Léon deslizarse entre la muchedumbre, a la espera del momento adecuado.

En un momento, un policía le agarró por el cuello de la camisa y lo lanzó hacia atrás. Léon se levantó ágilmente y se acercó centímetro a centímetro hacia las puertas, como un nadador que avanza con destreza contra la corriente. La chica observaba, fascinada.

En la entrada irrumpió un grupo de madres airadas que pedían agua para sus hijos. Los policías parecieron confusos por un momento, sin saber qué hacer. La chica vio a Léon deslizarse con facilidad entre el caos, rápido como un rayo. Luego desapareció.

Volvió con sus padres. Empezaba a caer la noche y, con ella, la chica sentía que su desesperación y la de las miles de personas encerradas en aquel lugar empezaba a crecer como un ser monstruoso, fuera de control, una desesperación pura y absoluta que la llenaba de pánico.

Trató de cerrar los ojos, la nariz y los oídos para cerrar el paso al olor, el polvo, el calor, los quejidos de angustia, la visión de adultos llorando y niños gimiendo. Pero no podía.

Lo único que podía hacer era observar, desvalida, callada. Advirtió un repentino alboroto arriba, cerca del tragaluz, donde la gente se sentaba en pequeños grupos. Hubo un alarido sobrecogedor, un borrón de ropas que caía como una cascada desde el palco, y un golpe sordo contra el duro suelo de la pista. Después se oyó un grito ahogado entre la multitud.

—Papá, ¿qué ha sido eso? —preguntó.

Su padre intentó apartarle la cara.

—Nada, cariño, nada. Sólo es ropa que ha caído desde arriba.

Pero la chica lo había visto, y sabía lo que había pasado. Una mujer joven, de la edad de su madre, y un niño pequeño. La mujer había saltado de la barandilla más alta con el niño agarrado.

Desde donde estaba sentada, la chica podía ver el cuerpo desmadejado de la mujer y el cráneo ensangrentado del niño, abierto como un tomate maduro.

La chica agachó la cabeza y lloró.

Cuando era niña y vivía en el 49 de Hyslop Road en Brookline nunca imaginé que un día me iría a vivir a Francia y me casaría con un francés. Suponía que iba a quedarme en Estados Unidos toda la vida. Cuando tenía once años estaba colada por Evan Frost, el chico que vivía en la casa de al lado. Tenía la cara llena de pecas, como los niños de los cuadros de Norman Rockwell, y tenía un aparato dental y un perro, *Inky*, al que le encantaba retozar sobre los primorosos parterres de mi padre.

Mi padre, Sean Jarmond, daba clases en el MIT*. Era el típico «profesor chiflado», con el pelo rizado y unas gafas de culo de vaso. Era muy popular, y a los estudiantes les caía bien. Mi madre, Heather Carter Jarmond, era una campeona de tenis retirada de Miami, esa clase de mujer deportista, bronceada y esbelta que nunca parece envejecer. Le gustaban el yoga y los alimentos naturales.

Los domingos, mi padre y el vecino, el señor Frost, hacían concursos de gritos por encima del seto por culpa de *Inky*, que destrozaba los tulipanes de mi padre, mientras mi madre preparaba magdalenas de miel y salvado

---

* Massachusetts Institute of Technology. *[N. del T.]*

en la cocina y suspiraba. Odiaba los conflictos. Sin prestar atención a la trifulca, Charla, mi hermana pequeña, veía *La Isla de Gilligan* o *Meteoro* en el cuarto de la tele mientras se atiborraba de regaliz rojo. En el piso de arriba, mi mejor amiga, Katy Lacy, y yo observábamos por detrás de la cortina cómo el encantador Evan Frost jugaba con el objeto de la ira de mi padre, un labrador negro azabache.

Fue una infancia feliz, entre algodones, sin grandes arrebatos ni escenas entre mis padres. Iba al colegio Runkle, calle abajo. Días de Acción de Gracias tranquilos, Navidades entrañables, veranos largos y perezosos en Nahant. Las semanas apacibles se convertían en meses no menos apacibles. La única vez que tuve miedo fue cuando mi maestra de quinto, la rubia señorita Sebold, leyó en voz alta *El corazón delator*, de Edgar Allan Poe. Gracias a ella tuve pesadillas durante años.

Fue durante mi adolescencia cuando empecé a sentir los primeros anhelos por Francia, una insidiosa fascinación que fue creciendo con el paso del tiempo. ¿Por qué Francia? ¿Por qué París? Siempre me había atraído la lengua francesa. La encontraba más suave y sensual que el alemán, el español o el italiano. Imitaba a la perfección a *Pepé Le Pew*, la mofeta francesa de los *Looney Tunes*. En mi interior sabía que aquella pasión por París, que no dejaba de crecer, no tenía nada que ver con los típicos clichés americanos del romance, la sofisticación y el atractivo sexual. Era algo más que todo eso.

Cuando descubrí París por primera vez, enseguida me llamaron la atención sus contrastes: los barrios vulgares y chabacanos me atraían mucho más que los majestuosos distritos de Haussmann. Me fascinaban sus paradojas, sus secretos, sus sorpresas. Me llevó veinticinco años aclimatarme, pero lo conseguí. Me acostumbré a soportar a los camareros impacientes y a los taxistas maleducados. Aprendí a conducir por la plaza de l'Étoile, impasible ante los airados insultos que me lanzaban los conductores de autobús y, lo que es más sorprendente, rubias elegantes y llamativas al volante de brillantes Minis negros. Aprendí a domar a *concierges* arrogantes, vendedoras altivas, operadoras telefónicas displicentes y médicos pedantes. Descubrí que los parisinos se consideraban superiores al resto del mundo, en especial a los demás ciudadanos franceses desde Niza hasta Nancy, y con un desprecio particular hacia los habitantes de los suburbios de la Ciudad de la Luz. Me enteré de que el resto de Francia llamaba a los parisinos «caraperros»: «*Parisien Tête de Chien*», y de que no les profesaban demasiado cariño. Nadie amaba más París que un auténtico parisino. Nadie estaba más orgulloso de su ciudad que un auténtico parisino. Nadie era tan arrogante, tan orgulloso, tan engreído y, sin embargo, tan irresistible. Me preguntaba a mí misma por qué adoraba París. Tal vez porque nunca se entregó a mí. Se me acercaba, tentador, pero me dejaba claro cuál era mi lugar: el de la americana. Siempre sería la americana, *l'Américaine*.

Supe que quería ser periodista cuando tenía la edad de Zoë. Empecé escribiendo para el periódico del instituto y no dejé de hacerlo desde entonces. Me vine a vivir a París cuando tenía poco más de veinte años, tras licenciarme en la Universidad de Boston en la especialidad de Lengua Inglesa. Mi primer trabajo fue de ayudante subalterna en una revista de moda americana, pero duré poco. Buscaba temas de más enjundia que la longitud de una falda o los colores de la última primavera.

Acepté el primer empleo que me surgió: reescribir notas de prensa para una cadena americana de televisión. No es que pagaran una maravilla, pero daba suficiente para ir tirando. Vivía en el distrito XVIII, compartiendo piso con dos franceses gays, Hervé y Christophe, que se convirtieron en amigos míos para toda la vida.

Aquella semana había quedado para cenar con ellos en la calle Berthe, donde vivía antes de conocer a Bertrand. Éste me acompañaba muy raras veces. A veces me preguntaba a mí misma por qué no se interesaba más por Hervé y Christophe. «Porque tu querido esposo, como la mayoría de los franceses que son burgueses o caballeros acomodados, prefieren las mujeres a los homosexuales, *cocotte*», casi pude oír la voz lánguida y las pícaras risas de mi amiga Isabelle. Sí, ella tenía razón: definitivamente, a Bertrand le iban las mujeres. Le iban cantidad, como diría Charla.

Hervé y Christophe seguían viviendo en el mismo piso que compartieron conmigo, sólo que mi pequeño cuarto se había convertido en un vestidor. Christophe era una víctima de la moda, y estaba orgulloso de ello. Me gustaban las cenas que organizaban; siempre había una mezcla interesante de gente: un modelo o cantante famoso, un escritor polémico, un vecino guapo y gay, algún periodista estadounidense o canadiense, tal vez algún joven editor que empezaba a despuntar. Hervé era abogado de una firma internacional, y Christophe, profesor de yoga.

Eran amigos de verdad y muy queridos para mí. Tenía otras amistades aquí, expatriados americanos como Holly, Susannah y Jan, a quienes había conocido a través de la revista o el Colegio Americano, adonde iba a menudo a poner anuncios solicitando canguros. Incluso tenía un par de amigas francesas, como Isabelle, a quien había conocido por las clases de *ballet* de Zoë en la Salle Pleyel. Pero era a Hervé y a Christophe a quienes llamaba por la mañana cuando Bertrand me daba problemas. Fueron ellos los que acudieron al hospital cuando Zoë se rompió el tobillo al caerse del monopatín. Eran los únicos que jamás olvidaban mi cumpleaños, los que sabían qué películas ver y qué discos comprar. Sus cenas, deliciosas y alumbradas por velas, eran siempre un placer.

Llegué con una botella de champán muy frío. Christophe estaba todavía en la ducha, me explicó Hervé al saludarme en la puerta. Hervé tenía unos cuarenta y cinco años; llevaba bigote, era delgado y muy cordial. Fumaba como un carretero y le resultaba imposible dejarlo, así que todos habíamos renunciado a convencerle.

—Esa chaqueta es preciosa —comentó mientras apagaba el cigarrillo para abrir el champán.

Hervé y Christophe siempre se fijaban en qué llevaba puesto, si me había echado un perfume nuevo, si había cambiado de maquillaje o si llevaba un peinado distinto. Cuando estaba con ellos nunca me sentía como *l'Américaine* que intentaba desesperadamente imitar el chic parisino. Me sentía yo misma, y eso era algo que me encantaba de ellos.

—El turquesa te sienta bien; te va divino con el color de los ojos. ¿Dónde te la has comprado?

—En H&M, en la calle Rennes.

—Estás espléndida. Bueno, ¿qué tal va lo del apartamento? —preguntó mientras me tendía una copa y una tostada caliente untada con *tarama*.

—Hay un montón de cosas por hacer —respondí suspirando—. Nos va a llevar meses.

—Y me imagino que tu marido el arquitecto estará emocionadísimo.

Hice una mueca.

—Te refieres a que es incansable.

—Ajá —dijo Hervé—. Y por eso mismo, para ti es como un grano en el culo.

—Has acertado —admití mientras daba un sorbo al champán.

Hervé me miró a través de los pequeños cristales al aire de sus gafas. Tenía los ojos gris claro y las pestañas ridículamente largas.

—Dime, Juju, ¿te encuentras bien?

Sonreí abiertamente.

—Sí, estoy bien.

Pero nada más lejos de la realidad. Acababa de conocer los sucesos de julio de 1942, y eso había desencadenado en mi interior cierta vulnerabilidad, despertando algo profundo e inexpresable que era a la vez una obsesión y una carga. Llevaba arrastrando aquel peso toda la semana, desde que empecé a investigar sobre la redada del Vel' d'Hiv'.

—No pareces tú misma —insistió Hervé con gesto preocupado. Se sentó a mi lado y me puso su mano blanca y fina en la rodilla—. Conozco esa cara, Julia. Es tu cara triste. Así que cuéntame ahora mismo qué es lo que te pasa.

El único modo de aislarse del infierno circundante era esconder la cabeza entre sus rodillas huesudas y taparse los oídos con las manos. Se balanceaba adelante y atrás, apretando el rostro contra las piernas. *Piensa en cosas agradables*, se decía, *en todo lo que te gusta, en lo que te hace feliz, en todos los momentos mágicos y especiales que recuerdes*. Su madre llevándola a la peluquería, donde todo el mundo alababa su espesa cabellera de color miel: *¡Cuando crezcas estarás orgullosa de esa mata de pelo,* ma petite*!*

Las manos de su padre trabajando el cuero en el taller, moviéndose con fuerza y velocidad mientras ella admiraba su destreza. El día en que cumplió diez años y le regalaron el reloj nuevo, guardado en aquella preciosa caja azul, con la pulsera de cuero que su padre le había fabricado y que despedía un olor fuerte y embriagador, y aquel discreto tictac de las agujas que la embelesaba. Estaba muy orgullosa de su reloj, pero su madre le aconsejó que no lo llevara al colegio, porque se le podía romper o a lo mejor lo perdía. Sólo lo había visto Armelle, su mejor amiga. ¡Y qué envidia le dio!

¿Dónde estaría Armelle? Vivía calle abajo, y las dos iban al mismo colegio. Pero Armelle había salido de la ciudad al empezar las vacaciones de verano para irse con sus padres a algún lugar del sur. Le había escrito una carta, y se acabó. Armelle era bajita, pelirroja y muy lista. Se sabía de memoria toda la tabla de multiplicar, e incluso dominaba los complicados entresijos de la gramática.

Armelle nunca tenía miedo, y la chica la admiraba por ello. Ni siquiera el día en que, en mitad de la clase, empezaron a sonar las sirenas, aullando como lobos furiosos, y todo el mundo dio un brinco. Armelle no perdió la calma ni el control, agarró a la chica de la mano y la llevó al mohoso sótano del colegio, indiferente a los susurros aterrados de los demás niños y a las órdenes que mademoiselle Dixsaut impartía con voz trémula. Se acurrucaron juntas, hombro con hombro, en aquel lugar húmedo, con las luces de las velas parpadeando en sus pálidos semblantes. Parecieron transcurrir horas mientras escuchaban el zumbido de los aviones sobre sus cabezas y mademoiselle Dixsaut leía a Jean de La Fontaine, o a Molière, mientras intentaba contener el temblor de sus manos.

—Mírale las manos —dijo Armelle con una risita—. Tiene tanto miedo que casi no puede leer, fíjate.

La chica miró asombrada a Armelle.

—¿Tú no tienes miedo? —inquirió en un susurro—. ¿Ni siquiera un poquito?

—No, no lo tengo —le contestó sacudiendo sus brillantes cabellos rojos con desdén—. No estoy asustada.

Y a ratos, cuando la vibración de las bombas se filtraba haciendo temblar el mugriento suelo del sótano y a mademoiselle Dixsaut le fallaba la voz y dejaba de leer, Armelle cogía la mano de la chica y la agarraba con fuerza.

Echaba de menos a Armelle. Ojalá pudiera estar allí ahora, para agarrarle la mano y decirle que no tuviera miedo. Añoraba sus pecas, sus ojos verdes y maliciosos y su sonrisa insolente. Piensa en las cosas que amas, en las cosas que te hacen feliz.

El verano anterior, o tal vez dos veranos atrás, no se acordaba muy bien, su padre los había llevado a pasar unos días al campo, junto al río. No recordaba el nombre del río, pero sí la sensación tan suave y agradable del agua en su piel. Su padre intentó enseñarle a nadar. Al cabo de unos días consiguió manotear con un torpe estilo perruno que hizo reír a todos. En la orilla, su hermano estaba emocionado, loco de contento. Era muy pequeño todavía, aún estaba empezando a andar. La chica se pasaba el día corriendo tras él, mientras su hermano se resbalaba por el barro de la orilla entre alegres chillidos. A mamá y papá se les veía relajados, jóvenes y enamorados, y su madre apoyaba la cabeza en el hombro de su padre. Pensó en aquel hotelito junto al río donde disfrutaban de comidas sencillas y apetitosas a la sombra de un cenador, y se acordó de cuando la patronne le pidió que la ayudara detrás del mostrador y estuvo sirviendo café. Se sentía muy mayor, y muy orgullosa, hasta que se le cayó un café en los pies de alguien; pero la patronne no le había dado importancia.

La chica levantó la cabeza y vio a su madre hablando con Eva, una mujer joven que vivía cerca de ellos. Eva tenía cuatro niños pequeños, una panda de críos ruidosos que a la chica no le caían demasiado bien. El rostro de Eva parecía demacrado y envejecido, como el de su madre. ¿Cómo podían parecer tan mayores de la noche a la mañana?, se preguntó. Eva también era polaca y su francés, al igual que el de su madre, no era muy bueno. Igual que sus padres, Eva tenía familia en Polonia: sus padres, sus tías y sus tíos. La chica recordaba aquel fatídico día (¿cuándo fue?; no hacía mucho) en que Eva recibió una carta de Polonia. Apareció en el apartamento con la cara bañada en lágrimas y se desplomó en los brazos de su madre. Ésta trató de consolarla, pero la chica sospechaba que ella también estaba conmocionada. *Nadie quiso decirle qué había pasado exactamente, pero ella se enteró prestando atención a cada palabra en* yiddish *que lograba descifrar de entre los sollozos. Era algo espantoso: en Polonia habían asesinado a familias enteras y habían quemado sus casas; sólo quedaban ruinas y cenizas. La chica le preguntó a su padre si sus abuelos maternos, de los que tenían una fotografía en blanco y negro sobre la chimenea de mármol del salón, estaban a salvo. Él respondió que lo ignoraba. Habían recibido noticias muy malas de Polonia, pero no quiso explicarle en qué consistían.*

Mientras miraba a Eva y a su madre, la chica se preguntó si sus padres habían hecho bien al protegerla de todo, si habían hecho lo correcto al ocultarle aquellas noticias tan graves e inquietantes y al no querer explicarle por qué, desde que empezó la guerra, tantas cosas habían cambiado en su vida. Como cuando, el año pasado, el marido de Eva no regresó. Había desaparecido. ¿Dónde? Nadie quería contárselo, nadie quería explicárselo. Odiaba que la trataran como a un bebé. Odiaba que bajaran la voz cuando ella entraba en la habitación.

Si se lo hubieran dicho, si le hubieran contado todo lo que sabían, ¿no habría sido ahora todo más fácil?

—No me pasa nada. Estoy cansada, eso es todo. Bueno, ¿quién viene esta noche?

Antes de que Hervé pudiera contestar, Christophe entró en el salón como una visión encarnada del chic parisién, vestido en tonos crema y caqui y oliendo a colonia cara de hombre. Christophe era un poco más joven que Hervé, mantenía el bronceado todo el año, estaba muy delgado y llevaba el pelo teñido a mechas rubias y negras y recogido en una gruesa coleta a lo Lagerfeld*.

Casi a la vez sonó el timbre.

—Ajá —dijo Christophe soplándome un beso—. Ése debe de ser Guillaume.

Se apresuró hacia la puerta.

—¿Guillaume? —pregunté a Hervé vocalizando el nombre con los labios.

—Nuestro nuevo amigo. Se dedica a algo relacionado con la publicidad. Está divorciado. Es un chico brillante. Te caerá bien. Es nuestro único invitado. Todos los demás se han ido a pasar el puente fuera de la ciudad.

* Karl Lagerfeld, diseñador de moda alemán. *[N. del T.]*

El hombre que entró en el salón era alto y moreno, y debía de quedarle poco para los cuarenta. Llevaba una vela perfumada envuelta y unas rosas.

—Ésta es Julia Jarmond —dijo Christophe—, periodista. Es amiga íntima nuestra desde que éramos jóvenes, hace mucho, mucho tiempo.

—Pues yo diría que fue ayer mismo... —murmuró Guillaume con auténtica galantería francesa.

Traté de mantener una sonrisa natural, consciente de que Hervé me lanzaba miradas inquisitivas de vez en cuando. Era raro, porque normalmente habría confiado en él. Habría podido contarle lo extraña que me sentía desde la semana anterior. Y también lo de Bertrand. Siempre había soportado su sentido del humor, provocador y a veces bastante desagradable. Nunca me había ofendido ni me había hecho daño. Hasta ahora. Siempre había admirado su ingenio y su sarcasmo, que incluso me hacían amarle aún más.

La gente se reía con sus bromas. Hasta le tenían un poco de miedo. Detrás de su risa irresistible, el brillo de sus ojos azulados y su sonrisa cautivadora había un hombre duro y exigente acostumbrado a conseguir lo que quería. Había aguantado hasta ahora porque siempre me compensaba, y cuando se daba cuenta de que me había hecho daño, me colmaba de regalos, flores y sexo apasionado. Probablemente, la cama era el único lugar en el que Bertrand y yo nos comunicábamos de verdad, el único terreno donde ninguno de los dos dominaba al otro. Recuerdo que Charla me dijo una vez, tras ser testigo de una diatriba especialmente dura de mi marido:

—¿Pero de verdad te *gusta* este tipejo? —Y al ver que mi cara enrojecía poco a poco, añadió—: Dios mío. Ya lo entiendo. Conversaciones de alcoba. Obras son amores y no buenas razones. —Después de eso suspiró y me dio una palmadita en la mano.

¿Por qué esta noche no le había abierto mi corazón a Hervé? Algo me contenía. Algo me sellaba los labios.

Cuando nos sentamos a la mesa octogonal de mármol, Guillaume me preguntó en qué periódico trabajaba. Al decírselo, ni se inmutó. No me sorprendió, ya que los franceses rara vez han oído hablar de *Seine Scenes*. La mayoría de sus lectores son americanos residentes en París. Aquello no me molestó; yo nunca había buscado la fama. Me bastaba con tener un trabajo bien pagado que, en cierta medida, me dejaba tiempo libre, a pesar del despotismo ocasional de Joshua.

—¿Y sobre qué estás escribiendo ahora? —me preguntó Guillaume, muy cortés, enrollando espaguetis verdes con el tenedor.

—Sobre el Vel' d'Hiv' —dije—. Van a cumplirse sesenta años.

—¿Te refieres a aquella redada, durante la guerra? —preguntó Christophe con la boca llena.

Estaba a punto de responderle cuando advertí que el tenedor de Guillaume se había quedado parado a mitad de camino entre el plato y su boca.

—Sí, la gran redada del Velódromo de Invierno —contesté.

—¿Eso no ocurrió en algún lugar fuera de París? —continuó Christophe, sin dejar de masticar.

Guillaume había soltado el tenedor, sin decir nada. Su mirada parecía clavada en la mía. Tenía los ojos oscuros, y una boca fina y delicada.

—Fueron los nazis, creo —dijo Hervé sirviéndome más Chardonnay. Ninguno de los dos parecía haber reparado en el gesto tenso de Guillaume—. Los nazis arrestaron a los judíos durante la Ocupación.

—En realidad no fueron los alemanes... —empecé.

—Fue la policía francesa —me interrumpió Guillaume—. Y ocurrió en pleno París, en un velódromo donde se celebraban carreras ciclistas muy importantes.

—¿En serio? —preguntó Hervé—. Creía que habían sido los nazis, en los suburbios.

—Llevo una semana investigándolo —comenté—. Las órdenes eran alemanas, sí, pero la acción la llevó a cabo la policía francesa. ¿No lo estudiasteis en el instituto?

—No recuerdo. Creo que no —reconoció Christophe.

Guillaume seguía mirándome fijamente, como si intentara sacarme algo o me estuviera sondeando. Me sentía perpleja.

—Es asombroso —dijo Guillaume con una sonrisa irónica— la cantidad de franceses que todavía no saben lo que ocurrió. ¿Y los americanos? ¿Tú lo sabías, Julia?

Le aguanté la mirada.

—No, no lo sabía. Y tampoco me lo enseñaron cuando estudié en Boston, allá por los años setenta, pero ahora sé mucho más, y lo que he averiguado me tiene conmocionada.

Hervé y Christophe permanecían en silencio. Parecían perdidos; no sabían qué decir. Fue Guillaume quien por fin habló.

—En julio del 95, Jacques Chirac fue el primer presidente que llamó la atención sobre el papel del gobierno francés durante la Ocupación, y en especial sobre esta redada. Su discurso apareció en todos los titulares, ¿lo recordáis?

Había leído el discurso de Chirac durante mi investigación. Sin duda, había sido bastante audaz. Pero yo no lo recordaba, a pesar de que debí de oírlo en las noticias seis años atrás. Y era obvio que los chicos (no puedo evitar llamarles así: siempre lo había hecho) no lo habían leído ni recordaban el discurso del presidente. Miraban fijamente a Guillaume, avergonzados. Hervé empezó a fumar un cigarrillo tras otro mientras Christophe se daba golpecitos en la nariz, como hacía siempre que estaba nervioso o se sentía incómodo.

Se hizo el silencio. Era una situación extraña en aquel salón. Allí se habían celebrado un sinfín de fiestas alegres y ruidosas, con gente riendo a carcajadas, chistes sin fin, la música a tope, juegos, discursos de cumpleaños, bailes hasta el amanecer a pesar de los furiosos escobazos que daban los vecinos de abajo...

Aquel silencio era opresivo y doloroso. Cuando Guillaume empezó a hablar de nuevo, su voz había cambiado. El gesto también había cambiado: estaba pálido y ya no nos miraba. Tenía la vista clavada en el plato, donde su pasta seguía sin tocar.

—Mi abuela tenía quince años cuando ocurrió la redada. Le dijeron que era libre porque sólo se llevaban a los niños de entre dos y doce años con sus padres. La dejaron atrás y se llevaron a todos los demás: su hermana y sus hermanos pequeños, su madre, su padre, su tía, su tío. Sus abuelos. Fue la última vez que los vio. Ninguno de ellos volvió. Ninguno.

Los ojos de la chica estaban vidriosos, con la palidez fantasmal de la noche. Al amanecer, la mujer embarazada había dado a luz a un niño prematuro. La criatura nació muerta. La chica fue testigo de los gritos y el llanto. Vio cómo la cabeza del bebé, manchada de sangre, apareció entre las piernas de la mujer. Sabía que debía mirar hacia otro lado, pero no pudo evitar contemplarlo, aterrada y fascinada a la vez. Vio al niño muerto, que parecía un muñeco de cera, pálido y roto, aunque enseguida lo taparon con una sábana sucia. La mujer gemía todo el rato, y nadie consiguió hacerle callar.

Por la mañana, el padre sacó del bolsillo de la chica la llave del armario secreto. La cogió y fue a hablar con un policía para explicarle la situación. La chica se dio cuenta de que intentaba mantener la calma, pero estaba a punto de desmoronarse. Le dijo al policía que tenía que ir a buscar a su hijo de cuatro años, y le prometió regresar después. Sólo iba a recoger a su hijo, insistió, y luego volvería directamente, pero el policía se rió en su cara: «¿Y piensas que voy a creerte? ¡Pobre diablo!». El padre le pidió que lo acompañara, ya que sólo iba a recoger al niño y volver enseguida. El gendarme le ordenó que se apartara de su vista. El padre volvió a su sitio, con los hombros encorvados. Estaba llorando.

La chica cogió la llave de entre los dedos temblorosos de su padre y volvió a guardársela en el bolsillo. Se preguntó cuánto tiempo lograría sobrevivir su hermano. Aún debía de estar esperándola. El pequeño tenía una fe incondicional en ella.

No podía soportar la idea del niño aguardando en la oscuridad. Debía de tener hambre y sed. Probablemente ya se habría quedado sin agua, y las pilas de la linterna se habrían agotado. Pero cualquier cosa era mejor que estar allí, pensó. Cualquier cosa antes que ese infierno, entre el hedor, el calor y el polvo, la gente gritando y muriendo.

Contempló a su madre, que estaba encogida en cuclillas y en las dos últimas horas no había vuelto a emitir ni un gemido. Contempló a su padre, que tenía el rostro macilento y la mirada perdida. Miró a su alrededor, a Eva y a sus niños, tan agotados que daba pena verlos, y también a las demás familias, a todas aquellas personas desconocidas que, como ella, llevaban una estrella amarilla sobre el pecho. Miró a los miles de niños que corrían sin control, hambrientos, sedientos; los pequeños que no lograban comprender, que creían que se trataba de algún extraño juego que ya estaba durando demasiado, y que querían volver a casa, a acostarse en sus camas con sus ositos de peluche.

La chica intentó descansar apoyando su puntiaguda barbilla sobre las rodillas. Al salir el sol, volvió el calor. No sabía cómo iba a afrontar otro día más en aquel lugar. Se sentía débil, cansada. Tenía la garganta reseca, y le dolía el estómago de hambre.

Al cabo de un rato se quedó amodorrada. Soñó que estaba de vuelta en casa, en su cuarto con vistas a la calle, en el salón donde el sol entraba por las ventanas y dibujaba figuras sobre la chimenea y sobre la foto de su abuela polaca. A través del frondoso patio se oía el violín del profesor. Sur le pont d'Avignon, on y danse, on y danse, sur le pont d'Avignon, on y danse tout en rond. *Su madre preparaba la cena, mientras cantaba* Les beaux messieurs font comme ça, et puis encore comme ça. *Su hermano estaba jugando con su trenecito rojo por el pasillo, deslizándolo y haciéndolo traquetear sobre las oscuras tablas de la tarima.* Les belles dames font comme ça, et puis encore comme ça. *Podía oler su hogar, el reconfortante aroma de la parafina y de las especias, y de todas las cosas apetitosas que su madre guisaba en la cocina. Podía escuchar la voz de su padre leyendo en alto para su madre. Estaban a salvo. Eran felices.*

Sintió una mano fría en la frente. Miró hacia arriba y vio a una mujer joven que llevaba un velo azul con una cruz.

La joven le sonrió y le dio un vaso de agua fresca, que la chica bebió con avidez. Luego le dio una galleta fina como el papel y un poco de pescado en conserva.

—Tienes que ser valiente —musitó la enfermera.

Pero la chica vio que la joven tenía lágrimas en los ojos, como su padre.

—Quiero salir de aquí —susurró la chica. Quería volver a aquel sueño, a la paz y la seguridad que le había hecho sentir.

La enfermera asintió y esbozó una triste sonrisa.

—Lo entiendo, pero no puedo hacer nada. Lo siento.

Se levantó para dirigirse hacia otra familia, pero la chica la agarró de la manga y la detuvo.

—Por favor, ¿cuándo nos vamos a ir? —le preguntó.

La enfermera sacudió la cabeza y le acarició suavemente la mejilla. Luego se volvió para atender a la familia de al lado.

La chica creyó que iba a volverse loca. Quería gritar, patear, chillar; quería salir de aquel abominable y espantoso lugar. Quería volver a casa, a la vida que había llevado antes de que le cosieran la estrella amarilla, antes de que aquellos hombres aporrearan su puerta.

¿Por qué le tenía que pasar a ella? ¿Qué habían hecho sus padres o ella para merecer aquello? ¿Por qué era tan horrible ser judío? ¿Por qué trataban a los judíos de esa manera?

Recordó el primer día en que tuvo que llevar la estrella al colegio, el momento en que entró en clase y todas las miradas se volvieron hacia ella. Llevaba sobre el pecho una estrella amarilla del tamaño de la mano de su padre. Y entonces vio que había más chicas en la clase con la estrella. Armelle llevaba una, y eso la hizo sentir un poco mejor.

En el recreo, todas las niñas que llevaban la estrella formaron una piña. Los demás alumnos, que hasta entonces habían sido sus amigos, las señalaban con el dedo. Mademoiselle *Dixsaut se había encargado de explicar que aquello no cambiaba nada: iban a tratar a todos los alumnos igual que antes, con o sin estrella.*

Pero la charla de mademoiselle *Dixsaut no sirvió de mucho. Desde aquel día, la mayoría de las niñas dejaron de hablar a quienes llevaban estrellas. O peor aún, los miraban con desprecio. No podía soportar el desprecio. Aquel chico, Daniel, les había dicho a ella y a Armelle en la calle, delante del colegio, con una mueca de crueldad: «Si vuestros padres son cochinos judíos, vosotras sois cochinas judías». ¿Por qué cochinas? ¿Por qué era sucio ser judío? Aquello la hizo sentirse avergonzada y triste, y le dieron ganas de llorar. Armelle no dijo nada y se limitó a morderse el labio hasta que empezó a sangrarle. Fue la primera vez que había visto a Armelle parecer asustada.*

La chica quería arrancarse la estrella, y les dijo a sus padres que se negaba a volver al colegio con ella. Pero su madre le dijo que no, que debía estar orgullosa de ella. A su hermano le dio una pataleta porque él también quería su estrella. La madre le explicó con paciencia que no tenía seis años, y que tendría que esperar un par de años más. El niño se pasó toda la tarde llorando.

Pensó en su hermano, escondido en la oscuridad de aquel profundo armario. Quería estrechar su cálido cuerpecito entre sus brazos, darle besos en aquella cabecita poblada de rizos dorados y en el cuello regordete. Aferró la llave en el bolsillo con todas sus fuerzas.

—No me importa lo que digan —susurró—. Encontraré la manera de volver y salvarle. La encontraré.

Después de cenar, Hervé nos ofreció *limoncello*, un licor helado italiano de limón de un color amarillo precioso. Guillaume sorbía el suyo con lentitud. No había hablado mucho durante la cena. Parecía apagado. No me atreví a sacar el tema del Vel' d'Hiv' otra vez, pero fue él quien se dirigió a mí, mientras los otros dos escuchaban.

—Mi abuela ya es muy mayor —comenzó—. No querrá volver a hablar sobre ello. Pero me contó todo lo que necesito saber sobre lo que sucedió aquel día. Creo que lo peor para ella fue tener que seguir viviendo sin ellos, tener que salir adelante sin su familia.

No se me ocurría qué decir. Los chicos estaban callados.

—Después de la guerra, mi abuela iba todos los días al hotel Lutétia, en el bulevar Raspail —prosiguió Guillaume—. Allí era donde había que ir para averiguar si alguien había vuelto de los campos. Había listas y organizaciones. Ella iba todos los días, y esperaba. Pero al cabo de un tiempo dejó de ir. Al oír hablar de los campos, empezó a asimilar que todos habían muerto y que ninguno iba a volver. Al principio nadie sabía nada, pero después, cuando los supervivientes que regresaban empezaron a contar sus testimonios, todo el mundo lo supo.

De nuevo, un silencio.

—¿Sabéis qué es lo que más me choca del Vel' d'Hiv'? —inquirió Guillaume—. Su nombre en clave.

Yo sabía la respuesta gracias a que había leído a conciencia sobre el asunto.

—Operación Viento Primaveral —murmuré.

—Es un nombre muy dulce para algo tan horrible, ¿no crees? —inquirió él—. La Gestapo pidió a la policía francesa que le «entregara» a cierto número de judíos de entre dieciséis y cincuenta años. La policía puso tanto empeño en deportar al mayor número de judíos posible que decidió llevar las órdenes aún más lejos, de modo que arrestaron a un montón de niños, aunque habían nacido en Francia. Arrestaron a niños franceses.

—¿La Gestapo no le había pedido esos niños? —pregunté.

—No —contestó—. En principio, no. Deportar niños habría revelado la verdad. Habría sido demasiado obvio que no estaban enviando a todos aquellos judíos a campos de trabajo, sino a la muerte.

—Entonces, ¿por qué arrestaron a los niños? —inquirí.

Guillaume dio un sorbo a su *limoncello*.

—Seguramente, la policía pensó que los hijos de los judíos, aunque hubieran nacido en Francia, eran judíos al fin y al cabo. Al final, Francia envió a cerca de ochenta mil judíos a los campos de exterminio. Sólo unos dos mil lograron volver, y entre ellos, casi ningún niño.

De camino a casa no era capaz de quitarme de la cabeza la mirada triste de Guillaume. Se había ofrecido a enseñarme fotos de su abuela y de su familia, y yo le había dado mi número de teléfono. Me prometió que me llamaría pronto.

Cuando llegué a casa, Bertrand estaba viendo la tele, tumbado en el sofá con la cabeza apoyada en un brazo.

—Bueno —saludó sin apartar apenas los ojos de la pantalla—, ¿cómo están los chicos? ¿Mantienen sus estándares habituales de sofisticación?

Dejé caer las sandalias, me senté en el sofá a su lado y me quedé observando su perfil elegante y delicado.

—Ha sido una cena perfecta. Habían invitado a un hombre interesante: Guillaume.

—Ajá —dijo Bertrand mirándome, divertido—. ¿Era gay?

—No, no lo creo. De todas formas, no me habría dado cuenta.

—¿Y qué tenía de interesante ese tal Guillaume?

—Nos ha estado hablando de su abuela, que se libró de la redada del Vel' d'Hiv' en 1942.

—Mmm... —respondió mientras cambiaba de canal con el mando a distancia.

—Bertrand —dije—, cuando ibas al colegio, ¿te enseñaron algo sobre el Vel' d'Hiv'?

—Ni idea, *chérie*.

—Es que estoy trabajando en ello, para la revista. Se acerca el sexagésimo aniversario.

Bertrand me cogió un pie y empezó a masajearlo con sus dedos firmes y cálidos.

—¿Tú crees que a los lectores les va a interesar el Vel' d'Hiv'? —me preguntó—. Es agua pasada. No es algo sobre lo que la gente quiera leer.

—¿Porque los franceses están avergonzados, quieres decir? —le contesté—. ¿Así que deberíamos enterrarlo y olvidarlo, como hicieron ellos?

Apartó mi pie de su rodilla y en sus ojos apareció aquel destello. Me preparé.

—Querida, querida —repuso con una sonrisa malévola—, otra ocasión más para demostrar a tus compatriotas lo malvados que fuimos los franchutes, que colaboramos con los nazis enviando a aquellas inocentes familias a la muerte... ¡La pequeña miss Nahant desvela la verdad! ¿Qué vas a hacer, *amour*, restregárnoslo por las narices? A nadie le importa ya; nadie se acuerda. Escribe sobre otra cosa: algo divertido, algo bonito. Tú sabes hacerlo. Dile a Joshua que lo del Vel' d'Hiv' es un error. Nadie va a leerlo. La gente bostezará y pasará a la siguiente columna.

Me levanté, exasperada.

—Creo que te equivocas —le dije—. Me parece que la gente no conoce el tema lo suficiente. Ni siquiera Christophe sabe mucho sobre ello, y eso que es francés.

Bertrand resopló.

—¡Pero es que Christophe apenas sabe leer! Las únicas palabras que entiende son «Gucci» y «Prada».

Salí del salón sin decir nada y fui a prepararme un baño. ¿Por qué no le había dicho que se fuera al infierno? ¿Por qué le aguantaba esas cosas una y otra vez? Porque estás loca por él, ¿verdad? Estás loca por él desde que le conociste, a pesar de que es un dictador, un grosero y un egoísta. Es listo, es guapo, puede ser divertido y además es un amante excelente, ¿verdad? Recuerdos de noches sensuales que nunca acababan, de besos y caricias, de sábanas arrugadas, de su hermoso cuerpo, de su boca cálida y su sonrisa traviesa. Bertrand: tan encantador, tan irresistible, tan difícil. Por eso le consientes su actitud. ¿A que sí? Pero ¿hasta cuándo vas a aguantar? Recordé una conversación reciente con Isabelle. Julia, ¿no estarás aguantándole todo eso a Bertrand porque te da miedo perderlo? Estábamos sentadas en un pequeño café junto a la Salle Pleyel, mientras nuestras hijas hacían *ballet*. Isabelle había encendido su enésimo cigarrillo y me miró directa a los ojos. «No —le dije—. Le quiero. Le quiero de verdad. Me encanta cómo es». Ella silbó, impresionada, aunque irónica. «Vaya, qué suerte tiene —respondió—, pero, por el amor de Dios, cuando se pase contigo, díselo. Tú sólo díselo».

Mientras me bañaba recordé la primera vez que vi a Bertrand. Fue en una pintoresca discoteca de Courchevel a la que había acudido con un grupo de amigos ruidosos y un tanto achispados. Yo estaba con el que era mi novio entonces, Henry, a quien había conocido un par de meses atrás en el canal de televisión donde trabajaba. Teníamos una relación informal y sin complicaciones. Ninguno de los dos estaba demasiado enamorado del otro. Éramos dos colegas americanos que lo pasaban en grande en Francia.

Bertrand me pidió que bailara con él, sin que pareciera importarle el hecho de que estuviera con otro hombre. Yo me negué, ofendida. Fue muy insistente: «Sólo un baile, señorita. Sólo uno. Pero será un baile maravilloso, se lo prometo». Me quedé mirando a Henry, y Henry se encogió de hombros. «Adelante», me dijo guiñándome un ojo. Así que me levanté y bailé con aquel francés tan audaz.

A los veintisiete, yo era una mujer despampanante. Y sí, *había* sido miss Nahant a los diecisiete. Aún guardaba en alguna parte la diadema de diamantes de imitación. A Zoë le gustaba jugar con ella cuando era pequeña. Mi aspecto nunca se me había subido a la cabeza, pero me había dado cuenta que desde que vivía en París llamaba mucho más la atención que al otro lado del Atlántico. También descubrí que los franceses eran mucho más atrevidos, más abiertos a la hora de ligar. Y también comprendí que, a pesar de no tener nada de parisina sofisticada (era demasiado alta, demasiado rubia y tenía demasiados dientes), mi atractivo de Nueva Inglaterra me hacía ser la chica de moda. Durante mis primeros meses en París, me asombraba el modo en que los franceses (y las francesas) se quedan mirando unos a otros, evaluándose constantemente. Analizan la figura, la ropa, los complementos. Recuerdo que, durante mi primera primavera en París, iba un día por el bulevar Saint Michel con Susannah, de Oregón, y Jan, de Virginia. Ni siquiera íbamos vestidas para salir: llevábamos vaqueros, camisetas y sandalias de dedo, pero las tres éramos altas, atléticas y rubias, con aspecto inconfundible de americanas. Los hombres se nos acercaban constantemente. *Bonjour Mesdemoiselles, vous êtes Américaines, Mesdemoiselles?* Hombres jóvenes, maduros, estudiantes, empresarios, hombres que nos pedían el número de teléfono, nos invitaban a cenar, a tomar una copa, suplicantes, divertidos, algunos encantadores, otros bastante menos. Esto no nos ocurría en nuestro país, pues los americanos no van detrás de las chicas por la calle para declararse. A Jan, Susannah y a mí nos daba la risa tonta: nos sentíamos halagadas y abrumadas al mismo tiempo.

Bertrand dice que se enamoró de mí durante aquel primer baile en la discoteca de Courchevel. Justo allí y entonces, pero yo creo que no fue así, sino que debió pasarle un poco más tarde. Quizás a la mañana siguiente, cuando me llevó a esquiar. «*Merde alors*, las chicas francesas no esquían así», dijo entre jadeos y mirándome con patente admiración. «¿Así, cómo?», le pregunté. «Ni la mitad de rápido que tú», contestó riéndose, y a continuación me besó apasionadamente. Sin embargo, *yo* había caído en el acto, hasta tal punto que cuando me largué de la discoteca del brazo de Bertrand ni siquiera le dirigí al pobre Henry una mirada de despedida.

Bertrand empezó a hablar de matrimonio enseguida. Nunca se me habría ocurrido tan pronto; yo estaba satisfecha con ser su novia una temporada. Pero él insistió, y fue tan encantador y tan apasionado que al final accedí a casarme con él. Creo que pensaba que yo iba a ser la esposa y madre perfecta. Era inteligente, culta, tenía un alto nivel de estudios (Summa Cum Laude por la Universidad de Boston), y era muy educada («para ser americana»; casi le leía el pensamiento). Además estaba sana y era fuerte. No fumaba, no tomaba drogas, apenas bebía y creía en Dios. Y así, de vuelta en París conocí a la familia Tézac. Qué nerviosa estaba el primer día. Recuerdo el impecable apartamento clásico en la calle de l'Université. Los ojos de Edouard, azules y fríos, y su sonrisa mordaz. Colette, con su cuidado maquillaje y su ropa perfecta, que intentaba ser amable sirviéndome el café y el azúcar con aquellos dedos elegantes y, por supuesto, con manicura. Y las dos hermanas, claro. Una era rubia y pálida y de líneas angulosas: Laure. La otra rolliza, de pelo castaño y mejillas rubicundas: Cécile. También estaba Thierry, el novio de Laure, que apenas me dirigió la palabra. Las dos hermanas me miraban con aparente interés, perplejas por el hecho de que el Casanova de su hermano hubiese elegido a una americana tan poco sofisticada cuando tenía *le tout-Paris* rendido a sus pies.

Sabía que Bertrand, al igual que su familia, esperaba que yo tuviera enseguida tres o cuatro niños. Pero inmediatamente después de la boda surgieron problemas, complicaciones interminables que no habíamos esperado. Tuve una serie de abortos precoces que me dejaron destrozada.

Conseguí tener a Zoë tras seis años muy difíciles. Durante mucho tiempo, Bertrand esperó un segundo hijo. Y yo también, pero el caso es que nunca volvimos a hablar de ello.

Y entonces apareció Amélie.

Pero lo cierto es que esta noche no quería pensar en Amélie. Ya le había dado demasiadas vueltas a eso en el pasado.

El agua de la bañera se estaba enfriando, así que salí, tiritando. Bertrand seguía viendo la tele. Normalmente, yo volvía a su lado, y él me abría los brazos, me besaba y me mimaba, y yo le decía que había sido muy grosero, pero se lo decía con voz de niña pequeña y haciendo pucheros. Y después nos besábamos, él me llevaba al dormitorio y me hacía el amor.

Pero aquella noche no volví a él, sino que me metí en la cama a leer algo más sobre los niños del Vel' d'Hiv'.

Y lo último que vi antes de apagar la luz fue el rostro de Guillaume mientras nos hablaba de su abuela.

¿Cuánto tiempo llevaban allí? La chica ya no lo recordaba. Se sentía insensible, entumecida. Los días se confundían con las noches. En un momento dado se mareó, vomitó bilis y gimió de dolor. Sintió la mano de su padre, reconfortante. Lo único en lo que pensaba era en su hermano. No se lo podía sacar de la cabeza. Tomaba la llave del bolsillo y la besaba con fervor, como si estuviera besando sus rollizas mejillas o sus ricitos.

En los últimos días habían muerto unas cuantas personas, y la muchacha había sido testigo de todo. Vio hombres y mujeres a los que aquel calor sofocante y hediondo volvía locos, y a los que reducían a golpes y ataban a la fuerza en camillas. Vio infartos, suicidios, fiebres galopantes, y contempló cómo se llevaban los cuerpos. Nunca había presenciado semejante horror. Su madre se había convertido en un animalillo dócil que apenas hablaba, sólo lloraba en silencio y rezaba.

Una mañana los altavoces empezaron a ladrar órdenes secas. Tenían que recoger sus pertenencias y reunirse cerca de la entrada, en silencio. La muchacha se levantó mareada, a punto de desfallecer. Tenía las piernas tan débiles que apenas la sostenían, pero aun así ayudó a su padre a tirar de su madre para que se levantara. Recogieron sus bolsas. La multitud se encaminó hacia la puerta lentamente, arrastrando los pies. Ella advirtió que todos se movían despacio, con fatiga. Incluso los niños caminaban con dificultad, como ancianos, encorvados y con la cabeza gacha. Se preguntó adónde irían. Pensó en preguntárselo a su padre, pero su rostro macilento e inexpresivo le hizo pensar que no conseguiría respuesta alguna. ¿Se iban a casa de una vez? ¿Había llegado el fin? ¿Podía volver a casa a liberar a su hermano?

Caminaron por la estrecha calle, mientras los policías los guiaban con sus órdenes. La chica vio a gente desconocida que los observaba desde las ventanas, desde los balcones, desde las puertas, desde las aceras. La mayoría mostraba un gesto vacío, impasible. Sólo miraban, sin decir una sola palabra. No les importa, pensó la joven. Les da igual lo que nos vayan a hacer o adónde nos lleven. Un hombre los señaló con el dedo, riéndose. Llevaba a un niño agarrado de la mano, que también se reía. ¿Por qué?, se preguntaba, ¿por qué? ¿Resultamos graciosos con estos harapos apestosos? ¿De eso se ríen? ¿Qué es tan divertido? ¿Cómo pueden reírse, cómo pueden ser tan crueles? Le dieron ganas de insultarles y escupirles.

Una mujer de mediana edad cruzó la calle a toda prisa y le puso algo en la mano. Era un panecillo tierno. La policía la ahuyentó a gritos, tan rápido que la joven apenas tuvo tiempo de ver cómo volvía al otro lado de la calle. La mujer le había dicho: «Pobre criatura. Que Dios se apiade de ti». ¿Qué hacía Dios?, pensó la muchacha con desánimo. ¿Acaso los había abandonado, o los estaba castigando por algo que ella ignoraba? Sus padres no eran muy devotos, aunque sabía que creían en Dios. No la habían criado según la religión tradicional, al contrario que a Armelle, cuyos padres respetaban todos los ritos. La chica se preguntaba si aquello no sería un castigo divino por no practicar su religión como era debido.

Le ofreció el pan a su padre, pero él le dijo que se lo comiera ella. Lo devoró tan deprisa que casi se atragantó.

Los mismos autobuses urbanos que los habían traído los llevaron a una estación de tren cercana al río. La chica no sabía qué estación era, pues nunca había estado allí. Apenas había salido de París en sus diez años de vida. Cuando vio el tren la invadió el pánico. No, no podía irse, tenía que quedarse por su hermano, le había prometido que volvería a rescatarlo. Tiró de la manga a su padre y le susurró el nombre de su hermano. Su padre se quedó mirándola.

—No podemos hacer nada —admitió impotente, definitivo—. Nada.

Pensó en aquel chico astuto que había escapado, el que había conseguido huir, y la ira se apoderó de ella. ¿Por qué su padre se mostraba tan débil, tan cobarde? ¿Es que no le importaba su hijo pequeño? ¿Le daba igual lo que le pudiera pasar? ¿Por qué no tenía el coraje de huir? ¿Cómo podía estar allí, dejando que lo metieran en un tren igual que una oveja? ¿Cómo podía quedarse allí en vez de salir corriendo hacia el apartamento, hacia su hijo y hacia la libertad? ¿Por qué no le quitaba la llave y echaba a correr?

Su padre la miró, y la muchacha supo que le había leído el pensamiento. Él le dijo en tono muy calmado que corrían un gran peligro. Ignoraba adónde los llevaban y qué iba a sucederles. Pero sí sabía que, si intentaba escapar, le matarían. Le dispararían en el acto, delante de ella y de su madre. Y si eso ocurría, sería el fin: la chica y su madre se quedarían solas. Tenía que quedarse con ellas para protegerlas.

La chica escuchaba. Su padre nunca había utilizado aquel tono de voz con ella. Era el mismo tono que había captado en aquellas inquietantes conversaciones secretas. La joven trató de comprender e intentó que la angustia que sentía no se reflejara en su cara. Pero su hermano... Era ella quien le había dicho que se quedara en el armario. Toda la culpa era suya. El niño podría haber estado ahora con ellos, agarrado de su mano, de no haber sido por su error.

Empezó a llorar, con unas lágrimas ardientes que le quemaban los ojos y las mejillas.

—¡No lo sabía! —sollozó—. Papá, no lo sabía. Creía que íbamos a volver y pensé que allí estaría a salvo.

Después miró a su padre, y le brotó una voz llena de furia y dolor mientras le golpeaba con sus pequeños puños en el pecho.

—Nunca me lo dijiste, papá. Nunca me lo explicaste, nunca me contaste cuál era el peligro, ¡nunca! ¿Por qué? Pensaste que era demasiado pequeña para entenderlo, ¿verdad? ¿Querías protegerme? ¿Era eso lo que intentabas?

Al ver el gesto de su padre, no pudo seguir mirándolo. Había en él tanta desesperación, tanta tristeza... Después, las lágrimas borraron la imagen de su rostro. La chiquilla lloró escondiendo la cara entre las manos, sola. Su padre no la tocó. En esos instantes terroríficos y solitarios, la chica comprendió. Había dejado de ser una niña feliz de diez años; era alguien mucho mayor. Nada volvería a ser como antes ni para ella ni para su familia. Ni para su hermano.

La chica explotó, una última vez, y tiró a su padre del brazo con una violencia desconocida hasta ese momento.

—¡Va a morir! ¡Se morirá!

—Todos estamos en peligro —respondió el padre—. Tú y yo, tu madre, tu hermano, Eva y sus hijos, y toda esta gente. Todos los que nos encontramos aquí. Pero yo estoy aquí contigo, y también estamos con tu hermano. Lo tenemos en nuestras plegarias y en nuestros corazones.

Antes de que la joven pudiese responder, los empujaron al interior del tren, un tren que no tenía asientos, sólo vagones desnudos. Era un transporte de ganado cubierto, que olía a excrementos rancios. Ella se asomó a la estación gris y polvorienta desde las puertas.

En un andén cercano, una familia esperaba otro tren. Padre, madre y dos hijos. La madre era guapa; llevaba el pelo recogido en un moño muy elegante. Seguramente se marchaban de vacaciones. Había una niña que tenía su misma edad. Llevaba un bonito vestido color lila, tenía el pelo lavado y sus zapatos relucían.

Las dos niñas se quedaron mirándose la una a la otra. También la miró la madre, bella y bien peinada. La muchacha del tren sabía que tenía la cara negra de churretes y el pelo grasiento, pero en vez de agachar la cabeza, avergonzada, se mantuvo firme, con la cabeza bien alta, y se enjugó las lágrimas.

Cuando cerraron las puertas, y el tren arrancó con una sacudida y sus ruedas rechinaron sobre la vía, la chica se asomó por una pequeña ranura en el metal. No dejó de mirar en ningún momento a la niña, y se quedó mirándola hasta que la pequeña figura del vestido lila desapareció por completo.

Nunca le profesé demasiado cariño al distrito XV. Quizá fuera por la monstruosa oleada de edificios altos y modernos que desfiguraban las orillas del Sena, justo al lado de la Torre Eiffel, y a los que nunca logré acostumbrarme, a pesar de que los habían construido a principios de los setenta, mucho antes de mi llegada a París, pero cuando llegué con Bamber a la calle Nélaton, donde en tiempos estuvo el Vélodrome d'Hiver, pensé que aquella zona de París me gustaba aún menos.

—Qué calle tan fea —murmuró Bamber, y después tomó un par de fotografías.

La calle Nélaton era oscura y silenciosa. Saltaba a la vista que allí no daba mucho el sol. A un lado se levantaban edificios burgueses de piedra construidos a finales del siglo XIX; al otro, en el antiguo emplazamiento del Vélodrome d'Hiver, había una construcción pardusca, típica de principios de los sesenta, tan espantosa por su color como por sus proporciones. Sobre las puertas giratorias de cristal, un cartel rezaba: «Ministère de l'Intérieur».

—Un sitio curioso para construir un edificio oficial —señaló Bamber—, ¿no te parece?

Bamber sólo había logrado encontrar un par de fotografías del Vel' d'Hiv'. Yo sostenía una de ellas en la mano. Sobre una fachada pálida se leía, escrito en grandes letras negras: «Vel' d'Hiv'». Había una puerta enorme, y se veía un montón de autobuses aparcados junto a la acera y también las cabezas de la gente. Probablemente habían hecho la foto desde una ventana, al otro lado de la calle, la mañana de la redada.

Buscamos alguna placa, algo que mencionara lo que había ocurrido allí, pero no encontramos nada.

—No puedo creer que no haya nada —dije.

Al final lo encontramos en el bulevar de Grenelle, a la vuelta de la esquina: una placa diminuta, más bien humilde, que rezaba:

«Entre los días 16 y 17 de julio de 1942, 13.152 judíos fueron arrestados en París y sus suburbios, deportados a Auschwitz y asesinados. Por orden de los ocupantes nazis, la Jefatura de Policía de Vichy encerró y hacinó en condiciones infrahumanas a 1.129 hombres, 2.916 mujeres y 4.115 niños en el Vélodrome d'Hiver, que se alzaba en este mismo lugar. Nuestro agradecimiento para aquellos que intentaron salvarles. Caminante que pasas por aquí, ¡nunca lo olvides!».

Me pregunté si alguien se habría fijado alguna vez en ella.

—Interesante... —musitó Bamber—. ¿Por qué tantos niños y mujeres, y tan pocos hombres?

—Circulaban rumores de que se iba a producir una gran redada —le expliqué—. Ya había habido un par de ellas antes, sobre todo en agosto del 41, pero hasta ese momento sólo habían arrestado a los hombres, y no habían sido tan masivas ni se habían planeado con tanto detalle como ésta. Por eso, esa detención fue una infamia de tal calibre. La mayoría de los hombres estaban escondidos la noche del 16 de julio, creían que las mujeres y los niños se hallaban a salvo. Pero se equivocaron.

—¿Cuánto tiempo estuvieron planeándolo?

—Meses —respondí—. El gobierno francés trabajó en ello a conciencia desde abril del 42, redactando las listas de todos los judíos que serían arrestados. Encargaron la tarea a unos seis mil policías parisinos. Al principio la fecha elegida fue el 14 de julio, pero como era la *fête* nacional la aplazaron unos días.

Caminamos hacia la estación de metro. Era una calle deprimente. Deprimente y lúgubre.

—Y luego, ¿qué pasó? —inquirió Bamber—. ¿Adónde se llevaron a todas esas familias?

—Las tuvieron encerradas en el Vel' d'Hiv' un par de días. Al final dejaron entrar a un grupo de médicos y enfermeras. Todas sus descripciones coinciden en el caos y la desesperación que reinaban allí. Luego se llevaron a las familias a la estación de Austerlitz, y de ahí a los campos de los alrededores de París. Después, los enviaron directos a Polonia.

Bamber enarcó una ceja.

—¿Campos? ¿Quieres decir que había campos de concentración en Francia?

—Sí. Esos campos eran la antesala francesa de Auschwitz. Estaba Drancy, el más cercano a París, y también Pithiviers y Beaune-la-Rolande.

—Me pregunto qué aspecto tendrán hoy esos lugares —dijo Bamber—. Deberíamos acercarnos a averiguarlo.

—Lo haremos —le aseguré.

Paramos en la esquina de la calle Nélaton a tomar un café. Miré el reloj. Había prometido ir a ver a Mamé, pero sabía que ya no me daba tiempo. Mañana iría. Visitarla nunca había sido una molestia para mí: ella era la abuela que nunca llegué a tener, pues mis dos abuelas habían muerto cuando yo era muy pequeña. Tan sólo habría deseado que Bertrand la tratara un poco mejor, teniendo en cuenta que ella le adoraba.

Bamber me trajo de vuelta al Vel' d'Hiv'.

—Me alegro de no ser francés —dijo.

Entonces se dio cuenta.

—¡Vaya, lo siento! *Tú lo eres ahora*, ¿no?

—Sí —le respondí—, por matrimonio. Tengo doble nacionalidad.

—No quería decir eso —se disculpó carraspeando. Parecía avergonzado.

—No te preocupes —le dije sonriendo—. Después de todos estos años mi familia política me sigue llamando «la americana».

Bamber puso una mueca.

—¿Te molesta?

Me encogí de hombros.

—A veces. He pasado más de la mitad de mi vida en este país. Me siento de aquí.

—¿Cuánto tiempo llevas casada?

—Pronto hará dieciséis años, aunque llevo viviendo en Francia veinticinco.

—¿Y tu boda fue como esas bodas pijas francesas?

Me reí.

—No, fue bastante sencilla. La celebramos en Borgoña. Mi familia política tiene una casa allí, cerca de Sens.

Recordé fugazmente aquel día. No hubo demasiada conversación entre Sean y Heather Jarmond, por una parte, y Edouard y Colette Tézac, por la otra. Parecía como si toda la parte francesa de la familia hubiera olvidado su inglés, pero yo era tan feliz que me daba igual: el sol lucía espléndido, la capilla campestre era apacible, e incluso mi suegra había dado su aprobación a mi sencillo vestido de color marfil. Bertrand estaba deslumbrante con su chaqué gris. El banquete en casa de los Tézac fue magnífico: champán, velas y pétalos de rosas. Charla pronunció un discurso muy divertido con su horrible francés que sólo me hizo reír a mí, mientras Laure y Cécile sonreían con afectación. Mi madre, que llevaba un vestido magenta pálido, me susurró al oído: «Espero que seas muy feliz, cariño». Mi padre bailó un vals con Colette, tiesa como una escoba.

Todo eso parecía tan lejano...

—¿Echas de menos América? —me preguntó Bamber.

—No. Echo de menos a mi hermana, pero no añoro Estados Unidos.

Un joven camarero vino a traernos los cafés. Dirigió una mirada al pelo zanahoria de Bamber y sonrió. A continuación vio el impresionante despliegue de cámaras y lentes.

—¿Sois turistas? —preguntó—. ¿Estáis sacando fotos de París?

—No somos turistas. Estamos sacando fotos de lo que queda del Vel' d'Hiv' —respondió Bamber en francés, con su pausado acento británico.

El camarero parecía asombrado.

—Nadie pregunta mucho por el Vel' d'Hiv' —dijo—. Por la Torre Eiffel sí, pero no por el Vel' d'Hiv'.

—Somos periodistas —le aclaré—. Trabajamos para una revista americana.

—A veces vienen familias judías —dijo el camarero haciendo memoria—. Sí, después de los discursos de aniversario que pronuncian junto a la placa conmemorativa que hay junto al río.

Se me ocurrió una idea.

—¿No conocerás a alguien, algún vecino de esta calle, que sepa algo de la redada y que esté dispuesto a hablar con nosotros? —le pregunté.

Habíamos hablado ya con varios supervivientes, la mayoría de los cuales habían escrito libros sobre su experiencia, pero nos hacían falta testigos, parisinos que hubieran visto todo lo que ocurrió.

En aquel momento me sentí estúpida. Al fin y al cabo, el camarero apenas tendría veinte años. Probablemente, en el 42 su padre todavía ni siquiera habría nacido.

—Pues sí, conozco a alguien —contestó, para mi sorpresa—. Si volvéis por esta calle veréis una tienda donde venden periódicos a la izquierda. El encargado, Xavier, os podrá contar. Su madre sabe muchas cosas, porque lleva viviendo allí toda la vida.

Le dejamos una buena propina.

Habían recorrido un largo y polvoriento camino desde la pequeña estación, atravesando una población donde la gente también se les quedaba mirando y les apuntaba con el dedo. A la chica le dolían los pies. ¿Adónde iban ahora? ¿Qué les iba a pasar? ¿Estaban lejos de París? El viaje en tren había sido breve, apenas un par de horas. Como siempre, ella seguía pensando en su hermano. A cada kilómetro que se alejaban su corazón se hundía más y más. ¿Cómo iba a volver a casa? Le enfermaba la idea de que su hermano creyera que se había olvidado de él. Sí, seguro que era lo que estaba pensando, encerrado en el armario: que ella le había abandonado, que no le importaba, que ya no le quería. No tenía agua ni luz, y estaba asustado. Ella le había decepcionado.

¿Dónde estaban? Cuando los sacaron a empujones no le dio tiempo a mirar el nombre de la estación, pero sí se había fijado en las cosas que llaman la atención a una chica de ciudad: la vegetación exuberante, las praderas verdes y llanas, los campos dorados. El embriagador perfume de la brisa fresca y del verano. El zumbido de los abejorros. Los pájaros en el cielo. Las nubes blancas y algodonosas. Después del hedor y el calor de los últimos días, aquello era como estar en la gloria. Tal vez no iba a ser tan horrible, después de todo.

Siguiendo los pasos de sus padres, atravesó una alambrada de púas. A cada lado de la puerta había apostados guardias armados que vigilaban con mirada severa. Y entonces vio las hileras de oscuros barracones, y el aspecto siniestro del lugar hizo que se le cayera el alma a los pies. Se acurrucó contra su madre mientras los policías empezaban a ladrar órdenes. Las mujeres y los niños debían dirigirse a los cobertizos de la derecha, y los hombres a los de la izquierda. Impotente y agarrada a su madre, la chica vio cómo empujaban a su padre junto con un grupo de hombres. Le daba miedo no tenerlo a su lado, pero no podía hacer nada: las armas la tenían petrificada. Su madre no se movía; tenía los ojos apagados, muertos, y una palidez enfermiza en el rostro.

La muchacha cogió la mano de su madre mientras las empujaban hacia los barracones. En el interior, sórdido y desnudo, sólo había tablas, paja, suciedad y pestilencia. Las letrinas, que estaban en el exterior, eran simples tablones sobre agujeros. Les ordenaron que se sentaran allí, en grupos, y que orinaran y defecaran delante de todo el mundo, como los animales. A la joven se le revolvió el estómago y pensó que no podía ir ni hacer eso. Al ver cómo su madre se sentaba a horcajadas en uno de los agujeros, agachó la cabeza, avergonzada. Pero al final, acobardada, hizo lo que se le ordenaba, con la esperanza de que nadie la estuviese mirando.

Por encima de la alambrada se divisaba el pueblo: la aguja negra de una iglesia, un depósito de agua, tejados, chimeneas, árboles. Pensó que allí, en aquellas casas cercanas, la gente tenía camas, sábanas, mantas, comida y agua. Estaban limpios, llevaban ropa limpia y nadie les gritaba ni les trataba como si fueran ganado. Y se encontraban allí, al alcance de la mano, al otro lado de la alambrada, en aquel pueblo tan pulcro cuya campana se oía repicar.

Pensó que seguramente allí había niños que estaban de vacaciones, que iban de excursión al campo y que jugaban al escondite. Niños felices, a pesar de la guerra, el racionamiento, y quizá la ausencia de sus padres, que a lo mejor luchaban lejos de allí. Eran niños felices, amados y protegidos. No alcanzaba a imaginar por qué existía tanta diferencia entre aquellos niños y ella, ni entendía el motivo por el que a ella y a la gente que la rodeaba la trataban de aquella forma. ¿Quién lo había decidido, y con qué propósito?

Les dieron una sopa tibia de col, aguada y turbia, y nada más. Después, la chica vio varias filas de mujeres desnudas a las que obligaban a lavarse el cuerpo bajo un hilo de agua en unas palanganas de hierro oxidadas. Las encontró feas, grotescas. Le repugnaban las que tenían el cuerpo fofo, las flacas, las viejas, las jóvenes. No quería mirarlas: odiaba verse obligada a contemplar su desnudez.

Se acurrucó buscando el calor de su madre e intentó no pensar en su hermano. Le picaban la piel y el cuero cabelludo. Quería darse un baño, acostarse en su cama y ver a su hermano. Quería cenar. Se preguntó si aún podría haber algo peor que todo lo que le había pasado en los últimos días. Se acordó de sus amigas, las otras niñas del colegio que también llevaban estrellas: Dominique, Sophie, Agnès. ¿Qué habría sido de ellas? ¿Habría logrado escapar alguna, y tal vez estaría ahora a salvo, oculta en algún lugar? ¿Estaría Armelle escondida con su familia? ¿Volvería a verla a ella o a sus demás amigas alguna vez? ¿Regresaría al colegio en septiembre?

Aquella noche no pudo dormir. Necesitaba el contacto reconfortante de su padre. Le dolía el estómago y sentía retortijones. Sabía que de noche no se les permitía salir de los barracones. Rechinó los dientes y se apretó la tripa con las manos, pero el dolor fue a más. Se levantó despacio, pasó de puntillas por entre las filas de mujeres y niños que dormían y se dirigió hacia las letrinas del exterior.

Unos focos barrieron el campo mientras se acuclillaba sobre los tablones. Aguzando la vista distinguió unos gusanos gordos y blancuzcos que se retorcían sobre la oscura masa de excrementos. Temía que algún policía pudiera verle el trasero desde las torres de vigilancia, así que se tapó como pudo con la falda. Después volvió rápidamente al barracón.

Dentro, el aire estaba cargado y olía mal. Algunos niños lloriqueaban en sueños, y se oía el sollozo de una mujer. Se volvió hacia su madre y se quedó mirando su rostro, pálido y demacrado.

La mujer cariñosa y feliz había desaparecido. Ya no era la madre que la cogía en brazos y le susurraba palabras tiernas en yiddish, ni la mujer de lustrosos rizos de miel y figura voluptuosa a la que todos los vecinos y los tenderos saludaban por su nombre de pila. Nada quedaba de aquella persona que emanaba un aroma maternal, cálido y reconfortante a jabón, ropa limpia y platos apetitosos; la mujer de la risa contagiosa; la que decía que saldrían adelante a pesar de la guerra, porque eran una familia honrada y fuerte que se quería.

Aquella mujer había desaparecido poco a poco. Se había encogido, había empalidecido y ya nunca soltaba una carcajada, ni siquiera sonreía. Su olor era rancio y amargo, su cabello se había vuelto seco y quebradizo y tenía mechones grises.

La muchacha pensó que su madre ya estaba muerta.

La anciana nos miró a Bamber y a mí con ojos legañosos y blanquecinos. Pensé que debía de andar cerca de los cien. Tenía una sonrisa desdentada, como la de un bebé. Comparada con ella, Mamé era una quinceañera. Vivía encima de la tienda de su hijo, el vendedor de periódicos de la calle Nélaton, en un diminuto apartamento abarrotado de muebles polvorientos, alfombras apolilladas y plantas mustias. La señora estaba sentada junto a la ventana, en un sillón hundido. Nos observó mientras entrábamos y nos presentábamos. Parecía contenta de recibir una visita inesperada.

—Así que son periodistas americanos —dijo con voz temblorosa, mientras nos estudiaba con la vista.

—Ella es americana y yo británico —corrigió Bamber.

—Periodistas. ¿Y están interesados en el Vel' d'Hiv'? —preguntó.

Saqué mi bolígrafo y mi libreta y me los puse sobre la rodilla.

—¿Recuerda algo sobre la redada, *madame*? —le pregunté—. ¿Puede contarnos algo, aunque sea un mínimo detalle?

La vieja soltó una carcajada seca.

—¿Cree que no lo recuerdo, jovencita? ¿Acaso cree que se me ha olvidado?

—Bueno —repuse—, al fin y al cabo ha pasado mucho tiempo.

—¿Cuántos años tiene? —me espetó de pronto.

Sentí que mis mejillas enrojecían. Bamber sonrió a escondidas detrás de la cámara.

—Cuarenta y cinco —respondí.

—Yo voy a cumplir noventa y cinco —dijo, luciendo sus deterioradas encías con orgullo—. El 16 de julio de 1942 yo tenía treinta y cinco, diez años menos que usted. Y me acuerdo. Me acuerdo de todo.

Hizo una pausa. Volvió los ojos opacos hacia fuera, hacia la calle.

—Recuerdo que me desperté muy temprano al oír autobuses que pasaban justo debajo de mi ventana. Me asomé y los vi llegar, más y más autobuses. Eran los mismos autobuses urbanos a los que me subía todos los días, verdes y blancos. Había muchos, y me pregunté qué diantre hacían allí. Entonces vi que salía gente de ellos. Sobre todo niños, muchos niños. Es difícil olvidarse de los críos...

Garabateé algo mientras Bamber disparaba su cámara con suavidad.

—Después me vestí y bajé con mis niños, que entonces eran pequeños. Tenían curiosidad por saber qué pasaba. Nuestros vecinos también bajaron, y el *concierge*. Entonces vimos las estrellas amarillas y comprendimos. Estaban arrestando a los judíos.

—¿Tenían idea de qué iba a ocurrirle a toda esa gente? —le pregunté.

Se encogió de hombros.

—No —respondió—. No teníamos ni idea. ¿Cómo íbamos a saberlo? Nos enteramos después de la guerra. Creíamos que los habían mandado a trabajar a alguna parte. No se nos ocurrió que les fuera a pasar nada malo. Recuerdo que alguien comentó: «Se trata de la policía francesa, así que nadie va a hacerles daño». De modo que no nos preocupamos. Y al día siguiente, aunque esto había ocurrido en pleno centro de París, no se informó de nada en los periódicos ni en la radio. Nadie parecía preocupado, por lo que nosotros tampoco nos inquietamos. Hasta que vi a los niños.

Hizo otra pausa.

—¿Los niños? —repetí.

—Unos días después, se llevaron a los judíos en autobús —prosiguió—. Yo estaba en la acera, y vi a aquellas familias salir del velódromo, y a todos aquellos niños sucios que no dejaban de llorar. Estaban llenos de roña y muy asustados. El espectáculo me horrorizó, y me di cuenta de que en el velódromo no les habían dado apenas de comer ni de beber. Me sentí impotente y furiosa, e intenté tirarles pan y fruta, pero la policía no me dejó.

Volvió a hacer una pausa, esta vez más larga. De pronto parecía cansada, exhausta. Bamber apartó la cámara en silencio. Esperó. No nos movimos. Me pregunté si iba a volver a hablar.

—Después de todos estos años —dijo por fin en tono apagado, casi en susurros—, ¿saben?, aún sigo viendo a los niños. Veo cómo los suben a los autobuses y se los llevan de aquí. Entonces no tenía ni idea de adónde iban, pero tuve una corazonada, un horrible presentimiento.

A la mayoría de la gente que había alrededor le daba igual, y le parecía normal. Sí, para ellos era muy normal que se llevaran a los judíos.

—¿Por qué razón cree que pensaban así? —pregunté.

Volvió a reírse con aquella risa cascada.

—¡Pues porque a los franceses llevaban años enseñándonos que los judíos eran enemigos de nuestro país! En el 41, o el 42, hubo una exposición en el palacio de Berlitz, si no recuerdo mal, en el bulevar des Italiens, que se llamaba *El judío y Francia*. Los alemanes se aseguraron de que durara meses. Fue un gran éxito entre los parisinos, ¿y saben en qué consistía? En una escandalosa exhibición de antisemitismo.

Se alisó la falda con sus dedos arrugados.

—Me acuerdo de los policías. Nuestros buenos policías parisinos, nuestros honrados gendarmes. Fueron ellos los que subieron a los niños a los autobuses entre gritos y empujones y utilizando los *batons**.

Agachó la barbilla sobre el pecho y murmuró algo que no capté, pero que sonaba como: «Debería darnos vergüenza no haberlo impedido».

—Pero usted no lo sabía —le respondí con suavidad, conmovida al ver sus ojos empañados de lágrimas—. ¿Qué podría haber hecho?

—Nadie se acuerda de los niños del Vel' d'Hiv'. A nadie le importan.

—Puede que este año sí que importen —repuse—. A lo mejor este año todo cambia.

La anciana frunció los labios, ya arrugados de por sí.

* Porras. *[N. del T.]*

—No. Ya lo verá: nada ha cambiado. Nadie se acuerda. ¿Por qué iban a hacerlo? Aquéllos fueron los días más oscuros de la historia de nuestro país.

La chica se preguntó dónde estaba su padre. En algún lugar del mismo campo, en uno de los barracones, seguro, pero sólo lo vio una o dos veces. Había perdido la noción del tiempo. Lo único que la atormentaba era el recuerdo de su hermano. Se despertaba por las noches temblando, pensando en él, metido en aquel armario. Asía la llave y la miraba con pena y horror. Tal vez ya había muerto de sed, o de hambre. Intentó contar los días transcurridos desde el jueves negro en que aquellos hombres fueron a arrestarlos. ¿Una semana, diez días? Lo ignoraba. Se sentía perdida, confusa. Todo había sido un ciclón devastador de terror, hambre y muerte. En el campo de concentración habían muerto más niños, y se habían llevado sus pequeños cadáveres entre lágrimas y lamentos.

Una mañana advirtió que un grupo de mujeres hablaban con nerviosismo. Se las veía preocupadas y alteradas, y le preguntó a su madre qué pasaba, pero ella le contestó que no lo sabía. Decidida a enterarse, la joven se lo preguntó a una mujer que tenía un niño de la edad de su hermano y que había dormido al lado de ellas los últimos días. La mujer, con la cara enrojecida, como si tuviera fiebre, le contó que por el campo corría el rumor de que iban a enviar a los padres y las madres al Este, a trabajar. Debían preparar la llegada de los niños, que irían más tarde, un par de días después. La muchacha escuchó horrorizada y le repitió la conversación a su madre. Ésta abrió los ojos de golpe y se negó con vehemencia, meneando la cabeza. No, eso no iba a pasar. No podían hacer eso, no podían separar a los padres de los hijos.

En aquella vida anterior, protegida y tranquila, ahora tan lejana, ella habría creído a su madre, pues siempre confiaba en lo que le decía, pero en aquel mundo nuevo y cruel se dio cuenta de que había crecido. Se sentía mayor que su progenitora, y sabía que las otras mujeres decían la verdad y que los rumores eran ciertos. Pero ¿cómo explicárselo a su madre, que parecía haber retrocedido a la infancia?

No se asustó cuando aquellos hombres entraron en los barracones. Era como si se hubiese endurecido y hubiera levantado un grueso muro a su alrededor. Les ordenaron salir y desfilar en pequeños grupos hasta otro barracón. Cogió la mano de su madre y la apretó con fuerza, para animarla a que fuese fuerte y valiente. Aguardaron juntas con paciencia en la fila mientras miraba a su alrededor por si encontraba a su padre, pero no se le veía por ninguna parte.

Cuando les llegó el turno de entrar en el cobertizo, la joven vio a un par de policías sentados a una mesa. Junto a ellos había un par de mujeres vestidas con ropa civil. Eran de la aldea cercana, y observaban a la gente alineada con gesto frío y severo. Las mujeres ordenaron a la anciana que formaba al frente de la fila que entregara su dinero y sus joyas, y la muchacha vio cómo la señora se quitaba con torpeza el anillo de bodas y el reloj. A su lado había una niña de unos seis o siete años que temblaba de miedo. Un policía señaló con el dedo los pequeños aros de oro que la niña llevaba en las orejas. Estaba demasiado asustada para quitárselos sola, así que la abuela se agachó para desabrochárselos. El policía dio un suspiro de exasperación. Esto iba demasiado lento, y a este paso les iba a llevar toda la noche.

Una de las aldeanas se inclinó sobre la niña y con un movimiento brusco tiró de los pendientes y le desgarró los lóbulos. La niña empezó a chillar, llevándose las manos al cuello ensangrentado. La anciana gritó también, y un policía le pegó en la cara. Las sacaron de allí a empellones. Un murmullo de pánico recorrió la fila, pero los gendarmes enseñaron las armas, y se hizo el silencio.

Ellas no tenían nada que entregar, salvo la pulsera de boda de la madre. Una aldeana de mejillas rubicundas le rasgó el vestido desde el cuello hasta el ombligo, enseñando su piel pálida y su ropa interior descolorida. Le palpó los pliegues del vestido, la ropa interior, los orificios del cuerpo. La madre dio un respingo, pero no dijo nada. La chica lo observaba todo, cada vez más asustada. Le asqueaba el modo en que los hombres miraban el cuerpo de su madre y la aldeana la sobaba como si fuera un trozo de carne. Se preguntaba si le iban a hacer lo mismo a ella, y si le desgarrarían también la ropa. Tal vez le robaran la llave. La apretó en el bolsillo con todas sus fuerzas: no, no podían quitársela, no iba a permitirlo. No iba a consentir que se llevaran la llave del armario secreto. Jamás.

Pero a los policías no les interesaba lo que llevaba en los bolsillos. Antes de que ella y su madre se apartaran a un lado, la chica echó un último vistazo a los objetos que se apilaban en la mesa, en un montón cada vez más alto: collares, brazaletes, broches, anillos, relojes, dinero. Se preguntó qué iban a hacer con todas aquellas cosas. ¿Venderlas, usarlas? ¿Para qué las necesitaban?

Una vez fuera, les hicieron volver a formar en fila. Era un día caluroso y el aire estaba lleno de polvo. La muchacha tenía la garganta seca e irritada de sed. Permanecieron así largo rato, bajo la silenciosa mirada de un policía. ¿Qué pasaba? ¿Dónde estaba su padre? ¿Qué pintaban ellas allí? No hacía más que oír murmullos a su espalda. Nadie sabía nada, nadie tenía respuestas. Pero ella ya lo presentía, y cuando ocurrió ya se lo esperaba.

Los policías se abalanzaron sobre ellas como una bandada de enormes grajos. Arrastraron a las mujeres a un lado del campo y a los niños al otro. Hasta las criaturas más pequeñas fueron arrancadas de los brazos de sus madres. La joven lo contemplaba todo como si estuviera en otro mundo. Oyó los gritos, los llantos; vio a las mujeres arrojándose al suelo, aferrando a sus hijos por el pelo y por la ropa. Los gendarmes empuñaron las porras y golpearon a las mujeres en la cabeza y en la cara. Una mujer se desplomó en el suelo con la nariz rota, chorreando sangre.

Su madre estaba a su lado, paralizada. Podía oír su respiración entrecortada, jadeante. La chica se aferró a la mano fría de su madre, y después sintió cómo los policías las separaban a la fuerza. Oyó a su madre chillar, y después la vio abalanzarse hacia ella con el vestido abierto, el pelo revuelto y la boca contorsionada, mientras gritaba el nombre de su hija. La chica intentó agarrarse a sus manos, pero los hombres la empujaron con tal violencia que cayó de rodillas. Su madre luchó como una posesa e incluso llegó a dominar a los policías durante un par de segundos. En ese preciso instante la joven vio emerger a su auténtica madre, la mujer fuerte y pasional a la que admiraba y echaba de menos. Sintió su abrazo una vez más y la caricia de su espesa melena en el rostro. Pero de pronto, un chorro de agua fría la cegó. Entre jadeos y resoplidos, abrió los ojos y vio cómo los hombres se llevaban a su madre arrastrándola del cuello del vestido empapado.

Le pareció que aquello había durado horas: niños perdidos que lloraban mientras les arrojaban cubos de agua a la cara, las mujeres que forcejeaban, destrozadas, el impacto sordo de los golpes, pero ella sabía que todo había ocurrido muy rápido.

Silencio. Todo había terminado. Por fin, los niños habían quedado apelotonados a un lado y las mujeres al otro. Entre ellos se interponía una sólida muralla de policías. Éstos seguían repitiendo que las madres y los chicos de más de doce años iban a adelantarse a los demás, y que los más jóvenes saldrían la semana siguiente para reunirse con ellos. Los padres ya se habían marchado, les dijeron. Todo el mundo debía colaborar y obedecer las órdenes.

Vio a su madre junto a las demás mujeres. La madre miró hacia atrás y le dirigió a su hija una sonrisa de ánimo. Parecía decir: «Estaremos bien, tesoro, lo ha dicho la policía. Te reunirás con nosotros dentro de unos días. No te preocupes, cielo».

La chica miró a su alrededor y contempló aquella multitud de niños. ¡Había tantos! Miró a los más pequeños, que apenas sabían andar, y vio sus caritas arrugadas de angustia y de miedo. También vio a la niña de los lóbulos desgarrados, que extendía los brazos hacia su madre. Se preguntó qué iba a pasarles a todos aquellos niños, y a ella misma. ¿Adónde pretendían llevarse a sus padres?

Sacaron a las mujeres por las puertas del campo. Vio a su madre recorrer la larga carretera que atravesaba el pueblo y llevaba a la estación. La madre volvió la cabeza hacia ella una última vez.

Después desapareció.

—Hoy tenemos uno de esos días «buenos», *madame* Tézac —me dijo Véronique con una sonrisa cuando entré en la habitación, blanca y soleada. Formaba parte del personal que cuidaba de Mamé en aquella residencia limpia y alegre del distrito XVII, no muy lejos del Parque Monceau.

—No la llames *madame* Tézac —dijo la abuela de Bertrand—. Ella lo odia. Llámala «*miss* Jarmond».

No pude evitar una sonrisa. Véronique agachó las orejas.

—Y, además, *madame* Tézac soy yo.

La anciana dijo esto con un toque de arrogancia y de desprecio hacia la otra *madame* Tézac, Colette, su nuera y madre de Bertrand. Qué típico de Mamé, pensé: siempre combativa, incluso a su edad. Su nombre de pila era Marcelle, pero ella lo detestaba. Nadie la llamaba así.

—Lo lamento —repuso Véronique en tono humilde.

Le puse la mano en el brazo.

—No pasa nada, tranquila —le dije—. Nunca uso mi apellido de casada.

—Es una costumbre americana —añadió Mamé—. *Miss* Jarmond es americana.

—Sí, ya me he dado cuenta —contestó Véronique, de mejor humor.

Me dieron ganas de preguntarle en qué lo había notado. ¿En mi acento, en mi ropa, en mis zapatos?

—¿Has tenido un buen día entonces, Mamé? —Me senté a su lado y le cogí la mano.

Comparada con la anciana de la calle Nélaton, Mamé tenía un aspecto lozano. Apenas se veían arrugas en su piel y sus ojos grises aún brillaban. Pero la anciana de la calle Nélaton, a pesar de su aspecto decrépito, conservaba la mente lúcida, mientras que Mamé, a los ochenta y cinco, tenía alzheimer. Algunos días ni siquiera recordaba quién era.

Los padres de Bertrand decidieron llevarla a la residencia cuando se dieron cuenta de que ya no podía vivir sola. Por ejemplo, abría un quemador de la cocina y lo dejaba todo el día encendido, o se le salía el agua de la bañera. Más de una vez había cerrado la puerta de su piso con la llave dentro y la habían encontrado paseando en bata por la calle Saintonge. Por supuesto, Mamé había organizado una buena discusión y había dicho que no quería que la llevaran a la residencia, pero después se había adaptado bastante bien, salvo algunos arrebatos ocasionales.

—Hoy tengo un día «bueno» —dijo con una sonrisa burlona cuando salió Véronique.

—Ya veo —contesté—. ¿Qué, aterrorizando a toda la residencia, como siempre?

—Como siempre —respondió. Se volvió hacia mí y sus ojos grises recorrieron mi cara con una mirada afectuosa—. ¿Dónde está el mequetrefe de tu marido? Nunca viene. Y no me digas eso de que «está muy ocupado».

Suspiré.

—Bueno, al menos tú sí has venido —añadió—. Pareces cansada. ¿Va todo bien?

—Muy bien —contesté.

Sabía que parecía cansada, pero no podía hacer mucho al respecto. Irme de vacaciones, tal vez. Pero no las tenía planeadas hasta el verano.

—¿Y el apartamento?

Había ido a ver cómo iba la obra antes de ir a la residencia. El piso era un enjambre de actividad. Bertrand lo supervisaba todo con su energía habitual, mientras que Antoine parecía agotado.

—Cuando esté terminado, va a quedar precioso —dije.

—Echo de menos vivir ahí —confesó Mamé.

—Estoy segura de eso —respondí.

Ella se encogió de hombros.

—Una se encariña con los lugares. Es lo mismo que pasa con la gente, supongo. Me pregunto si André también lo echa de menos.

André era su difunto marido. Yo no llegué a conocerlo, ya que murió cuando Bertrand era muy joven. Estaba acostumbrada a que Mamé hablara de él en presente. Nunca la corregía ni le recordaba que había muerto hacía años de cáncer de pulmón. A Mamé le encantaba hablar de él. Cuando la conocí, mucho antes de que empezara a perder la memoria, me enseñaba sus álbumes de fotos cada vez que iba a verla a la calle Saintonge. Me sabía la cara de André Tézac de memoria. Sus ojos entre azules y grises eran iguales que los de Edouard, aunque tenía la nariz más redonda y una sonrisa tal vez más cálida.

Mamé me había contado con todo lujo de detalles cómo se conocieron y se enamoraron, y también cómo durante la guerra todo se les puso en contra. Los Tézac eran originarios de Borgoña, pero cuando André heredó de su padre la empresa vinícola de la familia, descubrió que era incapaz de salir adelante con ella. De modo que tuvo que trasladarse a París, y abrió una pequeña tienda de antigüedades en la calle Turenne, cerca de la plaza de los Vosgos. Le llevó un tiempo labrarse una reputación para conseguir que el negocio prosperara. Tras la muerte de su padre, Edouard tomó las riendas y trasladó la tienda a la calle Bac, en el distrito VII, donde se encontraban los anticuarios más prestigiosos de París. Ahora el negocio lo llevaba Cécile, la hermana pequeña de Bertrand, y le iba muy bien.

El médico de Mamé (el lúgubre pero eficiente doctor Roche) me dijo una vez que preguntarle sobre su pasado era una terapia excelente. Según él, probablemente tenía una percepción más clara de lo ocurrido treinta años atrás que de lo que había desayunado por la mañana.

Era como un pequeño juego. Durante mis visitas le hacía preguntas, con naturalidad, sin darle demasiada importancia. Ella sabía perfectamente cuál era mi intención, pero fingía ignorarla.

Me había divertido mucho descubrir cómo era Bertrand de niño. Mamé me obsequiaba con detalles de lo más jugoso. Bertrand había sido un adolescente más bien desgarbado, no el tío guay del que había oído hablar. En los estudios, lejos de ser el brillante alumno del que tanto presumían sus padres, era un zángano. A los catorce años tuvo una bronca memorable con su padre por culpa de la hija del vecino, una rubia de bote bastante promiscua que además fumaba marihuana.

Sin embargo, ahondar en la defectuosa memoria de Mamé no siempre resultaba tan divertido. A menudo se abrían lagunas extensas y sombrías, y no lograba recordar nada. Los días «malos» se callaba como una tumba, y se limitaba a ver la televisión apretando la mandíbula de manera que la barbilla le sobresalía como un pico.

Una mañana no consiguió acordarse de quién era Zoë. Todo el rato estuvo preguntando: «¿quién es esta niña? ¿Qué hace aquí?». Zoë se comportó con madurez, como siempre, pero por la noche la oí llorar en la cama. Cuando le pregunté qué le pasaba, me reconoció que no soportaba ver envejecer a su abuela.

—Mamé —le pregunté en ese momento—, ¿cuándo os mudasteis André y tú al apartamento de la calle Saintonge?

Esperaba que arrugase la cara, como un mono anciano y sabio, y empezara con «Oh, no recuerdo nada en absoluto...».

Pero la respuesta fue como un latigazo.

—En julio de 1942.

Me enderecé en el asiento y me quedé mirándola.

—¿En julio de 1942? —repetí.

—Así es —afirmó ella.

—¿Cómo encontrasteis el apartamento? Estabais en plena guerra. Debió de ser difícil, ¿no?

—En absoluto —contestó, sin darle importancia—. Se había quedado vacío de repente. Nos enteramos por la *concierge*, *madame* Royer, que era amiga de nuestra antigua *concierge*. Vivíamos en la calle Turenne, encima de

115

la tienda de André, en un piso pequeño con un solo dormitorio. Así que nos mudamos con Edouard, que tenía entonces diez o doce años. Estábamos deseando tener un piso más grande, y recuerdo que el alquiler era bastante barato. En aquellos días, ese *quartier** no estaba tan de moda como ahora.

La miré detenidamente y me aclaré la garganta.

—Mamé, ¿recuerdas si fue a principios de mes, o a finales?

Ella sonrió, satisfecha por lo bien que lo estaba haciendo.

—Lo recuerdo perfectamente. Fue a finales de julio.

—¿Y recuerdas por qué había quedado libre tan de repente?

Otra sonrisa resplandeciente.

—Por supuesto. Había habido una gran redada en la que detuvieron a mucha gente, así que de pronto quedaron desocupados un montón de pisos.

La miré. Sus ojos se clavaron en los míos y se nublaron al ver la expresión de mi cara.

—¿Pero cómo fue? ¿Cómo os mudasteis?

Empezó a toquetearse las mangas. Le temblaban los labios.

—*Madame* Royer le dijo a nuestro *concierge* que en la calle Saintonge había quedado libre un piso de tres dormitorios. Eso fue todo.

Silencio. Dejó de mover las manos y las cruzó sobre el regazo.

* Barrio. *[N. del T.]*

116

—Pero, Mamé —le pregunté en voz baja—, ¿no pensasteis que tal vez esa gente volvería?

Su gesto se había vuelto serio. Había algo tenso, casi doloroso en la forma en que apretaba los labios.

—No sabíamos nada —contestó al fin—. Nada en absoluto.

Agachó la cabeza para mirarse las manos y no añadió nada más.

Aquélla fue una noche espantosa, la peor de todas tanto para los niños como para ella, dijo la muchacha en su fuero interno. Habían despojado los barracones por completo, y no quedaba nada, ni ropa ni mantas. También habían roto los edredones, y las plumas cubrían el suelo como una imitación de nieve.

Había niños que lloraban, niños que gritaban, niños que hipaban aterrorizados. Los más pequeños no entendían nada y seguían llorando por sus madres. Mojaban los pantalones, se revolcaban por el suelo y chillaban desesperados. Los mayores, como ella, permanecían sentados sobre aquel suelo lleno de porquerías, con la cabeza entre las manos.

Nadie les atendía ni se ocupaba de ellos, y sólo traían comida muy de cuando en cuando. Tenían tanta hambre que se dedicaban a masticar hierba seca y trocitos de paja. Nadie los consolaba. La chica se preguntaba si esos gendarmes no tendrían familia, hijos a los que veían al volver a casa. ¿Cómo podían tratar a los niños de esa manera? ¿Obedecían instrucciones o se comportaban así por iniciativa propia? ¿Acaso eran frías máquinas en lugar de personas? Pero al mirarlos de cerca parecían de carne y hueso, así que debían de ser humanos. No podía entenderlo.

Al día siguiente, vio que un grupo de gente los observaba desde detrás de la alambrada. Eran mujeres que intentaban pasarles paquetes de comida a través de la valla, pero los gendarmes les ordenaron que se fueran, y ya nadie volvió a ocuparse de los niños.

La muchacha tenía la sensación de haberse convertido en otra persona, en un ser duro, maleducado y violento. A veces, cuando encontraba un mendrugo de pan duro y los mayores intentaban quitárselo, se peleaba con ellos, les decía palabrotas y les pegaba. Se sentía como una criatura salvaje y peligrosa.

Al principio no miraba a los niños más pequeños, porque le recordaban demasiado a su hermano, pero ahora sentía que tenía que ayudarles. Eran tan vulnerables, tan menudos, tan patéticos. Estaban sucios, muchos de ellos tenían diarrea y el excremento se había endurecido en sus ropas. No había nadie que los lavara ni les diera de comer.

Poco a poco se aprendió los nombres y la edad de cada uno, aunque algunos eran tan pequeños que apenas sabían responderle. Los críos estaban tan agradecidos de oír una voz afectuosa y recibir una sonrisa o un beso que la seguían por todo el campo, por docenas, caminando tras ella como gorriones desastrados.

Ella les contaba las mismas historias que a su hermano cuando se iba a acostar. Por la noche, tumbados sobre la paja infestada de piojos, mientras oían el correteo de las ratas, les narraba aquellos cuentos en voz baja, y los hacía aún más largos de lo que eran. Los demás niños también se congregaban a su alrededor, y aunque algunos fingían no prestar atención, ella sabía que la estaban escuchando.

Había una niña de once años llamada Rachel, alta y de pelo negro, que a veces la miraba con cierto desdén. Pero por las noches reptaba por el suelo para acercarse a la chica y escuchaba sus cuentos sin perderse una sola palabra. Y una vez, cuando la mayoría de los pequeños se había dormido por fin, le dirigió la palabra y dijo con una voz grave y ronca:

—Tenemos que irnos. Hay que escapar de aquí.

La chica meneó la cabeza.

—No hay forma de salir. Los policías tienen armas. No podemos escapar.

Rachel encogió sus hombros huesudos.

—Pues yo me voy a escapar.

—¿Y tu madre? Estará esperándote en el otro campamento, igual que la mía.

Rachel sonrió.

—¿Tú te tragas todo eso? ¿Te crees lo que nos han dicho?

La chica odió la sonrisa de suficiencia de Rachel.

—No —contestó con firmeza—. No me lo he creído. Yo ya no me creo nada.

—Yo tampoco —dijo Rachel—. He visto lo que han hecho. Ni siquiera han escrito bien los nombres de los niños pequeños. Les han puesto esas etiquetitas, pero cuando los críos se las han vuelto a quitar se han mezclado todas. A ellos les da igual. Nos han mentido a todos: a nosotros y a nuestras madres.

Para sorpresa de la chica, Rachel le cogió la mano y se la apretó con fuerza, como hacía Armelle. Después se puso de pie y desapareció.

A la mañana siguiente, los despertaron muy temprano. Los policías entraron en los barracones y los empujaron con las porras. Los más pequeños, que aún estaban adormilados, empezaron a chillar. Ella intentó calmar a los que se encontraban cerca de ella, pero estaban aterrados. Los condujeron a un co-

120

bertizo. La chica, que llevaba de la mano a dos críos que apenas sabían andar, vio en las manos de un policía un instrumento con una forma muy extraña. No sabía qué era. Los pequeños gimieron muertos de miedo y retrocedieron. Los policías les abofetearon y les dieron patadas, y luego los arrastraron hacia donde estaba aquel hombre con el extraño instrumento. La chica observaba, horrorizada. Entonces comprendió. Iban a afeitarles la cabeza. Iban a rapar a todos los niños.

Vio cómo la espesa mata de pelo negro de Rachel caía al suelo. Su cráneo desnudo era blanco y puntiagudo como un huevo. Rachel miró a los policías con odio y desprecio y les escupió en los zapatos. Un gendarme la apartó a un lado de un brutal puñetazo.

Los más pequeños estaban frenéticos, y tenían que sujetarlos entre dos o tres hombres. Cuando le llegó el turno, agachó la cabeza sin resistirse. Sintió la presión fría de la máquina y cerró los ojos, incapaz de soportar la imagen de sus largos mechones dorados cayendo a sus pies. Su pelo, esa preciosa melena que todos admiraban. Se le hizo un nudo en la garganta y estuvo a punto de sollozar, pero se obligó a sí misma a no hacerlo. No llores delante de esos hombres. No llores nunca, jamás. Sólo es pelo. El pelo vuelve a crecer.

Ya casi habían acabado. Volvió a abrir los ojos. El policía que la sujetaba tenía las manos gruesas y rosadas. Ella lo miró mientras el otro hombre terminaba de afeitar los últimos mechones.

Era el amable gendarme pelirrojo de su barrio, que solía charlar con su madre y siempre le guiñaba el ojo cuando iba de camino al colegio. El mismo al que había saludado con la mano el día de la redada, el que miró para otro lado. Pero ahora estaba demasiado cerca para volver la cabeza.

La chica le sostuvo la mirada. Los ojos del gendarme eran de un extraño color amarillo, como el oro. Tenía la cara roja de vergüenza y le pareció notar que temblaba. La muchacha no despegó los labios, se limitó a mirarle con todo el desprecio del que fue capaz.

El policía, petrificado, sólo pudo devolverle la mirada. Ella le sonrió, con una sonrisa demasiado amarga para una niña de diez años, y se quitó sus pesadas manos de encima.

Cuando salí de la residencia, estaba obnubilada. Tenía que volver a la oficina, donde me esperaba Bamber, pero me encontré a mí misma volviendo a la calle Saintonge. Había tantas preguntas rondando mi cabeza que me sentía abrumada. ¿Me había dicho Mamé la verdad, o había mezclado y confundido los datos a causa de su enfermedad? ¿De verdad vivió allí una familia judía? ¿Cómo pudo mudarse a ese piso la familia Tézac sin saber nada, como aseguraba Mamé?

Atravesé el patio despacio. El cuarto de la *concierge* habría estado aquí, pensé. Unos años antes lo habían transformado en un pequeño apartamento. Una hilera de buzones metálicos bordeaba el vestíbulo; ya no había una portera que entregara el correo todos los días puerta por puerta. Según había dicho Mamé, se llamaba *madame* Royer. Había leído mucho sobre los *concierges* y el papel que habían desempeñado en los arrestos. La mayoría había obedecido las órdenes de la policía, pero algunos habían ido más allá revelando los escondrijos de algunas familias judías. Otros habían saqueado los apartamentos desocupados justo después de la redada y se habían apoderado de las pertenencias de los inquilinos. Por lo que había leído, sólo unos cuantos habían protegido a las familias judías en la medida de sus posibilidades. Me pregunté cuál habría sido el papel de *madame* Royer aquí. Por un momento pensé en mi *concierge* del bulevar de Montparnasse: tenía mi edad y era portuguesa, y no había conocido la guerra.

Me olvidé del ascensor y subí a pie los cuatro tramos de escalera. Los operarios habían salido a comer y el edificio estaba en silencio. Al abrir la puerta principal, sentí que algo extraño me envolvía, una sensación desconocida de desesperación y vacío. Me dirigí hacia la parte antigua del apartamento, la misma que Bertrand nos había enseñado el otro día. Allí fue donde ocurrió todo, donde llegaron los hombres que aporrearon la puerta aquella mañana de julio, justo antes del amanecer.

Fue como si todo lo que había leído durante las semanas anteriores, todo lo que había averiguado sobre el Vel' d'Hiv', alcanzara su punto culminante allí, justo en la casa donde iba a vivir. Todos los testimonios que había leído minuciosamente, los libros que había estudiado, los supervivientes y testigos a los que había entrevistado me hicieron ver y comprender con una claridad casi irreal lo que había ocurrido entre las paredes que estaba tocando en aquel preciso instante.

El artículo que había empezado a escribir un par de días antes estaba casi acabado. Se acercaba la fecha límite. Todavía tenía que visitar los campos de Loiret, en las afueras de París, y de Drancy, y había concertado una cita con Franck Lévy, cuya asociación estaba organizando la mayoría de los actos de conmemoración del sexagésimo aniversario de la redada. Pronto mi investigación habría concluido, y me pondría a escribir sobre algún otro asunto.

Pero ahora que sabía lo que había ocurrido allí, tan cerca de mí, y que estaba tan íntimamente relacionado conmigo y con mi vida, tenía la sensación de que debía averiguar más. Mi búsqueda no había terminado. Necesitaba saberlo todo. ¿Qué le sucedió a la familia judía que vivía en aquel piso? ¿Cómo se llamaban? ¿Tenían niños? ¿Alguno de ellos había conseguido regresar de los campos de exterminio, o habían muerto todos?

Caminé por el apartamento vacío. En una habitación, el tabique estaba derribado. Entre los escombros advertí una abertura profunda, disimulada con habilidad tras un panel, que ahora era parcialmente visible. Debía de haber sido un buen escondrijo. Si estas paredes pudieran hablar... Pero no hacía falta que hablaran. Yo sabía lo que había ocurrido allí, podía verlo. Los supervivientes me habían hablado de aquella noche calurosa, los golpes en la puerta, las órdenes tajantes, el viaje en autobús por París. También habían rememorado el sofocante infierno del Vel' d'Hiv'. Pero los que me lo contaron eran los supervivientes, los que habían escapado, los que se arrancaron la estrella y huyeron de allí.

De pronto, me pregunté si sería capaz de sobreponerme a esa información y vivir allí sabiendo que en mi apartamento habían arrestado a una familia entera para después enviarla a una muerte más que probable. ¿Cómo habían podido vivir con eso los Tézac?

Saqué el móvil y llamé a Bertrand. Al ver mi número, susurró: «Reunión». Ése era nuestro código para «Estoy ocupado».

—Es urgente —le dije.

Le oí murmurar algo, y después su voz me llegó con más claridad.

—¿Qué pasa, *amour*? —preguntó—. Sé rápida, que tengo a alguien esperando.

Respiré hondo.

—Bertrand —empecé—, ¿sabes cómo consiguieron tus abuelos el apartamento de la calle Saintonge?

—No —contestó—. ¿Por qué?

—Acabo de visitar a Mamé. Me ha dicho que se mudaron en julio del 42. Dijo que el piso se había quedado vacío porque arrestaron a una familia judía durante la redada del Vel' d'Hiv'.

Silencio.

—¿Y? —preguntó Bertrand, por fin.

Sentí que se me encendía el rostro, y el eco de mi voz resonó en el apartamento vacío.

—¿Es que te da igual que tu familia se mudara aquí sabiendo que habían arrestado a esos judíos? ¿Nunca te hablaron de ello?

Casi pude oír cómo se encogía de hombros con ese típico estilo francés, curvando hacia abajo las comisuras de la boca y arqueando las cejas.

—No, no me importa. No lo sabía, nunca me lo dijeron, pero aun así me da igual. Estoy seguro de que hay un montón de parisinos que se mudaron a apartamentos que quedaron vacíos en julio del 42, después de la redada. Seguro que eso no convierte a mi familia en colaboracionistas, ¿no crees?

Su risa me hizo daño en los oídos.

—Yo no he dicho eso, Bertrand.

—Te estás involucrando demasiado en esto, Julia —añadió en un tono más amable—. Eso ocurrió hace sesenta años. Recuerda que había una guerra mundial. Fueron tiempos duros para todos.

Suspiré.

—Sólo quiero saber cómo ocurrió. No lo entiendo.

—Es simple, *mon ange**. Mis abuelos lo pasaron muy mal durante la guerra. La tienda de antigüedades no iba bien. Seguro que para ellos fue un gran alivio mudarse a un sitio más amplio y mejor. Al fin y al cabo, tenían un hijo y eran jóvenes. Debían de estar tan contentos de tener un techo bajo el que dormir que seguramente ni pensaron en esos judíos.

—Pero, Bertrand —dije—, ¿cómo es posible que no pensaran en aquella familia? ¿Cómo fueron capaces?

Me tiró un beso por el teléfono.

—No lo sabían, supongo. Tengo que dejarte, *amour*. Te veo esta noche.

Y colgó.

Me quedé un rato en el apartamento, recorriendo el pasillo, deteniéndome en el salón, pasando la palma de la mano por la pulida superficie de mármol de la chimenea. Intentaba comprender y evitar que las emociones me abrumaran.

* Ángel mío. *[N. del T.]*

La chica y Rachel se decidieron: iban a escapar. Tenían que huir de aquel lugar. Era eso, o morir, lo sabía. Si se quedaba allí con los demás sería el fin. Había muchos niños enfermos, y ya habían muerto cinco o seis. Una vez vio a una enfermera como la del velódromo, una mujer con un velo azul. ¡Una sola enfermera para tantos niños hambrientos y enfermos!

La huida era su secreto. No se lo habían contado a ninguno de los otros niños. Nadie debía sospechar nada. Su idea era escapar a plena luz del día. Se habían dado cuenta de que durante la mayor parte de las horas del día los policías apenas les prestaban atención, así que podía hacerse de una forma rápida y sencilla. Por detrás de los barracones, cerca del depósito de agua, en el mismo lugar donde las mujeres del pueblo habían intentado pasarles comida a través de la valla, habían encontrado un hueco entre los rollos de alambre. Aunque era pequeño, tal vez hubiera espacio suficiente para que alguien de su tamaño consiguiera atravesarlo reptando.

Algunos niños habían salido ya del campo, rodeados de policías. Cuando se fueron, la muchacha los contempló, criaturas frágiles y delgadas con el cráneo afeitado y vestidas de harapos, y se preguntó dónde se los llevarían. ¿Lejos de allí, con sus padres? Ella albergaba serias dudas, igual que Rachel. Si pensaban llevarlos a todos al mismo sitio, ¿por qué tenían que separar primero a los padres de los hijos? ¿Por qué tanto dolor, tanto sufrimiento?, pensaba. «Es porque nos odian», le había respondido Rachel con su voz grave y gutural cuando formuló la pregunta en voz alta. «Detestan a los judíos». ¿Por qué tanto aborrecimiento?, se preguntó para sus adentros. Ella no había odiado a nadie en su vida, salvo, quizás, una vez a una profesora que le había impuesto un duro castigo por no saberse la lección. Se preguntó si había llegado a desearle la muerte a aquella mujer, y su respuesta fue «sí». De modo que tal vez era así como funcionaban las cosas: uno aborrece tanto a una persona que al final quiere matarla. A ellos los odiaban porque llevaban una estrella amarilla. Aquel pensamiento le daba escalofríos. Era como si todo el mal y el odio del mundo se concentraran allí, a su alrededor, en los rostros endurecidos de los policías, en su indiferencia, en su desdén. Se preguntó si fuera del campo también odiaban a los judíos, y si estaba condenada a llevar aquella vida a partir de entonces.

Recordó que en junio, cuando volvía del colegio, había oído a unas vecinas hablando en voz baja en la escalera. La chica se había parado en las escaleras, aguzando las orejas como un cachorrillo. «¿Y sabes qué pasó? Se abrió la chaqueta y vi que llevaba la estrella. Jamás habría imaginado que fuera judío». La otra mujer había contenido la respiración para después responder: «¡Judío! Qué sorpresa, un caballero tan educado como él...».

La chica le había preguntado a su madre por qué a algunos vecinos no les caían bien los judíos. Su madre se encogió de hombros y suspiró, sin levantar la mirada de la ropa que estaba planchando. Como no le respondía, la chica acudió a su padre. ¿Qué tenía de malo ser judío? ¿Por qué había gente que los odiaba? Su padre se rascó la cabeza y la miró con una enigmática sonrisa.

«Creen que somos distintos. Por eso nos tienen miedo». ¿Pero por qué eran distintos?, se preguntaba. ¿Qué los hacía diferentes?

Cuando pensaba en su madre, en su padre y en su hermano, los echaba tanto de menos que se sentía físicamente enferma. Era como si se hubiera caído a un pozo sin fondo. Escapar era la única forma de recuperar cierto control sobre esta nueva vida que no podía entender. Tal vez sus padres se las habían arreglado también para escapar. Tal vez todos conseguirían volver a casa. Tal vez, tal vez...

Pensó en el apartamento vacío, en las camas sin hacer, en la comida pudriéndose poco a poco en la cocina. Y su hermano en medio del silencio sepulcral de la casa.

Rachel le tocó el brazo, y la chica dio un respingo.

—Ahora —le susurró—. Vamos a intentarlo.

El campo estaba en silencio, casi desierto. Habían notado la presencia de menos policías desde la marcha de los adultos, y los que quedaban apenas hablaban con los niños, a los que dejaban a su aire.

Un calor insoportable caía sobre los barracones, en cuyo interior yacían niños enfermos y débiles, tendidos sobre paja húmeda. Las chicas oyeron a lo lejos risas y voces masculinas. Probablemente los hombres estaban en un barracón, a resguardo de aquel sol de justicia.

El único policía a la vista estaba sentado a la sombra, con el fusil a los pies. Tenía la cabeza inclinada hacia atrás, apoyada en la pared, y parecía dormido como un tronco, con la boca abierta. La chica y Rachel reptaron hacia la alambrada como lagartijas, vislumbrando los campos y las verdes praderas que se extendían ante ellas.

Silencio, quietud, calor. ¿Las habría visto alguien? Se agazaparon entre la hierba, con el corazón latiendo a toda prisa.

Volvieron la vista atrás, pero no captaron movimiento ni ruido alguno. *Qué fácil ha sido*, se dijo la joven. *Es posible. Las cosas nunca eran tan fáciles, y menos ahora.*

Rachel llevaba en las manos un hato de ropa y le aconsejó ponérsela para que las capas extra de tejido le protegieran la piel de los pinchos. La muchacha sintió escalofríos al enfundarse un jersey sucio y andrajoso y unos pantalones tiesos y harapientos, mientras se preguntaba a quién habría pertenecido aquella ropa. Seguramente a algún infortunado niño cuya madre se había ido y al que habían dejado morir allí, solo.

Aún en cuclillas, se acercaron al pequeño resquicio abierto entre los rollos de alambre. A poca distancia había un policía de pie. No se le distinguía la cara, sólo el perfil de la gorra redonda de gendarme. Rachel señaló con el dedo hacia la abertura de la valla. Tenían que apresurarse, no había tiempo que perder. Se echaron boca abajo y reptaron hacia el agujero. La chica pensó que parecía muy pequeño. ¿Cómo iban a atravesarlo sin cortarse con las púas de la alambrada, aunque llevaran toda esa ropa? ¿Cómo habían podido siquiera soñar que iban a conseguirlo, que nadie iba a verlas y que se saldrían con la suya? *Estamos locas*, se dijo. *Locas.*

La hierba le hacía cosquillas en la nariz. Olía de maravilla. Quería enterrar la cara en ella y aspirar su aroma fresco y penetrante. Vio que Rachel ya había llegado a la abertura y que intentaba meter la cabeza con cautela.

De pronto la chica oyó pisadas sordas y pesadas en la hierba y se le paró el corazón. Miró hacia arriba y vio una enorme figura que se cernía sobre ella. Era un policía. El gendarme la agarró por el cuello deshilachado de la blusa y la sacudió. La chica sintió cómo las piernas le desfallecían de terror.

131

—¿Qué demonios estáis haciendo? —La voz del hombre siseó junto a su oído.

Rachel ya había pasado la mitad del cuerpo por la alambrada. El hombre, sin soltar el cuello de la chica, alcanzó a Rachel y la agarró del tobillo. Ella forcejeó y pateó, pero el gendarme era mucho más fuerte y tiró de ella, haciéndole sangre en las manos y en la cara.

Se quedaron de pie frente a él, Rachel sollozando, y la chica con la espalda recta y la cabeza alta. Aunque por dentro estaba temblando, había decidido no mostrar miedo. O al menos iba a intentarlo.

Entonces miró al hombre y se quedó boquiabierta.

Era el policía pelirrojo. Él también la reconoció, y al hacerlo tragó saliva, y la chica notó cómo la gruesa mano que le sujetaba el cuello empezaba a temblar.

—No podéis escapar —dijo el gendarme en tono áspero—. Tenéis que quedaros aquí, ¿entendido?

Era joven, poco más de veinte años, de cuerpo grande y cara sonrosada. La chica se dio cuenta de que estaba sudando bajo el grueso uniforme oscuro. La frente y el labio superior le brillaban húmedos, no hacía más que parpadear y cambiaba el peso de un pie a otro.

La chica se dio cuenta de que no le tenía miedo. En lugar de eso, sentía una especie de extraña compasión por el policía que a ella misma le resultaba desconcertante. Le puso la mano en el brazo, y él se quedó mirándola sorprendido y avergonzado. Ella le dijo:

—Se acuerda de mí.

No era una pregunta, sino la constatación de un hecho.

Él asintió, enjugándose con los dedos el sudor que tenía debajo de la nariz. La chica sacó la llave del bolsillo y se la enseñó, sin que le temblara la mano.

—¿Se acuerda de mi hermano pequeño? —preguntó ella—. Un niño rubio, con el pelo rizado.

El policía asintió de nuevo.

—Tiene que dejarme marchar, monsieur. Es mi hermano pequeño, y está en París, solo. Le encerré en el armario porque pensé que... —Se le quebró la voz—. ¡Pensé que allí estaría a salvo! ¡Tengo que volver! Déjeme salir por ese agujero. Puede fingir que nunca me ha visto, monsieur.

El hombre miró hacia atrás, a los barracones, como si temiera que alguien pudiese venir, o que alguien los viera o escuchase su conversación.

Después volvió a mirar a la chica llevándose un dedo a los labios, arrugó el gesto y meneó la cabeza.

—No puedo hacerlo —susurró—. Tengo órdenes.

La chica le puso la mano en el pecho.

—Por favor, monsieur —insistió en voz baja.

A su lado, Rachel sorbía, con la cara llena de sangre y lágrimas. El hombre volvió a mirar atrás una vez más. Parecía aturdido. La chica advirtió aquella extraña expresión que había visto en su rostro el día de la redada, una mezcla de compasión, vergüenza y furia.

La chica sentía cómo pasaban los minutos, interminables, pesados como el plomo. En su interior volvían a acumularse los sollozos, las lágrimas, el pánico. ¿Qué iba a hacer si el gendarme las mandaba a Rachel y a ella de vuelta al barracón? ¿Cómo iba a seguir adelante? Se dijo con determinación que no cejaría en su empeño e intentaría escapar de nuevo una y otra vez.

De repente, el policía pronunció el nombre de la chica y le cogió la mano. Su propia palma estaba caliente y húmeda.

—Vete —dijo entre dientes. Tenía el semblante descompuesto y el sudor le goteaba por las mejillas—. ¡Vete ahora mismo! ¡Rápido!

Perpleja, la chica miró aquellos ojos dorados. El policía la empujó hacia la abertura y la obligó a agacharse. Después tiró de la alambrada hacia arriba y empujó a la chica para que pasara. Las púas le pincharon en la frente, y después todo se acabó. La chica se puso de pie a duras penas. Estaba al otro lado: era libre.

Rachel la observaba, sin moverse.

—*Yo también quiero irme* —*porfió Rachel.*

—*No, tú te quedas* —*respondió el policía.*

Rachel gimió.

—*¡No es justo! ¿Por qué ella sí y yo no? ¿Por qué?*

El policía la hizo callar levantando la otra mano. Detrás de la valla, la joven se había quedado paralizada. ¿Por qué Rachel no podía ir con ella? ¿Por qué tenía que quedarse?

—*Por favor, déjela venir* —*dijo la muchacha*—. *Se lo suplico,* monsieur.

Habló en tono sereno y calmado. Ya no era la voz de una niña, sino la de una joven, la voz de una mujer.

El hombre parecía nervioso e incómodo, pero no dudó mucho tiempo.

—*Venga, vete* —*dijo empujando a Rachel*—. *Rápido.*

Sujetó de nuevo la alambrada. Rachel la cruzó a rastras y se reunió con ella, jadeante.

El hombre se palpó los bolsillos, sacó algo y se lo dio a la joven a través de la valla.

—*Toma esto* —*le ordenó.*

Ella miró el grueso taco de billetes en su mano, y después se lo guardó en el bolsillo, con la llave.

El hombre volvió a mirar hacia los barracones, con el ceño fruncido.

—*Por el amor de Dios, ¡corred! ¡Echad a correr las dos! Si os ven… Arrancaos las estrellas y buscad alguien que os ayude. ¡Tened mucho cuidado, y buena suerte!*

La chica habría querido darle las gracias por su ayuda y por el dinero, y también estrecharle la mano, pero Rachel la agarró del brazo y tiró de ella. Corrieron lo más deprisa posible por los trigales altos y dorados, siempre hacia delante, con los pulmones ardiendo, agitando los brazos de forma atropellada. Lejos del campo, lo más lejos posible de aquel lugar.

Cuando llegué a casa me di cuenta de que llevaba un par de días con náuseas. Estaba tan enfrascada en mi investigación para el artículo sobre Vel' d'Hiv' que no le había concedido importancia, y además la semana anterior acababa de conocer la revelación sobre el apartamento de Mamé. Presté más atención a las náuseas al percatarme de que tenía los pechos más hinchados y que me dolían. Calculé mi periodo. Sí, llevaba retraso, pero ya me había pasado lo mismo varias veces en los últimos años. Al final bajé a la farmacia del bulevar a comprar una prueba de embarazo, sólo para asegurarme.

Cuando apareció la pequeña línea azul, comprendí que estaba embarazada. Embarazada. No podía creerlo.

Me senté en la cocina. Casi no me atrevía a respirar.

Mi último embarazo, cinco años atrás, después de dos abortos, había sido una pesadilla. Al principio tuve dolores y hemorragias, y después descubrí que el cigoto se estaba desarrollando fuera del útero, en una de mis trompas. Me sometieron a una operación bastante complicada, y después sufrí consecuencias muy desagradables, tanto mentales como físicas. Me llevó un buen tiempo superarlo. Me habían extirpado un ovario, y el cirujano me dijo que no creía que pudiera quedarme embarazada de nuevo. Además, ya había cumplido cuarenta años. Recuerdo la desilusión y la tristeza en el rostro de Bertrand. Aunque nunca hablaba de ello, yo lo intuía. El hecho de que nunca quisiera expresar sus sentimientos empeoraba las cosas. Se guardó su disgusto para sí, pero las palabras no pronunciadas crecían como una presencia tangible que se interponía entre nosotros. Yo sólo hablaba de ello con mi psiquiatra, o con mis amigos más íntimos.

Recordé un fin de semana reciente en Borgoña, cuando invitamos a Isabelle, a su marido y a sus hijos a quedarse. Su hija Mathilde tenía la edad de Zoë, y luego estaba el pequeño Matthieu. Bertrand se había quedado prendado de aquel niño, un crío encantador de cuatro o cinco años. Ver cómo mi marido le seguía con la mirada, cómo jugaba con él y lo llevaba a hombros, sonriente pero con una sombra de melancolía en los ojos, me resultaba insoportable. Isabelle me encontró llorando sola en la cocina mientras los demás terminaban de comerse la quiche Lorraine al aire libre. Me abrazó con fuerza, me sirvió una buena copa de vino, encendió el reproductor de CD y me ensordeció con los grandes éxitos de Diana Ross. «No es culpa tuya, *ma cocotte*, no es culpa tuya. Recuérdalo».

Me había sentido inútil durante mucho tiempo. La familia Tézac se mostró cariñosa y discreta sobre el asunto, pero yo me seguía viendo incapaz de dar a Bertrand lo que más deseaba: un segundo hijo. Y, lo más importante, un varón. Bertrand tenía dos hermanas, pero ningún hermano. Sin un heredero que lo llevara, su apellido se extinguiría. No me había dado cuenta de lo importante que era ese factor para esta familia tan particular.

Cuando dejé claro que, a pesar de ser la esposa de Bertrand, quería que me siguieran llamando Julia Jarmond, mi decisión fue recibida con sorpresa y silencio. Mi suegra, Colette, me explicó con una sonrisa acartonada que en Francia era una costumbre moderna, demasiado moderna, una postura feminista no muy bien recibida en este país. Una mujer francesa debía ser conocida por el apellido de su marido, así que yo tenía que ser para el resto de mi vida la señora de Bertrand Tézac. Recuerdo que le devolví una sonrisa de anuncio de dentífrico y le dije que aun así iba a seguir con el Jarmond. Ella no dijo nada, pero a partir de ese momento ella y Edouard, mi suegro, siempre me presentaban como «la esposa de Bertrand».

Me extasié en la contemplación de la raya azul. Un bebé. ¡Un bebé! Me invadió un sentimiento de gozo y de inmensa felicidad. Iba a tener un bebé. Miré a mi alrededor, a esa cocina que ya me era tan familiar. Fui a sentarme junto a la ventana y contemplé el patio sucio y oscuro al que se asomaba la cocina. Me daba igual que fuera un niño o una niña. Sabía que Bertrand preferiría un niño, pero también que si era niña estaría encantado con ella. Un segundo hijo, ese que habíamos esperado tantísimo tiempo y al que por fin habíamos renunciado. El hermanito que Zoë había dejado de mencionar. El crío por el que Mamé había dejado de preguntar.

¿Cómo iba a decírselo a Bertrand? No podía llamarle y soltárselo por teléfono. Teníamos que estar juntos y a solas: aquello requería intimidad. Y después debíamos procurar que nadie se enterase hasta que yo al menos estuviera de tres meses. Me moría de ganas de llamar a Hervé y Christophe, y también a Isabelle, a mi hermana y a mis padres, pero me contuve. Mi marido tenía que ser el primero en saberlo, y mi hija la segunda. Entonces se me ocurrió una idea.

Cogí el teléfono, llamé a Elsa, mi canguro, y le pregunté si estaba libre por la noche para cuidar de Zoë. Me respondió que sí. Después hice una reserva en nuestro restaurante favorito, una *brasserie* de la calle Saint Dominique de la que éramos clientes habituales desde nuestra boda. Por último llamé a Bertrand, me saltó su buzón de voz y me tocó hablar sola para decirle que quedábamos en Thomieux a las nueve en punto.

Oí las llaves de Zoë en la puerta. Sonó un portazo y mi hija entró en la cocina con su pesada mochila en la mano.

—Hola, mamá —me dijo—. ¿Qué tal el día?

Sonreí. Como cada vez que miraba a Zoë, me quedé embobada contemplando su belleza, su figura esbelta y sus vivos ojos de color avellana.

—Ven aquí —le pedí, y le di un abrazo de oso. Ella se echó hacia atrás y se quedó mirándome.

—Parece que el día ha sido bueno, ¿verdad? —preguntó—. Lo noto por el abrazo.

—Tienes razón —admití, deseando contarle la verdad—. Ha sido un día estupendo.

Me miró.

—Me alegro. Últimamente has estado un poco rara. Pensaba que era por esos niños.

—¿Qué niños? —pregunté al tiempo que le apartaba un mechón castaño de la cara.

—Ya sabes, los niños del Vel' d'Hiv' —dijo Zoë—. Esos que nunca volvieron a casa.

—Pues sí —respondí—. Me daba mucha pena. Y aún me sigue dando.

Zoë me cogió las manos y empezó a girar mi anillo de boda, una artimaña que usaba desde que era pequeña.

—La semana pasada te oí hablar por teléfono —confesó sin mirarme.

—¿Y bien?

—Tú creías que estaba dormida.

—Oh —dije.

—No lo estaba. Era tarde. Estabas hablando con Hervé, creo, y le contaste lo que te había dicho Mamé.

—¿Sobre el apartamento?

—Sí —contestó, mirándome por fin a la cara—. Le hablaste sobre la familia que vivía en el piso y lo que les pasó. También le contaste que Mamé había vivido allí todos esos años sin importarle demasiado.

—¿Oíste todo eso? —pregunté.

Zoë asintió.

—¿Sabes algo de aquella familia, mamá? ¿Quiénes eran, qué les ocurrió?

Meneé la cabeza.

—No, cariño, no lo sé.

—¿Es verdad que a Mamé no le importaba?

Tenía que hablar con cautela.

—Cielo, estoy segura de que sí le importaba. Creo que ella no sabía lo que había pasado en realidad.

Zoë volvió a darle vueltas a la alianza, esta vez más deprisa.

—Mamá, ¿vas a descubrir qué les pasó?

Agarré aquellos dedos nerviosos que tiraban de mi anillo.

—Sí, Zoë. Eso es exactamente lo que pienso hacer —le dije.

—A papá no le va a gustar —respondió ella—. Le oí decir que dejaras de pensar en ello y de darle vueltas. Parecía muy enfadado.

La estreché contra mí y apoyé mi barbilla sobre su hombro. Pensé en el maravilloso secreto que guardaba en mi interior, y en que aquella noche iba al Thomieux. Me imaginé el gesto de incredulidad y alegría de Bertrand. ¡Iba a quedarse sin palabras!

—Cariño —le dije—. A papá no le va a importar. Te lo prometo.

Exhaustas, las niñas al fin dejaron de correr y se agacharon tras un arbusto. Tenían sed y les faltaba el aliento. La chica sentía un agudo pinchazo en el costado. Si al menos pudiera beber agua, descansar un poco y recuperar fuerzas... Pero sabía que no podía quedarse allí. Tenía que seguir adelante y encontrar la forma de volver a París.

«Arrancaos las estrellas», les había dicho el policía. Se quitaron las prendas que se habían puesto por encima, rasgadas y rotas por la alambrada. La chica se miró al pecho, donde tenía la estrella cosida en la blusa. Tiró de ella. Después le hizo un gesto a Rachel, que agarró la suya con las uñas y se la quitó con facilidad. Pero la de la chica estaba muy bien cosida. Se quitó la blusa y examinó la estrella de cerca. Las puntadas eran meticulosas, perfectas. Se acordó de su madre, encorvada sobre el costurero, cosiendo las estrellas con paciencia, una tras otra. Aquel recuerdo hizo que los ojos se le llenaran de lágrimas, y lloró sobre la blusa, con una desesperación desconocida hasta entonces.

Los brazos de Rachel la rodearon, y sus manos ensangrentadas trataron de consolarla.

—¿Es verdad lo de tu hermanito? ¿Está dentro de un armario? —preguntó Rachel.

Ella asintió. Rachel la abrazó aún más fuerte y le acarició la cabeza con cierta torpeza. La muchacha se preguntó dónde estaba su madre, y también su padre. ¿Adónde se los habían llevado? ¿Estarían juntos y a salvo? Ah, si la hubieran visto ahora mismo, llorando detrás de unos arbustos, sucia, perdida y hambrienta...

Se enderezó, haciendo un esfuerzo para sonreír a Rachel a través de las pestañas húmedas. Sí, tal vez estaba sucia, perdida y hambrienta, pero no asustada. Se secó las lágrimas con dedos llenos de roña. Había crecido demasiado para volver a tener miedo. Ya no era un bebé. Sus padres se enorgullecerían de ella. Sí, quería que estuvieran orgullosos de ella, porque había conseguido escapar del campo, porque iba a volver a París para salvar a su hermano y porque no tenía miedo.

Agarró la estrella con los dientes, y se dedicó a morder las minuciosas puntadas de su madre. Por fin, el trozo de tela amarillo se desprendió de la blusa. La chica se quedó mirando aquellas grandes letras negras que decían: «JUDÍA», y después la enrolló en su mano.

—¿De pronto no te parece muy pequeña? —le preguntó a Rachel.

—¿Qué hacemos con ellas? —preguntó Rachel—. Si nos las guardamos en el bolsillo y nos están buscando, se acabó.

Decidieron enterrarlas junto con las prendas que habían usado para escapar, bajo el matorral. La tierra estaba blanda y húmeda. Rachel cavó un agujero, metió dentro las estrellas y la ropa, y luego cubrió todo con la tierra oscura.

—Bien —dijo en tono exultante—. Estamos sepultando las estrellas. Están muertas, enterradas en una tumba, por siempre jamás.

La chica se rió con Rachel, pero después se sintió avergonzada. Su madre le había dicho que tenía que estar satisfecha de su estrella y de ser judía.

No quería pensar en eso ahora. Ahora todo era distinto. Había que encontrar agua, comida y refugio, y ella tenía que volver a su casa. ¿Cómo? Lo ignoraba. Ni siquiera sabía dónde estaba, pero al menos tenía el dinero del policía. Al final, aquel hombre no había resultado tan malo. A lo mejor eso significaba que podía haber más personas bondadosas dispuestas a ayudarlas. Personas que no las odiaran ni pensaran que eran «diferentes».

No estaban muy lejos del pueblo. Desde detrás de los matorrales alcanzaron a ver un cartel.

—Beaune-La-Rolande —leyó Rachel en voz alta.

El instinto les aconsejó no entrar en la localidad, pues allí no encontrarían ayuda. Sus habitantes conocían la existencia del campo, pero nadie había ido a ayudarles, salvo aquellas mujeres, y una sola vez. Además, el pueblo estaba demasiado cerca del campo y podían toparse con alguien que las mandara de vuelta. Volvieron la espalda a Beaune-La-Rolande y echaron a andar, siempre cerca de las hierbas altas que crecían al borde de la carretera. Estaban a punto de desfallecer de sed y de hambre. Si pudiéramos beber algo, deseó la chica.

Caminaron durante un buen rato. Se paraban y se escondían cada vez que oían un coche o a un granjero que llevaba las vacas de vuelta al establo. La chica se preguntó si iban en la dirección correcta, hacia París. No estaba del todo segura, pero al menos sabía que cada vez se alejaban más del campo. Se miró los zapatos, que estaban destrozados. Eran su segundo mejor par, los que guardaba para ocasiones especiales como cumpleaños, ir al cine o a visitar a los amigos. Se los había comprado el año anterior con su madre, cerca de la plaza de La República. Aquello parecía tan lejano como si hubiera pasado en otra vida, y los zapatos ya le quedaban demasiado pequeños y le apretaban los dedos.

Bien entrada la tarde llegaron a un bosque alargado, poblado de árboles verdes y frondosos. De su fresca sombra brotaba un olor dulce y húmedo. Dejaron el camino con la esperanza de encontrar en él fresas o moras. No tardaron en dar con un arbusto bien cargado. Rachel profirió un gritito de alegría, y las dos se sentaron y se pusieron a engullir bayas. La muchacha recordó aquellas maravillosas vacaciones junto al río, cuando buscaba frutos del bosque con su padre. Parecía haber pasado tanto tiempo...

Como ya no estaba acostumbrada a tales manjares, se le revolvió el estómago y tuvo que vomitar apretándose el abdomen. Devolvió una masa de bayas sin digerir, y le quedó un horrible sabor de boca. Le dijo a Rachel que tenían que encontrar agua. Se obligó a sí misma a levantarse, y ambas se adentraron en el bosque, un extraño mundo esmeralda moteado por la luz dorada de sol. Al ver a un ciervo que trotaba entre los helechos se le cortó la respiración. No estaba acostumbrada a la naturaleza: era una auténtica chica de ciudad.

Llegaron a una pequeña laguna clara en el corazón del bosque. El agua estaba limpia y fría al tacto. La chica bebió durante largo rato, se enjuagó la boca, se limpió las manchas de mora y después chapoteó con los pies en las aguas calmadas. No había vuelto a nadar desde aquella escapada al río, y no se atrevía a entrar del todo en la charca. Rachel, que sabía nadar bien, le dijo que se metiera, que ella la sujetaba. La chica se agarró a los hombros de Rachel, mientras ésta la sostenía por debajo del estómago y de la barbilla, como hacía su padre.

El contacto del agua en la piel era una maravilla, una caricia delicada y reconfortante. La chica se mojó la cabeza afeitada, donde le había empezado a crecer una pelusilla dorada, áspera como la barba de dos días de su padre.

De pronto la chica se sintió agotada. Quería tumbarse sobre el musgo verde y húmedo y dormir. Sólo un rato, un breve descanso. Rachel se mostró de acuerdo. Podían echar una cabezada, ya que allí estaban a salvo.

Se acurrucaron juntas, disfrutando del aroma del musgo fresco, tan distinto al de la paja hedionda de los barracones.

La chica se quedó dormida enseguida. Fue un sueño profundo y tranquilo, el tipo de sueño del que llevaba mucho tiempo sin disfrutar.

Era nuestra mesa habitual, en el rincón que quedaba a la derecha según se entraba, detrás de la barra de zinc pasada de moda con sus cristales tintados. Me senté en la *banquette* de terciopelo rojo en forma de «L» y observé a los camareros ajetreados con sus largos delantales blancos. Uno de ellos me trajo un *Kir royal**. La noche estaba animada. Bertrand me había traído aquí en nuestra primera cita, muchos años antes, y el lugar no había cambiado desde entonces: el mismo techo bajo, las paredes de color marfil, la tenue luz de las lámparas de globo, los manteles almidonados. La misma comida sana de Corrèze y Gascuña, la favorita de Bertrand. Cuando lo conocí vivía en la cercana calle Malar, en un ático muy pintoresco que en verano me resultaba insoportable. Como americana, me había criado con aire acondicionado, y me preguntaba cómo Bertrand podía aguantar ese calor. Entonces yo aún residía en la calle Berthe con los chicos, y mi habitación pequeña y oscura parecía el paraíso durante los sofocantes veranos parisinos. Bertrand y sus hermanas se habían criado en esta área de París, en

* Bebida hecha de licor de grosella negra y champán. *[N. del T.]*

147

el distinguido y aristocrático distrito VII, donde sus padres llevaban años viviendo en la calle de l'Université, una calle larga y curvada, y donde el negocio de antigüedades familiar seguía prosperando en la calle de Bac.

Nuestra mesa. Allí fue donde nos sentamos cuando Bertrand me pidió que me casara con él. Allí fue donde le dije que estaba embarazada de Zoë. Allí fue donde le dije que sabía lo de Amélie.

Amélie.

Esta noche no. Lo de Amélie se había acabado. ¿Seguro?, me pregunté. Tenía que reconocer que no estaba del todo convencida, pero, por el momento, no quería saberlo ni pensar en ello. Iba a tener un bebé. Amélie no podía luchar contra eso. Sonreí con cierta amargura y cerré los ojos. Ésa era la típica actitud francesa: «cerrar los ojos» a las correrías del marido. Me pregunté si yo era capaz de hacerlo.

Diez años antes, cuando descubrí por primera vez que me ponía los cuernos, le monté una buena bronca. Estábamos sentados en esta misma mesa, y yo había decidido decírselo allí y en ese mismo momento. Él no negó nada, y permaneció frío y calmado, mientras me escuchaba con los dedos cruzados bajo la barbilla. Le mostré los extractos de la tarjeta de crédito. Hotel La Perla, calle Canettes. Hotel Lenox, calle Delambre. Albergue Christine, calle Christine. Una factura de hotel tras otra.

Bertrand no había sido demasiado cuidadoso con las facturas, ni tampoco con el perfume, que se le quedaba pegado al cuerpo, la ropa, el pelo o incluso al cinturón de acompañante de su Audi ranchera y que había sido el primer indicio. L'Heure Bleue. La fragancia más intensa, densa y empalagosa de Guerlain. No resultó muy difícil averiguar su identidad. De hecho, yo ya la conocía: me la había presentado justo después de casarnos.

Divorciada. Tres hijos adolescentes. Cuarenta años, pelo castaño plateado. El ideal parisién: menuda, delgada, exquisitamente vestida, con bolso y zapatos conjuntados a la perfección. Tenía un trabajo muy bueno, un piso muy amplio con vistas al Trocadero, un apellido francés tradicional que sonaba a vino famoso, y un sello en la mano derecha.

Amélie, la antigua novia de Bertrand, de los tiempos del liceo Victor Duruy. Aquella a la que nunca había dejado de ver. Aquella a la que nunca había dejado de follarse, a pesar de los matrimonios, los hijos y el paso de los años. «Ahora somos amigos —me había jurado—. Sólo amigos, y ya está».

Después de la cena, en el coche, me transformé en una leona y le enseñé los dientes y las garras. Supongo que él debió de sentirse halagado. Me hizo promesas, me juró que sólo le importaba yo, y nada más que yo. Ella no era nada, sólo una *passade*, un capricho pasajero. Y durante mucho tiempo le estuve creyendo.

Pero últimamente había empezado a hacerme preguntas. Extrañas dudas que me revoloteaban por la cabeza, nada concreto. ¿Aún le creía?

«Si lo aceptas, es que eres tonta», me decían Hervé y Christophe. «Deberías preguntárselo a bocajarro», me aconsejaba Isabelle. «Estás loca si aceptas lo que dice», me reprendían Charla, mi madre, Holly, Susannah y Jan.

Decidí que esa noche iba a olvidarme de Amélie. Sólo contamos Bertrand, yo, y esta maravillosa noticia.

Le di un sorbo a mi copa, mientras los camareros me sonreían. Me sentía bien, me sentía fuerte. Al cuerno con Amélie. Bertrand era *mi* marido y yo iba a tener un hijo *suyo*.

El restaurante estaba a rebosar. Miré a mi alrededor, a las mesas, todas ocupadas. Una pareja de ancianos con sendas copas de vino comían muy concentrados en sus platos. Un grupo de treintañeras se tronchaba de risa sin poder evitarlo mientras, en una mesa cercana, una mujer de gesto adusto que cenaba sola las miraba con el ceño fruncido. Unos hombres de negocios con trajes grises encendían sus puros, unos turistas americanos trataban de descifrar el menú y en otra mesa cenaba un matrimonio con sus hijos adolescentes. Había mucho ruido y también mucho humo, pero no me molestaba: estaba acostumbrada.

Bertrand se estaba retrasando, como de costumbre, pero me daba igual. Me había dado tiempo a cambiarme y a arreglarme el pelo. Me había puesto los pantalones color chocolate que tanto le gustaban, y un sencillo corpiño ceñido. Pendientes de perla de Agatha y mi reloj de pulsera Hermès. Me miré en el espejo que había a la derecha. Mis ojos parecían más grandes y azules de lo habitual, y mi piel resplandecía. No estaba nada mal para una mujer de mediana edad embarazada, me dije, y por la forma en que me sonreían los camareros debían de opinar lo mismo.

Saqué la agenda del bolso. Por la mañana, antes de nada, tenía que llamar a mi ginecóloga y pedirle cita de inmediato. Probablemente tendría que hacerme algunas pruebas. Para empezar, una amniocentesis, seguro. Ya no era una madre «joven»: el parto de Zoë se me antojaba algo remoto en el tiempo.

De pronto me sobrevino el pánico. ¿Sería capaz de pasar por todo eso once años después? El embarazo, el parto, las noches en vela, los biberones, los llantos, los pañales... Pues claro que puedes, me dije. Llevas diez años deseando esto, ¿cómo no vas a estar preparada? Y Bertrand también.

Pero mientras lo esperaba allí sentada, la ansiedad crecía en mi interior. Traté de ignorarla. Abrí mi libreta y leí las últimas notas que había tomado sobre el Vel' d'Hiv'. No tardé en concentrarme en mi trabajo, tanto que dejé de escuchar el jaleo del restaurante, las risas de la gente, las maniobras de los camareros por entre las mesas e incluso el rechinar de las patas de una silla en el suelo.

Alcé la vista y vi a mi marido sentado enfrente, observándome.

—¿Cuánto tiempo llevas ahí? —le pregunté.

Él sonrió y me cogió la mano.

—Un buen rato. Estás muy guapa.

Bertrand llevaba su chaqueta de pana azul oscuro y una camisa blanca y recién planchada.

—Tú sí que estás guapo —dije.

Casi se lo suelto en aquel mismo momento. Pero no, era pronto. Demasiado rápido. Me contuve con dificultad, mientras el camarero le traía a Bertrand otro *Kir royal*.

—¿Y bien? —preguntó—. ¿Por qué estamos aquí, *amour*? ¿Algo especial? ¿Una sorpresa?

—Sí —respondí, alzando mi copa—. Una sorpresa muy especial. ¡Bebe! Brindemos por la sorpresa.

Chocamos nuestras copas.

151

—¿Se supone que tengo que adivinar de qué se trata? —preguntó.

Me sentía como una niña traviesa.

—Nunca lo adivinarías. ¡Es imposible!

Él se rió, divertido.

—¡Te pareces a Zoë! ¿Le has dicho a ella en qué consiste esa sorpresa tan especial?

Negué con la cabeza, cada vez más emocionada.

—No. Nadie lo sabe. Nadie excepto... yo.

Estiré el brazo para agarrarle de la mano. Su piel era suave y bronceada.

—Bertrand... —empecé.

El camarero apareció por encima de nuestras cabezas. Decidimos pedir. Terminamos en un minuto: *confit de canard** para mí, *cassoulet*** para Bertrand y espárragos de entrante.

Cuando vi la espalda del camarero que se retiraba hacia la cocina, se lo dije muy rápido.

—Voy a tener un bebé.

Analicé su gesto. Esperé a que sonriera y abriera unos ojos como platos en gesto de alegría, pero los músculos de su cara permanecieron inmóviles, como una máscara. Parpadeó y me miró fijamente.

—¿Un bebé? —retrucó.

Le apreté la mano.

—¿No te parece estupendo, Bertrand?

Permaneció en silencio. Yo no podía entenderlo.

—¿De cuánto tiempo estás? —preguntó por fin.

* Carne de pato cocinada en su propia grasa. *[N. del T.]*
** Guiso de alubias y carne típico del sur de Francia. *[N. del T.]*

—Acabo de enterarme —musité, preocupada por aquella frialdad.

Se frotó los ojos, algo que hacía siempre cuando estaba cansado o enfadado. No dijo nada, y yo tampoco.

El silencio cayó sobre nosotros como una espesa niebla. Casi podía tocarlo con los dedos.

El camarero nos trajo el primer plato, pero ninguno de los dos tocó los espárragos.

—¿Qué pasa? —quise saber, sin poder soportarlo más.

Bertrand suspiró, meneó la cabeza y volvió a frotarse los ojos.

—Creí que te alegrarías... Que te emocionarías... —dije, con los ojos húmedos.

Él se apoyó la barbilla en la mano.

—Julia, ya había renunciado.

—¡Y yo también! ¡Me había rendido del todo!

Su mirada era seria, y no me gustaba nada la determinación que veía en ella.

—¿Qué quieres decir? —le pregunté—. ¿Sólo porque hayas renunciado ya no puedes...?

—Julia, me quedan menos de tres años para cumplir los cincuenta.

—¿Y qué? —pregunté, con las mejillas encendidas.

—Que no quiero ser un padre viejo —añadió en voz baja.

—Oh, por el amor de Dios...

Otro silencio.

—No podemos seguir adelante con ese bebé, Julia —me dijo con voz suave—. Ahora llevamos otra vida. Zoë será pronto una adolescente, y tú tienes cuarenta y cinco años. Nuestra vida ya no es la misma, y un crío no encaja en ella.

En ese momento las lágrimas me resbalaron por la cara y cayeron al plato.

—¿Intentas decirme...? —le pregunté, atragantada—. ¿Intentas decirme que debo abortar?

La familia de la mesa de al lado nos miró escandalizada. Me importaba un comino.

Como era mi costumbre en momentos de crisis, volví a mi lengua materna. Me resultaba imposible hablar en francés en un momento así.

—¿Un aborto provocado después de tres naturales? —pregunté mientras negaba con la cabeza.

Su semblante era triste. Triste y también compasivo. Me dieron ganas de abofetearle la cara, de pateársela.

Pero no pude. Sólo fui capaz de llorar sobre la servilleta. Él me acarició el pelo, murmurando una y otra vez que me quería.

Yo había dejado de escuchar su voz.

Cuando las chiquillas se despertaron, ya había caído la noche. El bosque había dejado de ser aquel lugar frondoso y apacible por el que habían vagado durante la tarde. Ahora se veía inmenso y lúgubre, y estaba poblado de sonidos extraños. Poco a poco se abrieron camino entre los helechos, agarradas de la mano y parándose cada vez que oían un ruido. Tenían la sensación de que la noche era cada vez más negra. Siguieron caminando, internándose cada vez más en el corazón del bosque. La chica pensó que iba a derrumbarse de agotamiento, pero la mano cálida de Rachel le daba ánimos.

Por fin llegaron a un sendero ancho que serpenteaba entre unos prados llanos. Dejaron atrás la ominosa presencia del bosque y se asomaron a un cielo sombrío, sin luna.

—Mira —dijo Rachel, señalando hacia delante—. Un coche.

Unos faros, pintados de negro para que sólo dejaran pasar una estrecha ranura de luz, perforaban las tinieblas de la noche, acompañados por el ruido de un motor cada vez más próximo.

—¿Qué hacemos? —preguntó Rachel—. ¿Lo paramos?

La chica vio otros dos faros sombreados, y luego otros dos más. Una larga hilera de coches se acercaba a ellas.

—Agáchate —susurró a Rachel, tirándole de la falda—.
¡Rápido!

No había arbustos tras los que esconderse. La chica se
tumbó boca abajo, con la barbilla en la tierra.

—¿Por qué? ¿Qué haces? —preguntó Rachel.

Entonces lo comprendió.

Soldados. Era una patrulla nocturna de soldados alemanes.

Rachel se tiró al suelo junto a la muchacha.

Los coches se acercaban haciendo rugir sus potentes motores. A la luz atenuada de los faros, las chicas distinguieron los
cascos redondos y brillantes de los soldados. Nos van a ver, pensó
la chica. No podemos escondernos. No hay donde esconderse, nos
van a ver.

Pasó el primer jeep, seguido del resto, levantando una
espesa nube de polvo blanco que se metió en los ojos de las niñas.
Intentaron no toser ni moverse. La joven estaba tumbada boca
abajo en el polvo, tapándose los oídos con las manos. La fila de
coches parecía interminable. ¿Verían sus siluetas oscuras al borde de aquel camino de tierra? Se preparó para oír los gritos, el
frenazo de los coches, los portazos y los pasos rápidos de los soldados, para después sentir el contacto de unas manos rudas que
la agarraban por los hombros.

Pero los últimos coches pasaron de largo y el zumbido de
sus motores se perdió en la noche. Volvió a hacerse el silencio, y el
camino se quedó vacío, salvo por la polvareda blanca que on-
deaba sobre él. Esperaron un momento y luego gatearon por el
camino en sentido opuesto al de los coches.

A través de los árboles se veía una luz, que parecía atraer-
las con su resplandor blanco. Se acercaron, siempre caminando por fuera de la carretera. Abrieron la puerta de una verja

y entraron con sigilo en una propiedad. Parecía una granja, pensó la chiquilla. A través de una ventana abierta vieron a una mujer que leía junto a la chimenea y a un hombre que fumaba en pipa, y también les llegó hasta la nariz un suculento olor a comida.

Sin vacilar, Rachel llamó a la puerta. Se abrió una cortina de algodón. La mujer que las observaba a través del cristal tenía una cara alargada y huesuda. Se quedó mirándolas y volvió a correr el visillo, sin abrir la puerta. Rachel volvió a llamar.

—Por favor, madame, necesitamos algo de comida y un poco de agua...

La cortina no se movió. Las niñas se acercaron a la ventana abierta. El hombre de la pipa se levantó de su silla.

—Fuera de aquí —ordenó en voz baja y amenazante—. Largaos de aquí.

Detrás de él, la mujer de la cara huesuda las contemplaba sin decir nada.

—Agua, por favor... —suplicó la chiquilla.

La ventana se cerró de golpe.

A la chica le dieron ganas de llorar. ¿Cómo podían ser tan crueles esos granjeros? Había visto que sobre la mesa tenían pan, y también una jarra de agua, pero Rachel tiró de ella y ambas volvieron a aquella sinuosa calzada de tierra. Encontraron más granjas, pero en todas ellas ocurrió lo mismo: las echaban con cajas destempladas, y ellas debían marcharse.

Ya era muy tarde. Estaban exhaustas y hambrientas, y a duras penas podían caminar. Llegaron a una alquería grande y antigua, a poca distancia del camino, alumbrada por una farola alta y con la fachada cubierta de hiedra. No se atrevían a llamar. Delante de la casa había una gran perrera vacía.

Entraron en ella gateando. La caseta era cálida, estaba limpia y había en ella un olor a perro que no resultaba desagradable. Hallaron un cuenco con agua y un hueso roído. Bebieron el agua a lengüetazos, primero una y después la otra. La chica temía que el perro pudiera volver y morderlas, y se lo dijo a Rachel con un hilo de voz, mas su amiga ya se había quedado dormida, enroscada como un animalillo. La chica contempló su cara de agotamiento, las mejillas chupadas, las cuencas de los ojos hundidas. Parecía una anciana.

Durmió a ratos, apoyada en Rachel, y tuvo una extraña pesadilla en la que veía a su hermano muerto en el armario, y a la policía golpeando a sus padres, y lloró en sueños.

Cuando la despertaron unos ladridos furiosos, le dio un codazo a Rachel. Oyeron la voz de un hombre cuyos pasos se acercaban crujiendo sobre la grava. Ya era tarde para escapar. Se abrazaron desesperadas, mientras la niña pensaba: «Estamos perdidas». Nos van a matar ahora mismo.

El amo tiró del perro hacia atrás. La muchacha vio una mano que tanteaba en el interior de la caseta, agarraba su brazo y luego el de Rachel. Las dos salieron reptando.

El hombre era bajito, estaba calvo y lleno de arrugas y tenía el bigote canoso.

—Vaya, ¿qué tenemos aquí? —murmuró, observándolas a la luz de la farola.

La chica notó que Rachel se ponía rígida y supuso que iba a echar a correr como un conejo.

—¿Os habéis perdido? —preguntó el viejo, en tono que parecía preocupado.

Las jóvenes estaban sorprendidas. Se esperaban amenazas, golpes, cualquier cosa menos amabilidad.

—Por favor, señor, tenemos hambre —imploró Rachel.

El hombre asintió.

—Ya me lo imagino.

Se agachó para hacer callar al perro, que no dejaba de gañir. Después dijo:

—Venid, niñas. Seguidme.

Ninguna de las dos se movió. ¿Podían confiar en aquel anciano?

—Aquí nadie os hará daño —les aseguró.

El hombre sonrió de forma amable y bondadosa.

—¡Geneviève! —gritó volviéndose hacia la casa.

Una señora mayor con una bata azul salió al porche.

—¿Por qué está ladrando ahora el bobo del perro, Jules? —preguntó la señora, enfadada.

Entonces vio a las niñas y se llevó las manos a la cara.

—Santo cielo... —murmuró.

La anciana se acercó. Tenía un gesto apacible, la cara redonda y el pelo recogido en una gruesa trenza blanca. Se quedó mirando a las niñas con gesto de pena y consternación.

A la chiquilla le dio un vuelco el corazón. La anciana se parecía a su abuela polaca, la de la foto. Los mismos ojos de color claro, el pelo blanco, la misma silueta regordeta y tranquilizadora.

—Jules —susurró la anciana—, ¿son...?

El anciano asintió.

—Creo que sí.

La señora repuso en tono decidido:

—Que entren. Debemos esconderlas de inmediato.

Bajó con un curioso anadear y escudriñó a ambos lados del camino.

—Vamos, niñas —las instó al tiempo que las tomaba de la mano—. Aquí estaréis a salvo. Con nosotros no corréis peligro.

Tras una noche terrible, me levanté con la cara hinchada por la falta de horas de sueño. Me alegré de que Zoë ya se hubiera marchado al colegio. No me apetecía que me viera en semejante estado. Bertrand se mostró amable y afectuoso, y me dijo que teníamos que hablar más del asunto. Podíamos hacerlo por la noche, cuando Zoë se durmiera. Dijo todo esto en un tono muy calmado y gentil, pero yo sabía que ya se había decidido. Nada ni nadie iba a conseguir que quisiera tener a ese bebé.

Me faltó valor para contárselo a mis amigos y a mi hermana. La decisión de Bertrand me había afectado hasta tal punto que prefería tragármelo todo yo sola, al menos por el momento.

Aquella mañana me costó mucho ponerme en marcha. Cualquier cosa que hacía me resultaba fatigosa, y cada movimiento suponía un gran esfuerzo. No dejaban de venirme a la cabeza las imágenes de la noche anterior y los comentarios de Bertrand. La única solución era enfrascarme en el trabajo. Aquella tarde iba a reunirme con Franck Lévy en su oficina. De repente lo del Vel' d'Hiv' me parecía muy lejano. Me sentía como si hubiera envejecido de la noche a la mañana. Ya nada importaba, salvo el bebé que llevaba en mi vientre y que mi marido no quería.

Iba de camino a la oficina cuando me sonó el móvil. Era Guillaume. Había encontrado en casa de su abuela un par de libros sobre el Vel' d'Hiv' que estaban agotados y que a mí me hacían falta. Si yo quería, me los podía prestar. Me preguntó si podíamos quedar para tomar algo esa misma tarde o ya de noche. Su voz sonaba amigable y alegre, y yo acepté de inmediato. Quedamos a las seis en punto en el Select, en el bulevar de Montparnasse, a dos minutos de casa. Nos despedimos, y después mi teléfono volvió a sonar.

Esta vez se trataba de mi suegro, lo cual me sorprendió, pues Edouard me llamaba raras veces. Nos llevábamos bien, con una corrección muy francesa, y a ambos se nos daban de maravilla las conversaciones banales, pero nunca me encontraba del todo a gusto con él: me daba la impresión de que se contenía, de que no demostraba sus verdaderos sentimientos, ni a mí ni a nadie más.

Edouard era la clase de hombre al que se escucha y se respeta. No podía imaginármelo exhibiendo emoción alguna salvo ira, orgullo o autocomplacencia. Jamás lo había visto en vaqueros, ni siquiera durante los fines de semana en Borgoña, cuando se sentaba en el jardín a leer a Rousseau debajo de un roble. Creo que ni siquiera había llegado a verlo sin corbata. Si le comparaba con el momento en que le había conocido, debía admitir que apenas había cambiado en los últimos diecisiete años: la misma pose mayestática, el cabello plateado, la mirada de acero. A mi suegro le encantaba cocinar, y a menudo echaba a Colette de la cocina para prepararnos él mismo platos exquisitos y sencillos: *pot au feu**, sopa de cebolla, una suculenta *ratatouille*** o tortilla de trufas. La única persona a la que permitía acompañarlo en la cocina era Zoë. Tenía debilidad por ella, aunque Cécile y Laure le habían dado dos nietos varones, Arnaud y Louis. Pero Edouard adoraba a mi hija. Nunca supe lo que ocurría en aquellas sesiones de cocina. Tras la puerta cerrada, yo oía las carcajadas de mi hija, el sonido del cuchillo cortando las verduras, el borboteo del agua, el crepitar de la grasa en la sartén y, de cuando en cuando, el grave retumbar de la risa de Edouard.

Edouard me preguntó qué tal estaba Zoë y cómo iba la reforma del apartamento. Después fue al grano. Había ido a ver a Mamé la víspera. Tenía un día de los «malos», añadió, y estaba enfurruñada. Edouard se disponía a marcharse y a dejarla haciendo pucheros y viendo la televisión, cuando de repente, así sin más, ella le dijo algo sobre mí.

—¿Y qué te ha comentado? —le pregunté, con curiosidad.

Edouard carraspeó.

—Según mi madre, la habías estado interrogando sobre el apartamento de la calle de Saintonge.

Respiré hondo.

—Sí, es verdad —admití.

Me pregunté adónde quería llegar.

* Plato típico francés de carne de buey cocinada con verduras. *[N. del T.]*
  ** Guiso de verduras típico de la región de Provenza. *[N. del T.]*

Silencio.

—Julia, preferiría que no le hicieras más preguntas a Mamé sobre la calle Saintonge.

De pronto se había puesto a hablar en inglés, como para asegurarse de que le entendía bien. Ofendida, le respondí en francés:

—Lo siento, Edouard. Es que ahora mismo estoy investigando la redada del Vel' d'Hiv' para mi revista, y me sorprendió la coincidencia.

Silencio de nuevo.

—¿La coincidencia? —repitió, volviendo al francés.

—Sí —dije—. Me refiero a los judíos que vivían allí justo antes de que tu familia se mudara, a los que arrestaron durante la redada. Cuando Mamé me lo contó, me dio la impresión de que aquello la afectaba, por lo que ya no le hice más preguntas.

—Te lo agradezco, Julia. —Tras una pausa, añadió—: Esa historia *afecta* a Mamé, así que no vuelvas a mencionársela, por favor.

Me paré en mitad de la acera.

—Está bien, no lo haré —le contesté—, pero no pretendía hacer daño a nadie, tan sólo averiguar cómo tu familia acabó viviendo en ese piso y si Mamé sabía algo de aquella familia judía. ¿Puedes ayudarme tú, Edouard? ¿Sabes algo?

—Lo siento, no te he oído bien —respondió con suavidad—. Tengo que colgar ya. Hasta luego, Julia.

La línea se cortó.

Me dejó tan perpleja que por unos instantes me olvidé de Bertrand y de lo ocurrido la noche anterior. ¿De verdad Mamé se había quejado a Edouard de mis preguntas? Recordé que aquel día no había querido seguir contestándome. Se había cerrado en banda y no volvió a abrir la boca hasta que me marché, frustrada. ¿Por qué se había enfadado tanto? ¿Por qué Mamé y Edouard se empeñaban en que no hiciese preguntas sobre el apartamento? ¿Qué era lo que no querían que yo supiera?

Bertrand y el bebé volvieron de nuevo a mi cabeza como una pesada losa. De pronto me vi incapaz de ir a la oficina. Alessandra me miraría tan inquisitiva como siempre y haría preguntas, intentando ser amigable sin conseguirlo. Bamber y Joshua se quedarían mirando mi cara abotargada. Bamber, un auténtico caballero, no diría nada, pero me apretaría discretamente el hombro. Y Joshua... Ése sería el peor. «¿Cuál es el drama ahora, tesoro? ¿Otra vez tu maridito francés?». Casi podía ver su sonrisa sarcástica cuando me ofreciera un café. No, esa mañana era impensable ir a la oficina.

Di media vuelta y me dirigí hacia el Arco del Triunfo, abriéndome paso con impaciencia y cierta destreza entre las hordas de turistas que caminaban con parsimonia admirando el monumento y deteniéndose para hacerle fotos. Saqué la agenda y marqué el número de la asociación de Franck Lévy. Pregunté si podía ir en ese momento, en lugar de por la tarde. «Perfecto, no hay ningún problema», me respondieron. Me hallaba en la avenida Hoche, cerca de allí, por lo que tardé en llegar menos de diez minutos. Una vez fuera de la abarrotada arteria que cruza los Campos Elíseos, las demás avenidas que salían de la plaza de l'Étoile estaban sorprendentemente vacías.

Le calculé a Franck Lévy unos sesenta y cinco años. En su rostro se adivinaba una nobleza profunda y algo cansada. Pasamos a su oficina, un despacho con el techo alto lleno de libros, archivos, ordenadores y fotografías. Mis ojos se posaron en las fotos en blanco y negro pinchadas en la pared. Había bebés, críos que empezaban a caminar, niños que llevaban la estrella.

—Muchos de ellos son niños del Vel' d'Hiv' —dijo, siguiendo la dirección de mi mirada—, pero hay otros. Todos forman parte de los once mil niños que fueron deportados de Francia.

Nos sentamos junto a su mesa. Antes de la entrevista le había mandado algunas consultas por correo electrónico.

—Así que quiere información sobre los campos de Loiret —empezó.

—Sí —contesté—. Beaune-la-Rolande y Pithiviers. Hay muchos datos disponibles sobre Drancy, que es el más cercano a París, pero de los otros dos se sabe mucho menos.

Franck Lévy suspiró.

—Tiene razón. Comparado con Drancy, hay poco material sobre los campos de Loiret. Cuando vaya allí, comprobará que no hay muchos restos que expliquen lo que ocurrió. La gente que vive allí tampoco quiere recordar. Se niegan a hablar. Para colmo, hubo muy pocos supervivientes.

Volví a mirar las fotografías, esas caras pequeñas y vulnerables alineadas en las paredes.

—¿Qué eran esos campos originalmente? —pregunté.

—Se trataba de campos militares convencionales, construidos en 1939 para los soldados alemanes que

165

cayeran prisioneros. El gobierno de Vichy empezó a enviar allí a los judíos a partir de 1941. Los primeros trenes en dirección a Auschwitz salieron de Beaune y Pithiviers al año siguiente.

—¿Por qué no enviaron a las familias del Vel' d'Hiv' a Drancy, ya que estaba en los suburbios de París?

Franck Lévy sonrió con amargura.

—Después de la redada, enviaron a Drancy a los judíos sin hijos. Drancy se hallaba cerca de París, mientras que los otros campos estaban a más de una hora, perdidos en mitad de la tranquila campiña de Loiret. Fue aquí donde la policía francesa separó a los niños de sus padres sin que nadie se enterara. En París no podrían haberlo hecho con tanta facilidad. Supongo que habrá leído algo sobre la brutalidad con que actuaron.

—No hay mucho que leer.

La sonrisa triste se desvaneció.

—Es cierto. No obstante, sí sabemos cómo ocurrió. Puedo prestarle un par de libros que le vendrán muy bien. Arrancaron a los niños de los brazos de sus madres. Les pegaron, les apalearon, les echaron cubos de agua helada.

Se me fueron los ojos una vez más a las caritas de las fotos. Imaginé a Zoë separada de Bertrand y de mí, sola, hambrienta y sucia. Me estremecí.

—Los cuatro mil niños del Vel' d'Hiv' fueron un dolor de cabeza para las autoridades francesas —continuó Franck Lévy—. Los nazis habían pedido que deportaran de inmediato a los adultos, no a los niños. No se podía alterar el estricto calendario de los trenes. De ahí la brutal separación de los hijos y las madres a primeros de agosto.

—Y después, ¿qué pasó con aquellos niños? —le pregunté.

—A los padres los deportaron de los campos de Loiret directamente a Auschwitz. Los niños quedaron prácticamente solos en unas condiciones sanitarias espeluznantes. A mediados de agosto llegó la decisión de Berlín. Los niños también debían ser deportados. Sin embargo, para no levantar sospechas, primero los enviaron al campo de Drancy, y de ahí a Polonia. En Drancy los mezclaron con adultos que no tenían nada que ver con ellos, para que la opinión pública creyera que esos niños no estaban solos y que se los llevaban a los campos de trabajo del Este junto con sus familias.

Franck Lévy hizo una pausa y contempló, igual que yo, las fotos pinchadas en la pared.

—Cuando esos niños llegaron a Auschwitz, no hubo «selección». Nada de separar a hombres y mujeres en filas, ni reconocimientos para ver cuáles estaban sanos y cuáles enfermos, quiénes podían trabajar y quiénes no. Los enviaron directamente a las cámaras de gas.

—Y fue el gobierno francés, en autobuses franceses y en trenes franceses —añadí.

Quizás fue porque estaba embarazada, porque mis hormonas se habían vuelto locas, o porque no había dormido, pero de pronto el alma se me vino a los pies.

Me quedé contemplando aquellas fotos, destrozada.

Franck Lévy me miró en silencio. Después se levantó y me puso la mano en el hombro.

La chica se abalanzó sobre la comida que le habían puesto delante y se la llevó a puñados a la boca con unos ruidos que su madre habría detestado. Estaba en el paraíso. Era como si nunca hubiese probado una sopa tan sabrosa, un pan tan tierno, un queso Brie tan exquisito y cremoso, ni unos melocotones tan jugosos y aterciopelados. Rachel comía más despacio. Al mirarla, se dio cuenta de que su amiga estaba pálida. Le temblaban las manos y tenía ojos febriles.

La pareja de ancianos entraba y salía de la cocina, les servía más potaje y les rellenaba los vasos con agua fresca. La joven escuchaba sus preguntas, hechas en tono suave y amable, pero le faltaba valor para responder. Sólo se decidió a hablar más tarde, cuando Geneviève se las llevó a las dos al piso de arriba para bañarlas. Le habló de aquel recinto tan grande donde les habían tenido encerrados durante días sin apenas agua ni comida. Después le contó el viaje en tren por el campo, el terrible momento en que las habían separado de sus padres, y por último la huida.

La anciana escuchaba y asentía mientras le quitaba la ropa a Rachel, que tenía los ojos vidriosos. La chica se quedó mirando el cuerpo flaco y cubierto de ampollas rojas de su amiga, mientras la mujer sacudía la cabeza con espanto.

—Pero ¿qué te han hecho? —susurró.

Rachel apenas parpadeaba. La señora la ayudó a meterse en el agua caliente y llena de espuma, y la lavó igual que la madre de la chica bañaba a su hermano pequeño.

Después envolvió a Rachel en una toalla grande y la llevó a una cama cercana.

—Ahora te toca a ti —dijo Geneviève, preparando otro baño con agua limpia—. ¿Cómo te llamas, pequeña? Aún no me lo has dicho.

—Sirka —respondió la chica.

—¡Qué nombre tan bonito! —contestó Geneviève mientras le daba una pastilla de jabón y una esponja limpia.

La anciana advirtió que a la chica le daba vergüenza desnudarse delante de ella, así que se dio la vuelta para que se quitara la ropa y se metiera en el agua. La chica se lavó con esmero, disfrutando del agua caliente. Luego se bajó de la bañera con agilidad y se arropó con una toalla que despedía un delicioso aroma a lavanda.

Geneviève se puso a lavar las mugrientas ropas de las niñas en la gran pila esmaltada. La chica la estuvo mirando un rato, y después, tímidamente, puso la mano en el brazo regordete de la señora.

—Madame, ¿puede ayudarme a volver a París?

La anciana, sorprendida, se volvió para mirarla.

—¿Quieres volver a París, petite?

La chica empezó a estremecerse de la cabeza a los pies. La señora se quedó mirándola, preocupada, dejó la colada en la pila y se secó las manos con una toalla.

—¿Qué te ocurre, Sirka?

Los labios de la chica temblaban.

—Mi hermano pequeño, Michel. Aún sigue en París, en el apartamento. Está encerrado en un armario, en nuestro *escondite secreto. Lleva allí desde el día en que la policía vino a por nosotros. Creí que allí estaría a salvo y le prometí que volvería a rescatarle.*

Geneviève la miró con gesto preocupado, y trató de tranquilizarla sujetándola por los hombros pequeños y huesudos.

—Sirka, ¿cuánto tiempo lleva tu hermano en el armario?

—No lo sé —murmuró ella—. No me acuerdo. ¡No me acuerdo!

De pronto, la última brizna de esperanza que conservaba se desvaneció, pues acababa de leer en los ojos de la anciana lo que más temía. Michel estaba muerto. Había muerto en el armario. Lo sabía. Había esperado demasiado tiempo, ya era tarde. Era imposible que su hermano hubiese conseguido sobrevivir. Había muerto allí, solo, en la oscuridad, sin comida ni agua, solo con el osito y el libro de cuentos, y había confiado en ella, la había esperado, probablemente la había llamado gritando su nombre una y otra vez: «¡Sirka, Sirka!, ¿dónde estás?». Estaba muerto, Michel estaba muerto. Tenía cuatro años y había muerto por su culpa. De no haberle encerrado aquel día, ahora podría estar bañándole aquí mismo. Ella debería haber cuidado de él, debería haberlo traído con ella a este lugar donde ambos estarían seguros. Era culpa suya. Toda era culpa suya.

La chica se derrumbó en el suelo, rota, invadida por una negra desesperación. Jamás en su corta vida había sufrido un dolor tan agudo. Sintió que Geneviève se acercaba a ella, le acariciaba la cabeza afeitada y le murmuraba palabras de consuelo. Se dejó hacer, entregada al cariñoso abrazo de la anciana. Después notó el dulce tacto de un colchón mullido y unas sábanas limpias que la envolvían, y se sumió en un sopor extraño y agitado.

Se despertó temprano, desorientada y confusa. No recordaba dónde estaba. Había sido una sensación muy rara dormir en una cama de verdad después de tantas noches en los barracones. Se dirigió hacia la ventana. Los postigos estaban entreabiertos, y dejaban ver un gran jardín de dulces aromas. Unas gallinas correteaban por la hierba, perseguidas por un perro juguetón. En un banco de hierro forjado, un gato gordo y rojizo se lamía las garras con parsimonia. Escuchó el canto de los pájaros y el cacareo de un gallo. Cerca de allí, mugió una vaca. Era una mañana soleada y fresca, y la chica pensó que jamás había visto un lugar tan pacífico y hermoso como aquel. El horror y el odio de la guerra parecían algo muy lejano. Ni el jardín, ni las flores, ni los árboles, ni todos aquellos animales podían contaminarse de la maldad que había presenciado las últimas semanas.

Examinó la ropa que tenía puesta, un camisón blanco que le quedaba un poco largo. Se preguntó a quién pertenecía. Tal vez los ancianos tenían hijos, o nietos. Miró a su alrededor e inspeccionó el dormitorio. Estaba amueblado con sencillez, pero era amplio y cómodo. Había una estantería cerca de la puerta. Se acercó a mirar los libros. Allí estaban sus favoritos, Julio Verne y la Condesa de Ségur. En las guardas había un nombre escrito a mano con una caligrafía culta y juvenil: Nicolas Dufaure. Se preguntó quién sería.

Siguiendo el murmullo de las voces que salían de la cocina, bajó las escaleras de madera, que crujieron bajo sus pies. La casa era tranquila y acogedora, y tenía un aspecto informal, algo destartalado. El salón, soleado, olía a cera de abejas y a lavanda, y el suelo era de baldosas cuadradas de color vino. Un gran reloj de péndulo emitía un solemne tictac.

Se dirigió de puntillas a la cocina y se asomó a la puerta. Allí estaban los dos ancianos, sentados en una mesa larga y bebiendo de unos cuencos azules. Parecían inquietos.

—*Estoy preocupada por Rachel* —*estaba diciendo Geneviève*—. *La fiebre es muy alta y no le aguanta nada en el estómago. Y ese sarpullido... Tiene muy mala pinta, la verdad.* —*Exhaló un profundo suspiro*—. *¡En menudo estado venían esas niñas, Jules! Una de ellas tenía piojos hasta en las pestañas.*

La chiquilla entró en la cocina, con paso dubitativo.

—*Me preguntaba...* —*empezó a decir.*

La pareja la miró, y ambos sonrieron.

—*Vaya* —*comentó el anciano*—, *esta mañana eres una persona totalmente distinta, señorita. Hasta tienes algo de color en las mejillas.*

—*Yo tenía algo en los bolsillos...* —*observó ella.*

Geneviève se levantó y señaló hacia un anaquel.

—*Sí, una llave y un poco de dinero. Están ahí.*

La chica cogió los objetos y los apretó contra su pecho.

—*Ésta es la llave del armario donde está Michel* —*dijo en voz baja*—. *Nuestro escondite secreto.*

Las miradas de Jules y Geneviève se cruzaron.

—*Sé que creen que mi hermano está muerto* —*continuó la niña, a trompicones*—, *pero aun así voy a volver. Debo saberlo. A lo mejor alguien le ha auxiliado igual que ustedes me han ayudado a mí. Quizá me esté esperando. ¡Necesito saberlo! Puedo utilizar el dinero que me dio el policía.*

—*Pero ¿cómo vas a llegar a París,* petite? —*preguntó Jules.*

—*Cogeré el tren. Seguro que París no queda muy lejos de aquí.*

Otro intercambio de miradas.

172

—*Sirka, vivimos al sur de Orleans. Has caminado un buen trecho con Rachel, y al hacerlo te has alejado aún más de París.*

La chica se envaró. Estaba resuelta a volver a París a buscar a Michel y ver qué le había pasado. Le daba igual lo que pudiera esperarle.

—*He de marcharme* —*aseguró con resolución*—. *Seguro que hay trenes de Orleans a París. Me marcharé hoy mismo.*

Geneviève se acercó a ella y la agarró de las manos.

—*Sirka, aquí estás a salvo. Puedes quedarte una temporada con nosotros. Como esto es una granja, tenemos leche, carne y huevos, y no necesitamos cartillas de racionamiento. Puedes descansar y comer hasta que te restablezcas del todo.*

—*Gracias* —*contestó la chica*—, *pero ya me encuentro mejor. Tengo que volver a París. No hace falta que vengan conmigo, puedo arreglármelas yo sola. Lo único que necesito es que me indiquen cómo puedo llegar a la estación.*

Antes de que la señora pudiera contestar, se escuchó un prolongado lamento que venía del piso superior. Era Rachel. Subieron corriendo a su habitación. La niña se retorcía de dolor, y había puesto perdidas las sábanas con un líquido oscuro y maloliente.

—*Lo que me temía. Disentería* —*anunció Geneviève*—. *Necesita un médico cuanto antes.*

Jules volvió a bajar las escaleras con paso cansino.

—*Voy al pueblo, a ver si está el doctor Thévenin* —*manifestó mientras se volvía hacia su mujer y la chica.*

Una hora después, la muchacha lo vio regresar resoplando encima de su bicicleta desde la ventana de la cocina.

—*Se ha ido* —*le dijo a su esposa*—. *La casa está vacía. Nadie ha podido informarme de su paradero, así que he seguido hacia Orleans. He encontrado a un doctor más bien joven y le he rogado que venga, pero es un tipo bastante arrogante y me ha contestado que antes ha de atender a otros enfermos más urgentes.*

Geneviève se mordió el labio.

—*Espero que venga. Y pronto.*

El médico no llegó hasta bien entrada la tarde. La niña no se había atrevido a mencionar de nuevo París. Se daba cuenta de que Rachel se encontraba muy enferma. Jules y Geneviève estaban demasiado preocupados por su amiga como para prestarle atención a ella.

Cuando llegó el médico, anunciado por los ladridos del perro, Geneviève le pidió a la chiquilla que corriera a esconderse en la bodega. No conocían a este médico, se apresuró a explicarle, pues no era el suyo de toda la vida, y no podían arriesgarse.

Ella se deslizó por la trampilla y se sentó en la oscuridad, atenta a cada palabra que se pronunciaba arriba. No vio la cara del médico, pero no le gustaba el sonido de su voz, que era estridente y nasal. No hacía más que preguntar de dónde había salido Rachel y dónde la habían encontrado. Era insistente y testarudo, pero Jules le respondió con voz tranquila que era la hija de un vecino que se había ido un par de días a París.

Empero, la muchacha sospechaba, por el tono de su voz, que el médico no creía una palabra de lo que Jules le estaba diciendo. Tenía una risa muy desagradable, y no dejaba de hablar sobre ley y orden, sobre el mariscal Pétain y su nueva visión de Francia y sobre lo que la Kommandantur pensaría de esta misteriosa niña delgaducha.

Por fin, se oyó un portazo en la entrada.

Luego oyó de nuevo la voz de Jules. Parecía abatido.

—*Geneviève —se lamentó—, ¿qué hemos hecho?*

—Quiero preguntarle algo que no está relacionado con mi artículo, *monsieur* Lévy.

Me miró y volvió a sentarse en su silla.

—Por supuesto. Adelante, por favor.

Me incliné sobre la mesa.

—Si le facilitase una dirección concreta, ¿podría ayudarme a seguir la pista de una familia a la que arrestaron en París el 16 de julio de 1942?

—¿Una familia del Vel' d'Hiv'? —inquirió.

—Sí —le respondí—. Es importante.

Se quedó mirando mi cara cansada y mis ojos hinchados. Sentí como si pudiera leer mi mente y descubrir en ella el nuevo sufrimiento con el que cargaba. Como si pudiera adivinar todo lo que yo había averiguado sobre el apartamento, todo lo que había en mí en ese mismo momento en que estaba sentada frente a él.

—*Miss* Jarmond, durante los últimos cuarenta años he seguido el rastro de cada uno de los judíos deportados desde este país entre 1941 y 1942. Ha sido un proceso largo y doloroso, pero necesario. Sí, creo que puedo darle el apellido de esa familia. Está todo aquí mismo, en este ordenador. Podemos averiguar ese apellido en un par de segundos. Pero ¿le importa decirme por qué quiere información sobre esa familia en particular? ¿Es simplemente la curiosidad natural de una periodista, o se trata de algo más?

Sentí cómo se me encendían las mejillas.

—Es personal —le respondí—, y no resulta fácil de expresar.

—Inténtelo —me instó.

Con ciertos titubeos, le expliqué la historia del piso de la calle Saintonge, lo que me había contado Mamé y las palabras de mi suegro. Después, ya con más fluidez, le confesé que estaba obsesionada con aquella familia judía. Necesitaba saber quiénes eran y qué les había ocurrido. Él me escuchaba, asintiendo de vez en cuando. Después, me dijo:

—A veces, *miss* Jarmond, bucear en el pasado puede ser delicado. Se encuentran sorpresas desagradables. La verdad es más dura que la ignorancia.

Asentí.

—Ya me he dado cuenta de eso —admití—, pero necesito saber.

Me miró fijamente.

—Le daré el apellido. Pero lo sabrá usted y sólo usted. No debe aparecer en su revista. ¿Me da su palabra?

—Sí —respondí, impresionada por su solemnidad.

Él se volvió hacia el ordenador.

—Dígame la dirección, por favor.

Se la dicté.

Sus dedos teclearon con rapidez y el ordenador emitió un leve chasquido. El corazón me latía con fuerza. Entonces la impresora chirrió y escupió una hoja. Franck Lévy me la entregó sin decir una palabra. Leí:

«Calle de Saintonge, 26.

75003 París»

STARZYNSKI

Wladyslaw, nacido en Varsovia en 1910. Arrestado el 16 de julio de 1942. Taller mecánico en la calle Bretagne. Vel' d'Hiv'. Beaune-la-Rolande. Convoy número 15, 5 de agosto de 1942.

Rywka, nacida en Okuniev en 1912. Arrestada el 16 de julio de 1942. Taller mecánico en la calle Bretagne. Vel' d'Hiv'. Beaune-la-Rolande. Convoy número 15, 5 de agosto de 1942.

Sarah, nacida en el distrito XII de París en 1932. Arrestada el 16 de julio de 1942. Taller mecánico en la calle Bretagne. Vel' d'Hiv'. Beaune-la-Rolande.

La impresora emitió un nuevo chirrido.

—Una fotografía —anunció Franck Lévy.

La observó antes de dármela.

Era una niña de diez años. Leí el pie de foto: junio de 1942. Se la habían hecho en el colegio, en la calle Blancs-Manteaux, justo al lado de la calle Saintonge.

La niña tenía los ojos rasgados, de color claro. Podían ser azules o verdes. El pelo, también claro, le llegaba a los hombros, y llevaba un lazo un poco torcido. Su sonrisa era bonita y algo tímida, y tenía la cara ovalada en forma de corazón. Estaba sentada en su pupitre del colegio, con un libro abierto, y en el pecho llevaba cosida la estrella.

Sarah Starzynski. Un año menor que Zoë.

Volví a mirar la lista de nombres. No necesitaba preguntar a Franck Lévy adónde se dirigía el convoy número 15 que salió de Beaune-la-Rolande. Sabía que su destino había sido Auschwitz.

—¿Qué hay de ese taller de la calle Bretagne? —le pregunté.

—Allí fue donde reunieron a la mayoría de los judíos que vivían en el distrito III antes de llevarlos a la calle Nélaton, al Velódromo.

Me di cuenta de que detrás del nombre de Sarah no se mencionaba ningún convoy. Se lo señalé a Franck Lévy.

—Eso significa que no estaba en ninguno de los trenes que salió para Polonia. Al menos, que sepamos.

—¿Pudo haber escapado? —pregunté.

—Es difícil saberlo. Unos cuantos niños se escaparon de Beaune-la-Rolande, y fueron rescatados por los granjeros franceses de los alrededores. A otros niños, que eran mucho más pequeños que Sarah, los deportaron sin molestarse en aclarar su identidad. En ese caso aparecen en la lista como: «Un niño, Pithiviers». Por desgracia, no puedo contarle lo que le ocurrió a Sarah Starzynski, *miss* Jarmond. Todo cuanto estoy en condiciones de asegurarle es que, al parecer, no llegó a Drancy con los demás niños de Beaune-la-Rolande y Pithiviers, pues no consta en los archivos del campo.

Volví a mirar aquel rostro hermoso e inocente.

—¿Qué le pasaría? —murmuré.

—La última pista sobre ella está en Beaune. A lo mejor la rescató alguna familia de las inmediaciones, y permaneció escondida durante la guerra con otro nombre.

—¿Ocurría a menudo?

—Sí. Hubo un buen número de niños judíos que sobrevivieron gracias a la ayuda y la generosidad de algunas familias francesas o de instituciones religiosas.

Me quedé mirándole.

—¿Cree que Sarah Starzynski se salvó? ¿Cree que logró sobrevivir?

Él bajó la mirada y contempló la fotografía de aquella niña adorable y sonriente.

—Espero que sí —repuso—, pero al menos usted ya sabe lo que quería, quién vivía en su apartamento.

—Sí —contesté—. Muchas gracias. Pero aún me pregunto cómo la familia de mi marido pudo vivir allí después del arresto de los Starzynski. No consigo entenderlo.

—No debe juzgarlos con tanta dureza —me advirtió Franck Lévy—. Sin duda, una gran cantidad de parisinos se mostraron indiferentes, pero no olvide que la ciudad estaba ocupada y la gente temía por sus vidas. Eran tiempos muy distintos.

Al salir de la oficina de Franck Lévy, me sentí frágil de pronto, al borde del llanto. Había sido un día difícil, agotador. Mi mundo se cerraba en torno a mí, presionándome por los cuatro costados. Bertrand, el bebé, la decisión imposible que debía tomar. La conversación que iba a tener con mi marido esa misma noche.

Para colmo, estaba el misterio que envolvía al apartamento de la calle Saintonge. La familia Tézac mudándose allí a toda prisa tras el arresto de los Starzynski. Mamé y Edouard sin querer hablar de ello. ¿Por qué? ¿Qué había ocurrido? ¿Qué querían ocultarme?

Mientras caminaba hacia la calle Marbeuf, me sentía aplastada por un peso enorme, una carga que no podía afrontar.

Más tarde, por la noche, me reuní con Guillaume en el Select. Nos sentamos cerca de la barra, lejos del ruido de la terraza. Guillaume llevaba un par de libros. Yo estaba encantada: eran justo los que me había resultado imposible conseguir, en especial uno sobre los campos de prisioneros de Loiret, así que se lo agradecí de corazón.

No tenía pensado contarle nada sobre lo que había descubierto aquella tarde, pero de pronto me encontré soltándolo todo. Guillaume escuchó con atención cada palabra que dije. Cuando acabé, me dijo que su abuela le había contado que tras la redada habían saqueado muchas viviendas judías. La policía había clausurado otras con precintos que acabaron rompiendo meses o años después, cuando fue evidente que nadie iba a volver a esos apartamentos. Según la abuela de Guillaume, la policía recibía la estrecha colaboración de los *concierges*, que eran capaces de encontrar rápidamente nuevos inquilinos recurriendo al boca a boca. Probablemente, eso era lo que había ocurrido con mi familia política.

—¿Por qué es tan importante para ti, Julia? —me preguntó Guillaume, al fin.

—Quiero saber qué fue de esa niña.

Guillaume clavó en mí sus ojos oscuros y penetrantes.

—Entiendo, pero ten cuidado al interrogar a la familia de tu marido.

—Sé que ocultan algo. Y quiero saber qué es.

—Ten cuidado, Julia —repitió. Sonreía, pero sus ojos permanecían serios—. Estás jugando con la caja de Pandora. A veces, es mejor no abrirla; a veces, es mejor no saber.

Era lo mismo que, por la mañana, me había dicho Franck Lévy.

Durante diez minutos, Jules y Geneviève recorrieron la casa de arriba abajo como animales enjaulados, sin hablar y retorciéndose las manos, atormentados. Intentaron trasladar a Rachel y llevarla a la planta de abajo, pero estaba demasiado débil, así que al final la dejaron en la cama. Jules hacía todo lo posible por tranquilizar a Geneviève, sin mucho éxito: cada pocos minutos, la mujer se desplomaba sobre la silla o el sofá más cercanos y rompía a llorar.

La chica los seguía como un cachorrillo inquieto, pero ellos no contestaban a ninguna de sus preguntas. Advirtió que Jules se asomaba una y otra vez a la ventana para vigilar la entrada. La chiquilla sintió que el miedo le atenazaba el corazón.

Al caer la noche, Jules y Geneviève se sentaron frente a frente ante la chimenea. Parecían algo más calmados y serenos, pero ella se dio cuenta de que a Geneviève le temblaban las manos. Ambos estaban pálidos y no hacían más que mirar al reloj.

En un momento dado, Jules se volvió hacia la niña y, en tono apacible, le pidió que bajara a la bodega, donde había unos sacos de patatas enormes. Jules quería que se encaramara a uno de ellos y se escondiera lo mejor posible.

—¿Entendido? Es muy importante. Debes hacerte invisible por si alguien baja al sótano.

La muchacha se quedó paralizada durante unos instantes y exclamó:

—¡Vienen los alemanes!

Antes de que Jules y Geneviève pudieran pronunciar una palabra, el perro ladró, y los tres dieron un respingo. Jules hizo una seña a la chica, apuntando hacia la trampilla. Ella obedeció al instante, y bajó a la bodega. Olía a humedad y estaba tan oscura que no veía nada, pero consiguió encontrar los sacos de patatas, que estaban en la parte trasera, por el tacto áspero de la arpillera. Había varios, apilados unos encima de otros. Abrió un hueco entre ellos y se coló. Al hacerlo, un saco se abrió y las patatas rodaron con estrépito en una serie de golpes rápidos y sordos. Se apresuró a amontonarlas por encima y alrededor de su cuerpo.

Fue entonces cuando resonaron los pasos, fuertes y rítmicos. Ya los había oído antes en París, por la noche, después del toque de queda, y conocía perfectamente su significado. En aquella ocasión, se había asomado a la ventana y había visto a los soldados que caminaban con sus cascos redondos, bajo la tenue iluminación de la calle, desfilando con movimientos precisos.

Así que eran soldados que marchaban en dirección a la casa. A juzgar por los pasos, debían de ser una docena. Oyó la voz de un hombre, amortiguada, aunque lo bastante clara para distinguir que hablaba en alemán.

Los alemanes habían venido a por Rachel y a por ella. Notó que se le aflojaba la vejiga.

Justo sobre su cabeza sonaron unos pasos, y el murmullo de una conversación que no acababa de captar. Después, escuchó la voz de Jules:

—Sí, teniente, tenemos una niña indispuesta.

—¿Una niña aria enferma, señor? —preguntó una voz gutural con marcado acento extranjero.

—Una niña que se encuentra grave, teniente.

—¿Dónde está?

—Arriba. —La voz de Jules sonaba cansada.

Oyó retemblar el techo de la bodega bajo el peso de las botas, y luego, el débil chillido de su compañera de fuga en el piso de arriba. Los alemanes la sacaron de la cama; Rachel gemía, demasiado débil para intentar defenderse.

La niña se tapó los oídos con las manos. No quería ni podía escuchar más. De pronto, se sintió algo más protegida en el silencio que ella misma había creado.

Tumbada entre las patatas, vislumbró un rayo de luz que atravesaba la oscuridad. Alguien había abierto la trampilla y bajaba por las escaleras del sótano. Se destapó los oídos.

—Ahí abajo no hay nadie —oyó decir a Jules—. La pequeña estaba sola. La encontramos en la caseta del perro.

La chica escuchó a Geneviève sonarse la nariz. Luego, su voz, llorosa y cascada.

—¡Por favor, no se lleven a la pequeña! ¡Está muy enferma!

La respuesta gutural fue irónica.

—Madame, *la cría es una judía.* Lo más probable es que haya escapado de uno de los campos cercanos. No tiene motivos para estar en su casa.

Observó el parpadeo anaranjado de una linterna que bajaba poco a poco por las escaleras de la bodega, acercándose cada vez más. Luego, aterrada, vio la enorme sombra negra de un soldado, recortada como un dibujo animado. Venía a por ella, iba a atraparla. Intentó encogerse todo lo que pudo y contuvo la respiración. Su corazón prácticamente había dejado de latir.

183

¡No, no iban a encontrarla! Era injusto, no había derecho a que la encontraran. Ya tenían a la pobre Rachel, ¿no les bastaba con eso? ¿Y dónde se la habían llevado? ¿La tenían fuera, en una camioneta, con los soldados? ¿Se habría desmayado? Se preguntó si la llevarían a un hospital o de regreso al campo. ¡Malditos monstruos sanguinarios! Odiaba a esos bastardos, deseaba que se murieran todos. Utilizó todas las palabrotas que conocía, todos los tacos que su madre le había prohibido pronunciar. ¡Cabrones hijos de puta! Gritó mentalmente todas las palabras malsonantes que se le pasaron por la cabeza, tan alto como se lo permitió su imaginación, apretando los párpados para no ver el rayo de luz que se aproximaba y que pasaba por encima de los sacos donde estaba escondida. No la encontrarían nunca. Hijos de puta, mamones.

Resonó de nuevo una voz, la de Jules, mientras decía:

—Aquí abajo no hay nadie, teniente. Estaba sola y apenas se tenía de pie, teníamos que atenderla.

La voz del teniente le llegó como un zumbido de moscas:

—Sólo estamos comprobando. Vamos a echar un vistazo a su bodega, y luego tendrán que acompañarnos a la Kommandantur.

Mientras el haz de luz pasaba sobre su cabeza, la chica intentó no moverse ni respirar.

—¿Acompañarles? —La voz de Jules sonaba perpleja—. Pero ¿por qué?

Entonces surgió la voz de Geneviève, sorprendentemente serena. Parecía que había dejado de llorar.

—Usted mismo ha podido comprobar que no la escondíamos teniente. Nos limitamos a cuidarla, eso es todo. Era incapaz de hablar, por lo que ni siquiera sabemos su nombre.

—*Claro* —*siguió Jules*—, *incluso hemos avisado a un médico. No la estábamos ocultando.*

Hubo una pausa. La muchacha oyó toser al teniente.

—*En efecto, eso es lo que nos ha contado Guillemin, que ustedes no la encubrían. Eso nos ha dicho el buen* Herr doktor.

La niña notó que alguien movía las patatas que había sobre su cabeza. Se quedó quieta como una estatua y contuvo el aliento. Le picaba la nariz y tenía ganas de estornudar.

Volvió a escuchar la voz de Geneviève, serena, utilizando un tono animado y casi duro que no le había oído hasta ese momento.

—*¿Les apetece una copa de vino, caballeros?*

Las patatas dejaron de moverse a su alrededor.

Arriba, el teniente soltó una risotada.

—*¿Vino?* Jawohl!*

—*¿Y un poco de paté?* —*preguntó Geneviève en el mismo tono.*

Los pasos se retiraron escaleras arriba y la trampilla se cerró de un portazo. La chica casi se desmayó de alivio. Se rodeó con sus propios brazos, con la cara empapada de lágrimas. ¿Cuánto tiempo estuvieron arriba, chocando los vasos, arrastrando los pies y riendo a carcajadas? A ella se le hizo interminable. Le pareció que las voces del teniente eran cada vez más alegres, e incluso le llegó un tremendo eructo. A Jules y a Geneviève no se les oía. ¿Seguirían arriba? Se moría de ganas de saber qué estaba pasando, pero sabía que debía quedarse allí hasta que Jules o Geneviève bajaran a buscarla. Tenía los brazos y las piernas dormidos, pero no se atrevía a moverse.

* Sí. A la orden. [*N. del T.*]

185

Por fin la casa se quedó en silencio. El perro ladró una vez, y después se calló. La chica aguzó el oído y se preguntó si los alemanes se habrían llevado a Jules y Geneviève y la habrían dejado sola en la casa. Después oyó el sonido ahogado de unos sollozos. La trampilla rechinó al abrirse y la voz de Jules la llamó:

—¡Sirka! ¡Sirka!

Cuando se incorporó, le dolían las piernas, tenía los ojos irritados por el polvo y las mejillas húmedas y sucias. Vio que Geneviève había roto a llorar y tenía la cara enterrada entre las manos, mientras Jules intentaba consolarla. La chica los miraba con impotencia. La señora levantó la vista. Su cara parecía haberse hundido y envejecido de golpe.

—Se han llevado a esa niña para matarla —susurró—. No sé dónde ni cómo, pero estoy segura de que morirá. No han querido hacernos caso. Hemos intentado emborracharles, pero el vino no se les ha subido. A nosotros nos han dejado en paz, pero se han llevado a Rachel.

Las lágrimas resbalaban por las arrugadas mejillas de Geneviève. Sin dejar de menear la cabeza, afligida, agarró la mano de Jules y la apretó.

—Dios mío, ¿adónde va a llegar este país?

Geneviève le hizo una seña a la chica para que se acercara y cogió su mano entre sus dedos curtidos y ajados. Me han salvado, pensó la chica. Me han salvado la vida. A lo mejor alguien como ellos ha salvado a Michel, a papá y a mamá. Quizás aún haya esperanza.

—¡Mi pequeña Sirka! —dijo Geneviève con un suspiro, retorciéndose los dedos—. Has sido muy valiente ahí abajo.

La chica sonrió. Fue una sonrisa hermosa y llena de coraje que conmovió el alma de los dos viejos.

—Por favor —les dijo—, no me llamen Sirka. Ése era mi nombre de bebé.

—Y entonces, ¿cómo tenemos que llamarte? —preguntó Jules.

La chica cuadró los hombros y levantó la barbilla.

—Me llamo Sarah Starzynski.

Al salir del apartamento, donde estuve comprobando con Antoine la marcha de las obras, me detuve en la calle Bretagne. El taller mecánico aún seguía allí. También había una placa en la que se recordaba que las familias judías del distrito III habían estado allí la mañana del 16 de julio de 1942, antes de que los trasladaran al Vel' d'Hiv' para deportarlos a los campos de concentración. Aquí fue donde comenzó la odisea de Sarah, me dije. ¿Cómo acabó?

Mientras estaba allí, ajena al tráfico, pensé que casi podía ver a Sarah bajando la calle de Saintonge aquella calurosa mañana de julio con sus padres y los gendarmes. Sí, podía verlo todo. Cómo los metían a empujones en el taller, justo allí donde me encontraba en aquel momento. Podía ver la preciosa cara en forma de corazón de la niña, su perplejidad y su miedo. El pelo liso recogido con un lazo, los ojos rasgados color turquesa. Sarah Starzynski. ¿Seguiría viva? Calculé que ahora tendría setenta años. No, seguro que no. Sin duda había desaparecido de la faz de la tierra, con el resto de los niños del Vel' d'Hiv'. Jamás había regresado de Auschwitz. Sólo era un puñado de ceniza.

Salí de la calle Bretagne y volví al coche. Al más puro estilo americano, nunca había sido capaz de acostumbrarme a conducir un vehículo con marchas. Mi coche era un modelo automático japonés del que Bertrand se burlaba. Nunca lo utilizaba para conducir por París: la red de metro y de autobús era excelente, por lo que no sentía la necesidad de coger el coche para moverme por la ciudad. Bertrand se burlaba de eso también.

Bamber y yo íbamos a visitar Beaune-la-Rolande aquella tarde. Estaba a una hora en coche de París. Por la mañana había estado en Drancy con Guillaume. Se hallaba muy cerca de París, incrustado entre los grises y destartalados suburbios de Bobigny y Pantin. Durante la guerra, más de sesenta trenes salieron de Drancy, situado justo en el corazón del sistema ferroviario francés, con destino a Polonia. Cuando pasábamos al lado de una gran escultura de estilo moderno construida en conmemoración de aquello, me di cuenta de que ahora el campo de concentración estaba habitado. Había mujeres que paseaban con cochecitos de bebé y perros, niños que corrían y gritaban, cortinas que ondeaban al viento, plantas que crecían en los alféizares. Me quedé estupefacta. ¿Cómo podía vivir alguien entre esas paredes? Le pregunté a Guillaume si ya lo sabía, y él asintió. Al verle la cara, supe que estaba muy afectado. Toda su familia había sido deportada desde aquel campo. No debía resultar fácil para él visitarlo, pero había insistido en acompañarme.

El conservador del Museo Conmemorativo de Drancy era un tal Menetzky, un hombre de mediana edad y aspecto cansado. Nos esperaba en el exterior del pequeño museo, que sólo se abría si se concertaba una cita por teléfono. Recorrimos lentamente aquella habitación pequeña y sencilla, viendo fotos, artículos y mapas. Había algunas estrellas amarillas expuestas tras un panel de cristal. Era la primera vez que veía una auténtica. Me impresionó, y también me puso enferma.

El campo apenas había cambiado en los últimos sesenta años. La gigantesca construcción de cemento en forma de U, construida a finales de los años treinta como un innovador proyecto residencial y requisado por el gobierno de Vichy en 1941 para deportar judíos, albergaba ahora a cuatrocientas familias alojadas en diminutos apartamentos, como había venido ocurriendo desde 1947. Drancy tenía los alquileres más baratos del extrarradio.

Le pregunté al lúgubre señor Meneztky si los residentes de la Cité de la Muette (el nombre de aquel sitio, por extraño que parezca, significaba «Ciudad de la Muda») tenían idea de dónde vivían. Él negó con la cabeza. La mayoría eran jóvenes y, según él, ni lo sabían ni les importaba. También le pregunté si el monumento recibía muchos visitantes y él contestó que los colegios mandaban a sus alumnos, y que a veces venían turistas. Hojeamos el libro de visitas. «*A Paulette, mi madre. Te quiero, y jamás te olvidaré. Vendré aquí todos los años para rendirte homenaje. En 1944 saliste de aquí para ir a Auschwitz, de donde nunca regresaste. Tu hija, Danielle*». Sentí que los ojos me escocían por las lágrimas.

Después nos enseñó el vagón para el transporte de ganado que estaba situado en medio de un prado, fuera del museo. Se encontraba cerrado, pero el conservador tenía la llave. Traté de imaginar el vagón atestado de gente, aplastándose unos a otros, niños pequeños, abuelos, padres de mediana edad, adolescentes, todos camino de la muerte. Guillaume estaba pálido. Luego, me confesó que nunca se había atrevido a entrar en el vagón. Le pregunté si se encontraba bien. Asintió, pero se notaba que estaba destrozado.

Mientras nos alejábamos del edificio, con una pila de folletos y libros debajo del brazo que el conservador me había dado, cavilé acerca de todo lo que sabía de Drancy, un lugar inhumano del que, durante los años del terror, no dejaron de salir trenes cargados de judíos con destino a Polonia.

No podía desterrar de la mente las desgarradoras descripciones sobre los cuatro mil niños del Vel' d'Hiv' que habían llegado aquí sin sus padres a finales del verano del 42, sucios, enfermos y famélicos. ¿Estaba Sarah entre ellos? ¿Había partido hacia Auschwitz, aterrorizada y sola en un vagón de ganado lleno de desconocidos?

Bamber me aguardaba enfrente de nuestra oficina. Después de colocar su equipo fotográfico en el asiento de atrás, dobló su cuerpo larguirucho para acomodarse en el del copiloto. Entonces me miró, y me di cuenta de que algo le preocupaba. Me apretó el antebrazo en un gesto de cariño.

—¿Te encuentras bien, Julia?

Supuse que las gafas de sol no ayudaban: llevaba escrito en la cara que había pasado una noche espantosa. Había estado discutiendo con Bertrand hasta la madrugada, y, cuanto más hablábamos, más inflexible se volvía. No, no quería tener ese bebé. Para él, aún no llegaba a la categoría de bebé, y ni siquiera era un ser humano. Tan sólo una pequeña simiente, menos que nada. No quería a aquel hijo, era demasiado para él. Para mi asombro, se le quebró la voz. De pronto, su cara parecía devastada por el tiempo, vieja. ¿Dónde estaba mi displicente, vanidoso e irreverente marido? Me quedé mirándole, estupefacta. Si decidía tenerlo contra su voluntad, me dijo con voz ronca, sería el fin. «¿El fin de qué?», le pregunté atónita. «El fin de lo nuestro», contestó con aquella horrible voz rota que yo no reconocía. El fin de nuestro matrimonio. Nos quedamos callados, mirándonos mutuamente sobre la mesa de la cocina. Le pregunté por qué le aterraba tanto que el bebé naciera. Dejó de mirarme, suspiró y se frotó los ojos. Me dijo que se estaba haciendo viejo. Se acercaba a los cincuenta. Eso en sí ya era terrible. Envejecer. Soportar la presión del trabajo para mantener a raya a los chacales jóvenes, competir con ellos día tras día. Y, sobre todo, ver cómo se desvanecía su atractivo. Era incapaz de aceptar el rostro que veía en el espejo cada mañana.

Nunca había tenido una conversación semejante con Bertrand, ni había llegado a imaginar que envejecer supusiera un problema tan grave para él. «No quiero tener setenta años cuando mi hijo cumpla veinte», murmuraba una y otra vez. «No puedo, y no pienso hacerlo. Debes meterte esto en la cabeza, Julia. Si tienes ese hijo, vas a matarme. ¿Me oyes? Vas a matarme».

Respiré hondo. No sabía qué decirle a Bamber, ni por dónde empezar. ¿Cómo podía entenderlo alguien que era tan joven y tan distinto? Sin embargo, agradecía su simpatía y su interés, así que enderecé los hombros.

—Bueno, no voy a ocultártelo, Bamber —le dije sin mirarle, aferrando el volante con todas mis fuerzas—. He pasado una noche de aúpa.

—¿Tu marido? —preguntó, tanteándome.

—En efecto, mi marido —respondí.

Asintió. Después se volvió hacia mí.

—Julia, si quieres hablar de ello, cuenta conmigo —dijo con el mismo tono contundente y solemne con el que Churchill había asegurado: «*Nunca* nos rendiremos».

No pude contener una sonrisa.

—Gracias, Bamber. Eres un buen tío.

Sonrió.

—¿Qué tal en Drancy?

Solté un gemido.

—Oh, Dios, ha sido horrible. Es el sitio más deprimente que te puedas imaginar. ¿Te puedes creer que hay gente viviendo allí? Fui con un amigo cuya familia fue deportada desde allí. No vas a disfrutar tomando fotos de Drancy, créeme. Es diez veces peor que la calle Nélaton.

Salí de París por la A-6. Por suerte, no había mucho tráfico a esa hora del día. Íbamos callados. Me di cuenta de que tenía que hablar con alguien sobre el bebé, y pronto. No podía seguir guardándomelo. ¿Charla? Era demasiado temprano para llamarla. En Nueva York apenas eran las seis de la mañana, aunque su jornada como implacable abogada de éxito estaba a punto de empezar. Tenía dos niños pequeños que eran el vivo retrato de su ex marido, Ben. Ahora tenía un nuevo esposo, Barry, que era un tipo encantador y trabajaba con ordenadores, pero yo aún no lo conocía demasiado.

Me moría por escuchar la voz de Charla, la forma tan cálida y afable en que decía «¡Hola!» por el teléfono cuando sabía que era yo. Charla y Bertrand nunca habían congeniado. Digamos que se toleraban, y había sido así desde el principio. Yo sabía lo que Bertrand pensaba de Charla: *La típica americana, guapa, brillante, arrogante y feminista*. Y ella de él: *El típico franchute, atractivo, chauvinista y engreído*. Echaba de menos a Charla. Me encantaban su vitalidad, su risa, su sinceridad. Cuando me vine de Boston a París, hace ya muchos años, ella aún no había cumplido los veinte. Al principio no la añoré demasiado; al fin y al cabo, sólo era mi hermana pequeña. Ahora era cuando la echaba de menos. Muchísimo.

—Mmm... —sonó la voz suave de Bamber—. ¿Ésa no era nuestra salida?

Lo era.

—¡Mierda! —dije.

—No importa —me tranquilizó Bamber mientras se peleaba con el mapa—. La siguiente también nos va bien.

—Lo siento —murmuré—. Estoy un poco cansada.

Me sonrió con gesto comprensivo y mantuvo la boca cerrada. Eso era algo que me gustaba de Bamber.

Beaune-la-Rolande estaba cerca, una ciudad sombría perdida entre los trigales. Aparcamos en el centro, junto a la iglesia y el ayuntamiento. Dimos una vuelta y Bamber sacó algunas fotos. Había poca gente; era un lugar triste y solitario.

Había leído que el campo estaba situado en la zona nordeste, y que en los años sesenta habían construido en él una escuela técnica. El campo estaba a unos tres kilómetros de la estación, justo en el otro extremo de la ciudad, lo que significaba que las familias deportadas tuvieron que atravesar andando el corazón de Beaune-la-Rolande. Pensé que tenían que quedar personas que lo recordaran, y se lo dije a Bamber; vecinos que se habían asomado a la ventana o al umbral de la puerta para ver desfilar esas hileras interminables de gente.

La estación de tren ya no prestaba servicio. La habían renovado y transformado en una guardería, lo cual no dejaba de ser una enorme ironía, me dije al ver a través de las ventanas los dibujos de colores y los animales de peluche. Un grupo de niños pequeños jugaba en un área vallada a la derecha del edificio.

Una mujer de cerca de treinta años con un crío en brazos salió a preguntarme si quería algo. Le contesté que era periodista y que buscaba información sobre el antiguo campo de internamiento que se levantaba en aquel lugar en los años cuarenta. La mujer no había oído hablar de él en su vida. Yo señalé el cartel sobre la puerta de la guardería.

«En memoria de los miles de niños, mujeres y hombres judíos que entre mayo de 1941 y agosto de 1943 pasaron por esta estación y el campo de internamiento de Beaune-la-Rolande antes de ser deportados al campo de exterminio de Auschwitz, donde fueron asesinados. Que no se olvide jamás».

La mujer se encogió de hombros, sonriéndome con aire de disculpa. No lo sabía. Era demasiado joven, al fin y al cabo. Aquello había ocurrido mucho antes de que ella naciera. Le pregunté si la gente iba a la estación a ver el cartel. Me contestó que ella sólo llevaba un año trabajando allí, pero que nunca había visto a nadie.

Bamber tomaba fotografías mientras yo rodeaba el achaparrado edificio blanco. El nombre de la ciudad figuraba grabado en letras negras a ambos lados de la estación. Me asomé por encima de la valla.

Los viejos raíles estaban sembrados de maleza, pero seguían en su sitio, con sus traviesas de madera y su acero oxidado. Sobre aquellos rieles abandonados habían rodado muchos trenes con destino a Auschwitz. Al mirar las traviesas se me encogió el corazón, y de pronto sentí que me costaba mucho respirar.

El 5 de agosto de 1942 el convoy número 15 había llevado a los padres de Sarah Starzynski directos a la muerte.

Sarah durmió mal aquella noche. Escuchaba los gritos de Rachel una y otra vez. Se preguntó dónde estaría ahora su compañera, y cómo se encontraría. ¿La estarían cuidando, ayudándola a reponerse? ¿Adónde se habían llevado a todas esas familias judías? ¿Qué habían hecho con sus padres y con los niños del campo de Beaune?

Tendida boca arriba en la cama, Sarah escuchaba el silencio de la vieja casa. Tenía tantas preguntas, y ninguna respuesta. Antes, su padre le resolvía todas sus dudas: por qué el cielo es azul, de qué están hechas las nubes, cómo vienen al mundo los bebés. Por qué hay mareas en el océano, cómo crecen las flores, por qué la gente se enamora. Siempre se tomaba su tiempo para contestarle, con paciencia y con calma, usando palabras sencillas y claras. Jamás le decía que no tenía tiempo, ya que le encantaba que no dejara de hacerle preguntas, y decía que era una niña muy inteligente.

Pero también recordó que últimamente su padre había dejado de contestar a sus preguntas acerca de la estrella amarilla, la prohibición de ir al cine o a la piscina municipal, el toque de queda, o incluso ese alemán que odiaba a los judíos y cuyo solo nombre la hacía estremecerse. No, su padre no respondía, y se limitaba a quedarse pensativo y callado. Cuando, justo antes de que vinieran a arrestarlos en aquel jueves negro, ella volvió a preguntarle por segunda o tercera vez en qué consistía exactamente ser judío para que los demás los odiaran tanto (Sarah no podía creer que les tuvieran miedo porque eran «diferentes»), su padre desvió la mirada, como si no la hubiese oído, pero ella sabía que la había escuchado perfectamente.

No quería pensar en su padre. Le causaba demasiado dolor. Ni siquiera recordaba la última vez que le había visto. Sí, había sido en el campo, pero ¿cuándo exactamente? Lo había olvidado. En el caso de su madre sí recordaba la última vez que había visto su cara: fue cuando ella se dio la vuelta, mientras se alejaba con las otras mujeres que caminaban entre sollozos por el largo y polvoriento camino que conducía a la estación. Sarah tenía una imagen nítida grabada en la cabeza, como una fotografía. El semblante pálido de su madre, sus ojos asombrosamente azules. El fantasma de una sonrisa.

Pero con su padre no hubo una última vez. No tenía una última imagen que evocar o a la que aferrarse. Trató de recordarle ahora, de visualizar su rostro delgado y moreno, su mirada profunda. Tenía los dientes muy blancos, en contraste con su tez oscura. Siempre había oído decir que ella se parecía a su madre, al igual que Michel. Tenían sus hermosos rasgos eslavos, sus pómulos altos y anchos y sus ojos rasgados. Su padre se quejaba de que ninguno de sus hijos se parecía a él. Ahora, Sarah intentó apartar de su mente la sonrisa de su padre. Era demasiado dolorosa, demasiado intensa.

Al día siguiente pensaba partir hacia París. Debía volver a casa y averiguar qué había sido de Michel. A lo mejor estaba a salvo, como ella. A lo mejor alguien generoso y de buen corazón había conseguido abrir la puerta de su escondite y sacarle de allí. ¿Pero quién?, se preguntaba. ¿Quién podía haberle ayudado?

Sarah nunca se había fiado de madame Royer, la concierge. Tenía la mirada huidiza y la sonrisa falsa. No, seguro que ella no. Tal vez el simpático profesor de violín, el que en la mañana de aquel jueves negro había gritado: «¡No pueden hacer eso! ¡Son gente honrada! ¡No pueden hacer eso!». Sí, quizás había conseguido salvar a Michel, quizás Michel se hallaba a salvo en casa de ese señor mientras él interpretaba baladas polacas para él. Se imaginó las carcajadas de Michel y sus mofletes rosados mientras tocaba las palmas con sus manitas y bailaba sin dejar de dar vueltas y más vueltas. Quizá su hermano la estaba esperando, quizá le decía cada mañana al profesor de violín: «¿Cuándo va a venir Sirka? ¿Va a venir hoy? Me prometió que volvería a por mí, ¡me lo prometió!».

Cuando al amanecer se despertó con el canto de un gallo, se dio cuenta de que la almohada estaba mojada, empapada de lágrimas. Se vistió deprisa, poniéndose la ropa limpia que Geneviève le había dado. Eran prendas de chico, resistentes y pasadas de moda. Se preguntó a quién habrían pertenecido. ¿A ese tal Nicolas Dufaure que se había tomado la molestia de escribir su nombre en todos sus libros? Después, Sarah guardó la llave y el dinero en un bolsillo.

Abajo, la amplia y fresca cocina estaba vacía. Aún era pronto. El gato dormía enroscado en una silla. La chica desayunó un trozo de pan tierno y un poco de leche. De vez en cuando se palpaba el bolsillo para cerciorarse de que el fajo de dinero y la llave estaban a buen recaudo.

Era una mañana calurosa y gris. Pensó que por la noche habría tormenta, una de esas ruidosas tormentas que tanto miedo le daban a Michel. Se preguntó cómo iba a llegar a la estación. ¿A qué distancia estaba Orleans? No tenía ni idea. ¿Cómo se las arreglaría para encontrar el camino? He llegado hasta aquí, se dijo, así que ahora no puedo rendirme: encontraré una forma de llegar. Pero no podía marcharse sin despedirse de Jules y Geneviève, así que esperó mientras, sentada en los peldaños de la entrada, se dedicaba a tirar migas a las gallinas y a los pollitos.

Geneviève bajó media hora después. Su rostro aún mostraba vestigios de la crisis de la noche anterior. Minutos después, apareció Jules, que plantó un cariñoso beso en la cabeza rapada de Sarah. La chica observó cómo preparaban el desayuno con gestos lentos y cuidadosos. Les había tomado cariño. Más que cariño, admitió para sus adentros. ¿Cómo iba a decirles que se marcharía ese día? Estaba convencida de que iba a partirles el corazón, mas no le quedaba otra opción: debía volver a París.

Cuando se lo dijo, ya habían terminado de desayunar y estaban recogiendo la mesa.

—¡Pero no puedes hacer eso! —espetó la anciana, a punto de dejar caer la taza que estaba secando—. Hay patrullas en las carreteras, y los trenes están vigilados. Ni siquiera tienes una identificación. Te pararán y te llevarán de vuelta al campo.

—Tengo dinero —dijo Sarah.

—Pero eso no impedirá que los alemanes...

Jules interrumpió a su esposa levantando la mano. Trató de convencer a Sarah de que se quedara un poco más, hablándole con calma y firmeza, como hacía su padre. Ella le escuchó, asintiendo con gesto distraído. Tenía que conseguir que la entendieran. ¿Cómo explicarles con la misma serenidad y aplomo con que se expresaba Jules que para ella era vital volver a casa?

Las palabras brotaron en tropel de su boca. Harta de intentar ser adulta, dio una patada en el suelo.

—Si intentan detenerme —avisó en tono ominoso—, me escaparé.

Se enderezó y se dirigió hacia la puerta. Ellos, que no habían hecho ademán de moverse, se quedaron mirándola, petrificados.

—¡Espera! —le pidió Jules, al fin—. Aguarda un minuto.

—No, no voy a esperar. Me voy a la estación —dijo Sarah, con la mano en el pomo de la puerta.

—Ni siquiera sabes dónde está —le dijo Jules.

—La encontraré. Encontraré el camino.

Abrió el cerrojo.

—Adiós —les dijo a la pareja de ancianos—. Adiós, y gracias.

Se dio la vuelta y se dirigió hacia la puerta de la valla que rodeaba la granja. Había sido muy sencillo, pero al cruzar la cancela y agacharse para acariciarle la cabeza al perro, se dio cuenta de pronto de lo que había hecho. Ahora estaba sola, completamente sola. Se acordó del agudo chillido de Rachel, del ruido sordo y pesado de las botas al desfilar y de la risa escalofriante del teniente, y al hacerlo todo su coraje se desvaneció. Contra su voluntad, volvió la cabeza para mirar la casa.

Jules y Geneviève seguían observándola tras el cristal de la ventana, paralizados. Después se movieron, los dos a la vez, Jules para coger su gorra y Geneviève su bolso. Salieron corriendo al exterior y cerraron la puerta. Cuando la alcanzaron, Jules le puso la mano en el hombro.

—Por favor, no intenten detenerme —susurró Sarah, poniéndose colorada. Estaba contenta y enfadada al mismo tiempo por que la hubieran seguido.

—¿Detenerte? —retrucó Jules con una sonrisa—. No pensamos detenerte, niña testaruda. Vamos contigo.

Nos dirigimos hacia el cementerio bajo un sol ardiente y seco. De repente me dieron arcadas y tuve que pararme para recuperar el aliento. Bamber parecía inquieto. Le rogué que no se preocupara, pues sólo era la falta de sueño. Una vez más pareció dudar, mas no hizo ningún comentario.

El cementerio era pequeño, pero nos llevó un buen rato encontrar alguna pista en él. Casi nos habíamos rendido cuando Bamber atisbó unos guijarros sobre una tumba. Era una tradición judía, por lo que nos acercamos. En la lápida lisa y blanca rezaba:

«Los veteranos judíos deportados erigieron este monumento diez años después de su internamiento para perpetuar la memoria de sus mártires, víctimas de la barbarie hitleriana. Mayo de 1941 – Mayo de 1951».

—¡«Barbarie hitleriana»! —comentó Bamber con tonillo zumbón—. Suena como si los franceses no hubieran tenido nada que ver.

Había muchos nombres y fechas en la lápida. Me agaché para ver mejor. Se trataba de niños, de apenas dos o tres años, que habían perecido en el campo de internamiento entre julio y agosto de 1942. Los niños del Vel' d'Hiv'.

Desde el primer momento estuve convencida de que todo lo que había leído sobre la redada era cierto. Sin embargo, en aquel caluroso día de primavera, al contemplar la tumba, la cruda realidad me abrumó con toda su dureza.

Y supe que no descansaría, que jamás estaría tranquila hasta que averiguara cuál había sido el destino de Sarah Starzynski. Y qué era lo que los Tézac sabían y se resistían a contarme.

De vuelta al centro de la ciudad, nos cruzamos con un anciano que llevaba una cesta de verduras en la mano. Debía de tener unos ochenta años, tenía la cara redonda y colorada y el pelo totalmente cano. Cuando le pregunté si sabía dónde se encontraba el antiguo campo judío, nos miró con recelo.

—¿El campo? —inquirió—. ¿Quieren saber dónde estaba el campo?

Asentimos.

—Nadie pregunta por el campo —farfulló. Empezó a toquetear los puerros de la cesta, rehuyendo nuestra mirada.

—Pero ¿sabe dónde estaba? —insistí.

El anciano tosió.

—Pues claro que lo sé. Llevo viviendo aquí toda mi vida. Cuando era niño no sabía qué era ese sitio. Nadie lo mencionaba, y todos actuábamos como si no estuviera allí. Sabíamos que tenía algo que ver con los judíos, pero no hacíamos preguntas. Estábamos demasiado asustados, así que sólo nos metíamos en nuestros propios asuntos.

—¿Recuerda algún detalle específico del campo? —le pregunté.

—Yo tenía unos quince años —dijo—. Recuerdo que en el verano del 42 pasaron por esta misma calle multitudes de judíos que venían de la estación. Sí, pasaron justo por aquí. —Señaló con su dedo engarfiado a lo largo de la calle donde nos encontrábamos—. Por la Avenue de la Gare. Hordas de judíos. Un día, empezó a sonar un ruido espantoso. Y eso que mis padres vivían un poco lejos del campo, pero aun así lo oíamos. Era una especie de rugido, un clamor que se escuchaba por toda la ciudad. Oí a mis padres hablar con los vecinos. Decían que en el campo estaban separando a las madres de los hijos. ¿Para qué? No lo sabíamos. Vi a un grupo de mujeres judías caminando hacia la estación. Bueno, no es que caminaran. Más bien era que la policía las llevaba a empujones por la carretera, mientras ellas lloraban sin cesar.

Conforme recorría la calle con la mirada, su mirada se extraviaba en sus recuerdos. Luego, levantó la cesta con un gruñido.

—Un día —prosiguió—, el campo se quedó vacío. Yo me dije: «los judíos se han ido». No sabía adónde, y dejé de pensarlo. Todos lo hicimos. No hablamos nunca de ellos ni queremos acordarnos. Hay lugareños que ni siquiera están al tanto.

Se dio la vuelta y echó a andar. Lo anoté todo y volví a sentir arcadas, pero esta vez no sabía si era por las náuseas matutinas habituales o por lo que había descifrado en los ojos de aquel anciano, su indiferencia y su desprecio.

Subimos con el coche desde la plaza del Mercado por la calle Roland, y aparcamos delante de la escuela. Bamber señaló que la calle se llamaba rue des Déportés, calle de los Deportados. Agradecí aquel detalle. Creo que no habría podido soportar que se hubiera llamado «avenida de la República».

La escuela técnica era un edificio moderno y austero, sobre el que se cernía un viejo depósito de agua. Era complicado imaginarse el campo allí, bajo la espesa capa de cemento y las plazas del aparcamiento. Los estudiantes se agrupaban fumando alrededor de la entrada. Era la hora de comer. Nos dimos cuenta de que en un cuadradito de hierba descuidada había unas extrañas esculturas retorcidas con unas figuras talladas en ellas. En una de ellas leímos: «Deben actuar por todos y para todos, con espíritu de fraternidad». Nada más. Bamber y yo nos miramos, perplejos.

Le pregunté a uno de los estudiantes si las esculturas guardaban alguna relación con el campo. Él me respondió: «¿Qué campo?», mientras su compañero soltaba una risita. Le expliqué la naturaleza del campo, y parece que eso le quitó las ganas de reír. Entonces, una chica del grupo nos indicó que había una especie de placa bajando la calle, de vuelta hacia el pueblo. No la habíamos visto desde el coche. Le pregunté si era una placa conmemorativa y ella me contestó que eso creía.

El monumento estaba tallado en mármol negro, con unas letras doradas de aspecto descolorido. Lo había levantado el alcalde de Beaune-la-Rolande en 1965. En la cima tenía grabada en oro una estrella de David. Había en ella una lista interminable de nombres. Encontré dos que se habían convertido en algo dolorosamente familiar para mí: «Starzynski, Wladyslaw. Starzynski, Rywka».

A los pies del poste de mármol, advertí una pequeña urna cuadrada. «Aquí descansan las cenizas de nuestros mártires de Auschwitz-Birkenau». Un poco más arriba, por debajo de la lista de nombres, leí otra frase: «A los 3.500 niños judíos arrancados de los brazos de sus padres, internados en Beaune-la-Rolande y Pithiviers, deportados y exterminados en Auschwitz». Bamber leyó en alto con su refinado acento británico: «Víctimas de los nazis, enterrados en la tumba de Beaune-la-Rolande». Debajo, descubrimos los mismos nombres que habíamos visto grabados en la tumba del cementerio, los de los niños del Vel' d'Hiv' muertos en el campo.

—Otra vez «víctimas de los nazis» —murmuró Bamber—. Me parece que éste es un caso perfecto para que actúe la diosa Némesis.

Nos quedamos de pie, contemplando el monumento en silencio. Bamber había sacado unas fotos, pero ahora tenía la cámara en el estuche. En el mármol blanco no se mencionaba que la policía francesa había sido la única responsable de custodiar el campo, ni tampoco de lo que había ocurrido detrás de la alambrada.

Volví la cabeza hacia el pueblo, donde la siniestra aguja de la iglesia se alzaba a mi izquierda.

Sarah Starzynski había subido por este mismo camino, había pasado justo por donde yo me encontraba y después había girado a la izquierda, hacia el campo de internamiento. Varios días después sus padres habían salido de él para ir a la estación, derechos hacia su propia muerte. Los niños se habían quedado solos durante varias semanas, y luego los mandaron a Drancy. Y al fin, desde allí, tras un largo camino, los habían conducido a Polonia, a sus solitarias muertes.

¿Qué le había ocurrido a Sarah? ¿Había muerto allí? No encontré rastro de su nombre en el cementerio ni en este monumento. ¿Había conseguido escapar? Miré hacia el norte, más allá del depósito de agua que se erguía en las afueras del pueblo. ¿Seguiría viva aún?

Me sonó el móvil, y el timbre nos hizo dar un bote a los dos. Era mi hermana Charla.

—¿Estás bien? —me preguntó. Su voz sonaba con una nitidez sorprendente, como si estuviera justo a mi lado y no a miles de kilómetros al otro lado del Atlántico—. Esta mañana me has dejado un mensaje muy triste.

Mis pensamientos se alejaron de Sarah Starzynski y fueron a parar al bebé que llevaba en el vientre, aquella criatura a la que Bertrand había definido la noche anterior como «el fin de lo nuestro».

Y una vez más, volví a sentir que todo el peso del mundo caía sobre mí.

La estación de tren de Orleans era un lugar concurrido y ruidoso, un hormiguero en el que pululaba un enjambre de uniformes grises. Sarah se acercó aún más a los ancianos, aunque no quería mostrar su miedo. Haber llegado hasta allí significaba que aún tenía esperanzas de volver a París. Tenía que ser valiente, tenía que ser fuerte.

—Si alguien pregunta —le murmuró Jules mientras esperaban para comprar los billetes a París—, eres nuestra nieta, Stéphanie Dufaure. Te hemos afeitado el pelo porque cogiste piojos en el colegio.

Geneviève enderezó el cuello de la camisa de Sarah.

—Así —dijo la señora, sonriente—. Tienes buen aspecto y estás limpia. Y eres muy guapa, igual que nuestra nieta.

—¿De verdad tienen una nieta? —preguntó Sarah—. ¿Esta ropa es suya?

—Tenemos dos nietos que son dos torbellinos, Gaspard y Nicolas. Y un hijo, Alain, de cuarenta años. Vive en Orleans con Henriette, su mujer. Esa ropa es de Nicolas, que es un poquito mayor que tú. ¡Menudo elemento está hecho!

Sarah admiraba la forma en que ambos fingían estar tranquilos, le sonreían y actuaban como si fuera una mañana normal y corriente, y ellos efectuaran un viaje de rutina a París, pero también se daba cuenta de la velocidad a la que se movían los ojos, observando a su alrededor constantemente, siempre vigilantes. Su nerviosismo aumentó al ver que unos soldados registraban a todos los pasajeros que subían a los trenes. Estiró el cuello para observarlos. ¿Alemanes? No, eran franceses. Y ella no tenía tarjeta de identificación. Lo único que llevaba encima era la llave y el dinero. En silencio y con disimulo le dio el fajo de billetes a Jules. Él la miró, sorprendido. La chica apuntó con la barbilla a los soldados que se interponían entre ellos y el acceso a los trenes.

—¿Qué quieres que haga con esto, Sarah? —le preguntó Jules, extrañado.

—Van a pedirle mi tarjeta de identificación y no la tengo. Esto puede ayudar.

Jules observó la fila de hombres formados delante del tren. Se puso nervioso. Geneviève le dio un codazo.

—¡Jules! —le dijo entre dientes—. Quizá funcione. Tenemos que intentarlo. No nos queda otra opción.

El anciano se enderezó y asintió, recobrando la compostura. Compraron los billetes y se dirigieron hacia el tren.

El andén estaba abarrotado y los demás pasajeros los empujaban por todas partes. Había mujeres con bebés que lloraban, viejos de gesto severo, hombres de negocios trajeados de ademanes impacientes. Sarah sabía lo que debía hacer. Se acordaba de aquel chico que se escapó del estadio cubierto, el que se había escurrido entre la multitud. Eso era lo que tenía que hacer ahora: aprovecharse de los empujones, el caos, la confusión creada por los gritos de los soldados y el bullicio del gentío.

Se soltó de la mano de Jules y se agachó. Se le antojó que abrirse paso entre aquella apretada masa de faldas y pantalones, zapatos y tobillos era como bucear. Avanzó gateando sobre los puños, y entonces el tren apareció ante ella.

Cuando estaba subiendo, una mano la agarró del hombro. Compuso el gesto al instante y dibujó una sonrisa relajada, la sonrisa de una niña normal y corriente que coge un tren para París. Una niña como aquella del vestido lila a la que había visto en el andén cuando se los llevaban al campo de internamiento, aquel día que parecía tan lejano en el pasado.

—Voy con mi abuela —dijo, señalando al interior del vagón con aquella sonrisa inocente.

El soldado asintió y la dejó pasar. Sin aliento, ella se metió en el tren y se asomó por la ventana. El corazón le palpitaba como un tambor. Jules y Geneviève, que habían logrado abrirse camino entre la multitud, la miraron asombrados. Ella les saludó con la mano, triunfante. Se sentía orgullosa de sí misma. Había logrado subir al tren por sí misma, y los soldados no la habían detenido.

Pero su sonrisa se desvaneció al ver la cantidad de oficiales alemanes que subían al tren y se abrían paso en el pasillo abarrotado con sus voces estridentes y brutales. La gente apartaba la vista, miraba hacia abajo y procuraba empequeñecerse todo lo posible.

Sarah estaba en un rincón del vagón, medio escondida tras Jules y Geneviève. La única parte visible de ella era su cara, que miraba a hurtadillas por entre los hombros de la pareja. Vio que los alemanes se acercaban y se quedó mirándolos, fascinada. No podía apartar los ojos de ellos. Jules le dijo que mirase para otro lado, pero no podía.

Había un hombre que le repugnaba en particular, un tipo alto y delgado, con la cara blancuzca y angulosa. Sus ojos eran de un azul tan pálido que parecían transparentes bajo los gruesos párpados rosados. Cuando el grupo de oficiales pasó a su lado, el hombre alto estiró un brazo larguísimo envuelto en una manga gris y pellizcó a Sarah en la oreja. La chica se estremeció del susto.

—Bueno, chico —le dijo el oficial, dándole una palmadita en la cara—, no tienes por qué tenerme miedo. Algún día tú también serás soldado, ¿a que sí?

Jules y Geneviève parecían tener la sonrisa esculpida en el rostro. Agarraron a Sarah y la acercaron más a ellos, como quien no quiere la cosa, pero la chica pudo sentir cómo les temblaban las manos.

—Tienen un nieto muy guapo —les dijo el oficial con una sonrisa, mientras frotaba el pelo rapado de Sarah con su manaza—. Ojos azules y pelo rubio, como los niños de mi país.

Sus pálidos ojos dieron un último parpadeo de aprobación, se dio la vuelta y siguió al grupo de oficiales. *Ha creído que soy un chico, en vez de pensar que soy judía*, sopesó Sarah. *¿Acaso ser judío no era algo que saltaba a la vista?* No estaba segura. Una vez se lo había preguntado a Armelle, y su amiga le respondió que ella no parecía judía por el pelo rubio y los ojos azules. *Así que han sido mi pelo y mis ojos los que me han salvado hoy*, concluyó.

Pasó la mayor parte del viaje acurrucada en el suave y cálido nido que formaban los dos ancianos. Nadie les dirigió la palabra ni les preguntó nada. Mientras miraba por la ventanilla, pensó que a cada momento que pasaba se acercaba más a París y a Michel. Observó cómo se formaban unas nubes bajas y grises, y los primeros goterones de lluvia empezaron a salpicar el cristal para luego resbalar y alejarse empujados por el viento.

El tren paró en Austerlitz, la misma estación de donde había partido con sus padres aquel día gris y sofocante. Salió del tren detrás de ambos ancianos, y los tres recorrieron el andén hacia el metro.

Los pasos de Jules vacilaron. Miraron hacia arriba. Justo delante de ellos había una fila de gendarmes uniformados de azul marino que paraban a los pasajeros y les pedían sus tarjetas de identificación. Geneviève, sin decir nada, les empujó con suavidad y siguió andando con paso decidido y la cabeza alta. Jules la siguió, agarrando la mano de Sarah.

Mientras aguardaban en la cola, Sarah observó la cara del policía. Era un hombre de unos cuarenta años que llevaba una gruesa alianza de oro. Aunque tenía cara de aburrimiento, la chica advirtió que sus ojos saltaban con rapidez del papel que sujetaba en la mano al rostro de la persona que tenía delante. El gendarme se estaba tomando en serio su trabajo.

Sarah dejó la mente en blanco. No quería imaginar lo que podía ocurrir, ni se sentía con fuerzas para visualizarlo. Dejó vagar sus pensamientos, y se acordó de la mascota que tenían, un gato que le hacía estornudar. ¿Cómo se llamaba el gato? No se acordaba. Era un nombre tonto, como Bonbon *o* Réglisse. *Tuvieron que regalarlo porque hacía que le picara la nariz y que se le enrojecieran y se le hincharan los ojos. Ella se había puesto muy triste, y Michel se había pasado un día entero llorando y diciéndole a Sarah que se habían llevado al gato por su culpa.*

El hombre levantó la mano con gesto cansado. Jules le dio las tarjetas de identificación en un sobre. El hombre miró el sobre, revolvió su interior y lanzó una mirada a Jules y otra a Geneviève. Luego dijo:

—*¿Y el niño?*

Jules señaló el sobre.

—*La tarjeta del niño está ahí,* monsieur, *con las nuestras.*

El policía entreabrió el sobre con el pulgar. En el fondo había un billete grande doblado tres veces. El gendarme no se inmutó.

Volvió a mirar el dinero, y luego la cara de Sarah. Ella le devolvió la mirada. No se acobardó ni suplicó, simplemente se quedó mirándole.

Aquel momento se hizo eterno, como el minuto interminable en que el otro policía había decidido por fin dejar que escapara del campo de internamiento.

El hombre asintió con gesto lacónico. Devolvió las tarjetas a Jules y, con naturalidad, se guardó el sobre en el bolsillo. Luego se echó hacia atrás para dejarles pasar.

—Gracias, monsieur —*dijo*—. El siguiente, por favor.

La voz de Charla resonó en mi oído.

—Julia, ¿hablas en serio? No puede decirte eso. No tiene derecho a ponerte en una disyuntiva así.

La voz que estaba oyendo ahora era la de la abogada dura y agresiva de Manhattan que no temía a nadie ni a nada.

—Eso es lo que ha dicho —le contesté en tono neutro—. Ha dicho que sería «el fin de lo nuestro», y que me dejará si sigo adelante con el embarazo. Dice que se siente raro, que no puede con otro hijo y que no quiere convertirse en un padre viejo.

Hubo una pausa.

—¿Tiene esto algo que ver con la mujer con la que estuvo liado? —preguntó Charla—. No me acuerdo de su nombre.

—No. Bertrand no la ha mencionado.

—No dejes que te presione para hacer nada, Julia. También es tu hijo. No olvides eso nunca, cariño.

Aquella frase de mi hermana estuvo resonando en mi cabeza durante todo el día. «También es tu hijo». Hablé con mi ginecóloga. No se sorprendió de la decisión de Bertrand, y me sugirió que tal vez estaba atravesando la crisis de la mediana edad y que se sentía frágil, incapaz de asumir la responsabilidad de otro hijo. Según la doctora, les ocurría a muchos hombres al llegar a los cincuenta.

¿De verdad Bertrand estaba atravesando una crisis? Si era el caso, yo no la había visto venir. ¿Cómo era posible? Yo creía que estaba siendo egoísta y pensando sólo en él, como siempre, y eso fue lo que le dije durante nuestra conversación. De hecho, le solté todo lo que se me pasó por la cabeza. ¿Cómo podía obligarme a otro aborto después de todos los que había tenido, después de haber sufrido tanto dolor y haber visto tronchadas tantas esperanzas? «¿Me quieres? —le pregunté desesperada—. ¿De verdad me quieres?». Me miró, sacudiendo la cabeza. «Por supuesto que te quiero. ¿Cómo puedes ser tan tonta?», me contestó. Volví a recordar su voz quebrada, la forma tan rebuscada en que me reconoció que tenía miedo a envejecer. La crisis de la mediana edad. Quizá la doctora estuviera en lo cierto, y yo no me había percatado porque en los últimos meses tenía demasiadas cosas en la cabeza. Me sentía perdida por completo, e incapaz de ocuparme de Bertrand y de su ansiedad.

Mi médico me dijo que no disponía de mucho tiempo para decidirme. Ya estaba embarazada de seis semanas. Si pensaba abortar, debía hacerlo en las dos semanas siguientes. Tenía que hacerme pruebas y encontrar una clínica. Sugirió que Bertrand y yo habláramos de ello con un consejero matrimonial. Era necesario discutirlo abiertamente.

—Si aborta contra su voluntad —me advirtió la doctora—, jamás le perdonará. Y si no lo hace, él ya le ha advertido que es incapaz de aguantar esta situación. Hay que solucionar este asunto, y cuanto antes.

Ella llevaba razón, pero yo no tenía valor para acelerar las cosas. Cada minuto que ganaba eran sesenta segundos de vida más para el bebé, un bebé al que yo quería. Aún era del tamaño de un garbanzo y ya le amaba tanto como a Zoë.

Fui a ver a Isabelle. Vivía en la calle Tolbiac, en un pequeño y pintoresco dúplex. No me sentía capaz de ir a casa directamente desde la oficina para esperar a que volviera mi esposo, así que llamé a Elsa, la canguro, y le pedí que fuera. Isabelle me dio unas tostadas con *crottin de chavignol** y preparó una ensalada rápida. Su marido estaba de viaje de negocios.

—Muy bien, *cocotte* —me dijo mientras se sentaba fumando enfrente de mí—, intenta visualizar la vida sin Bertrand. Imagínatela. El divorcio. Los abogados. Las consecuencias. El destino de Zoë. Cómo serán vuestras vidas. Hogares separados, existencias separadas. Zoë saliendo de tu casa para ir a la suya y de la suya para volver a la tuya. Ya no seréis una auténtica familia. Se acabará lo de desayunar juntos, pasar las Navidades y las vacaciones juntos. Vamos, imagínatelo. ¿Eres capaz?

Me quedé mirándola. Me parecía inconcebible. Imposible. Y, sin embargo, era algo que le pasaba a mucha gente. Zoë era prácticamente la única de su clase cuyos padres llevaban quince años casados. Le dije a Isabelle que de momento prefería no seguir hablando de ello. Me ofreció una *mousse* de chocolate y vimos *Las señoritas de Rochefort* en el DVD.

* Rulo de queso de cabra. *[N. del T.]*

Cuando llegué a casa, Bertrand estaba en la ducha y Zoë en la Tierra de Nod. Me arrastré hasta la cama. Mi marido se fue a ver la tele al salón. Cuando se acostó, yo ya estaba profundamente dormida.

Al día siguiente me tocaba visitar a Mamé. Por primera vez estuve a punto de llamar para cancelar la cita. Me sentía agotada, y me apetecía quedarme en la cama durmiendo toda la mañana, pero sabía que ella me estaría esperando. Seguro que se había puesto su mejor vestido, el gris y lavanda, se había pintado con su barra de labios rubí y se había perfumado con Shalimar. No podía fallarle.

Cuando llegué, justo antes de mediodía, vi el Mercedes plateado de mi suegro en el aparcamiento de la residencia. Aquello me desconcertó.

Edouard estaba allí porque quería verme. Nunca visitaba a su madre al mismo tiempo que yo. Cada uno tenía su horario: Laure y Cécile iban los fines de semana; Colette, los lunes por la tarde; Edouard, los jueves y los viernes; yo, normalmente, los miércoles por la tarde con Zoë, y los jueves a mediodía, sola. Y todos acatábamos esa agenda.

En efecto, allí estaba, sentado muy tieso, escuchando a su madre. Ella acababa de terminar su almuerzo, que siempre le servían muy temprano, a una hora absurda. De repente me puse nerviosa, como una colegiala culpable. ¿Qué quería Edouard de mí? ¿Es que no podía coger el teléfono y llamarme si quería verme? ¿Por qué había esperado hasta ahora?

Disfracé mis nervios y mi resquemor con una cálida sonrisa, le di dos besos y me senté al lado de Mamé,

217

cogiéndola de la mano, como siempre hacía. Casi esperaba que mi suegro se marchara, pero se quedó allí, obser-
vándonos con una expresión cordial. Era una situación
muy embarazosa. Me sentía como si Edouard estuviese
invadiendo mi intimidad, como si fuese a escuchar y juzgar cada palabra que yo le dijera a Mamé.

Media hora después se levantó, mirando el reloj,
y me dirigió una sonrisa enigmática.

—Necesito hablar contigo, Julia, por favor —me
dijo bajando la voz para que Mamé, que era algo dura de
oído, no le escuchara.

De pronto parecía nervioso, y no hacía más que mover los pies de un lado a otro y mirarme con gesto impaciente. Me despedí de Mamé con un beso y le seguí hasta su coche. Él me hizo un gesto para que entrara en el
vehículo. Después se sentó a mi lado y se dedicó a enre-
dar con las llaves, sin encender el motor. Esperé, sorprendida por el tic nervioso de sus dedos. El silencio creció,
cargado y pesado. Miré alrededor, al patio pavimentado,
y observé a las enfermeras que empujaban las sillas de los
ancianos impedidos dentro y fuera del recinto.

Al fin, empezó a hablar.

—¿Qué tal te encuentras? —preguntó con la misma
sonrisa forzada.

—Bien —le contesté—. ¿Y tú?

—Muy bien. Y Colette también.

Otro silencio.

—Anoche hablé con Zoë. Tú aún no habías llegado
a casa —dijo sin mirarme.

Estudié su perfil, su nariz imperial, su barbilla regia.

—¿Ah, sí? —respondí con cautela.

218

Hizo una pausa. Las llaves tintinearon en su mano.

—Estás haciendo indagaciones sobre el apartamento —dijo por fin, volviendo los ojos hacia mí.

Asentí.

—Sí, he descubierto quiénes vivían allí antes de que vosotros os mudarais. Supongo que Zoë te lo habrá dicho.

Suspiró, agachó la cabeza y dejó caer la barbilla. Unos pequeños pliegues de carne se formaron sobre el cuello de su camisa.

—Julia, ya te lo advertí, ¿recuerdas?

La sangre me empezó a bombear muy deprisa.

—Me dijiste que dejara de hacerle preguntas a Mamé —dije con voz neutra—. Y eso es lo que he hecho.

—Entonces, ¿por qué has tenido que seguir husmeando en el pasado? —me preguntó. Había empalidecido y respiraba de forma fatigosa, como si le doliera el pecho.

Bien, ya lo había soltado. Ahora ya sabía por qué quería hablar conmigo.

—He descubierto quién vivía allí —repuse, acalorada—. Eso es todo. Debía averiguar quiénes eran. No sé nada más. Ignoro qué tiene que ver tu familia con todo este asunto...

—¡Nada! —me interrumpió, casi gritando—. No tuvimos nada que ver con el arresto de aquella familia.

Me quedé callada, mirándolo. Estaba temblando, pero no sabría decir si por la ira o por alguna otra razón.

—No tuvimos nada que ver con el arresto de aquella familia —repitió con convicción—. Se los llevaron en la redada del Vel' d'Hiv'. Nosotros no los denunciamos ni hicimos nada parecido, ¿entiendes?

Le miré, escandalizada.

—¡En ningún momento se me ha ocurrido pensar nada semejante, Edouard!

Se acarició las cejas con dedos nerviosos en un intento de recobrar la compostura.

—Has estado formulando muchas preguntas, Julia. Has sido demasiado curiosa. Deja que te cuente lo que ocurrió, y escúchame bien. Había una *concierge* que se llamaba *madame* Royer. Se llevaba bien con nuestra portera de la calle Turenne, cerca de la calle Saintonge. *Madame* Royer le tenía mucho cariño a Mamé, porque mi madre se portaba bien con ella. Fue *madame* Royer quien les dijo a mis padres que el apartamento había quedado libre. El alquiler salía barato, y era más grande que el piso de la calle Turenne. Eso fue lo que ocurrió y por eso nos mudamos. ¡Eso es todo!

Seguí mirándolo y él no dejó de temblar. Nunca lo había visto tan perdido ni tan angustiado. Le toqué la manga con cierta timidez.

—¿Estás bien, Edouard? —le pregunté. Noté que su cuerpo se estremecía bajo mis dedos, y me pregunté si estaba enfermo.

—Sí, perfectamente —me respondió, pero con voz ronca. No comprendía por qué se le veía tan agitado, tan lívido—. Mamé no lo sabe —continuó, bajando la voz—. Nadie lo sabe. ¿Lo entiendes? No debe saberlo. No debe saberlo jamás.

Yo estaba perpleja.

—Saber, ¿qué? —le pregunté—. ¿De qué me estás hablando, Edouard?

—Julia —dijo, taladrándome con su mirada—, tú sabes quién era esa familia. Has visto su apellido.

—No te entiendo —murmuré.

—Has visto su apellido, ¿verdad? —gritó, haciéndome dar un respingo—. Ya sabes lo que pasó, ¿no es cierto?

Debí de parecer completamente perdida, porque Edouard suspiró y enterró la cara entre las manos.

Me quedé allí sentada, sin habla. ¿De qué demonios estaba hablando? ¿Qué había ocurrido en el pasado que todo el mundo ignoraba?

—La niña —dijo por fin, levantando la vista, con una voz tan baja que apenas podía oírle—. ¿Qué has averiguado de la niña?

—¿Qué quieres decir? —le pregunté, petrificada.

Había algo en su voz y en sus ojos que me asustaba.

—La niña —repitió, con la voz amortiguada y rara—. Ella sí volvió. Un par de semanas después de que nos mudáramos. Volvió a la calle Saintonge. Yo tenía doce años. Nunca lo olvidaré. Nunca olvidaré a Sarah Starzynski.

Para mi horror, se vino abajo y se puso a llorar. Yo era incapaz de hablar. Sólo podía armarme de paciencia y escuchar. Edouard había dejado de ser mi arrogante padre político. Ahora era otra persona. Un hombre que llevaba guardando un secreto durante muchos años. Nada menos que sesenta.

El viaje en metro hasta la calle Saintonge fue rápido: tan sólo un par de paradas y un trasbordo en la Bastilla. Al doblar hacia la calle Bretagne, el corazón de Sarah empezó a acelerarse. Unos minutos más y estaría en casa. Tal vez, mientras ella estaba fuera, sus padres habían conseguido regresar y ahora estaban los dos esperándola con Michel en el apartamento. Se preguntó si era una insensata por pensar eso. ¿Acaso había perdido la cabeza? ¿Le quedaba derecho a conservar una pizca de esperanza? Era una niña de diez años y quería creer, lo quería más que nada en el mundo, más que su propia vida.

Tiró de la manga de Jules para que se diera prisa, y mientras recorría la calle sintió renacer en su interior la esperanza, como una planta salvaje imposible de controlar. En su interior, una voz calmada y grave le prevenía: No te creas nada, Sarah. Prepárate para lo peor. Intenta imaginar que nadie te espera, que papá y mamá no están ahí, que el piso está vacío y lleno de polvo y que Michel... Michel...

El número 26 apareció delante de ellos. La calle seguía igual que siempre, angosta y silenciosa. Se preguntó cómo las calles y los edificios podían permanecer inmutables y en cambio las vidas se podían transformar y destruir de golpe.

Jules abrió la pesada puerta de un empujón. El patio estaba exactamente igual, con su frondosa vegetación, su olor a moho, polvo y humedad. Según avanzaban por el patio, madame *Royer abrió la puerta de su cubículo y asomó la cabeza. Sarah se soltó de la mano de Jules y echó a correr hacia la escalera. Rápido, tenía que darse prisa, por fin estaba en casa, no había tiempo que perder.*

Al llegar al primer piso, ya casi sin aliento, escuchó la voz inquisitiva de la concierge. *«¿Buscan ustedes a alguien?». Escaleras abajo, Jules respondió: «A la familia Starzynski». Sarah oyó la risa desagradable y chirriante de* madame *Royer: «Se largaron de aquí,* monsieur. *Se esfumaron. En esta casa no va a encontrarlos, puede estar seguro».*

Sarah hizo una pausa en el descansillo del segundo piso y se asomó al patio. Vio a madame *Royer allí, con su sucio delantal azul, con la pequeña Suzanne en brazos. ¿A qué se refería la* concierge *con eso de «largarse» y «esfumarse»? ¿Adónde? ¿Cuándo?*

No hay tiempo que perder, no hay tiempo para pensar en eso, se dijo la chica. Quedaban sólo dos pisos para llegar a su casa. Pero la estridente voz de la concierge *la perseguía mientras subía las escaleras a toda prisa: «La policía vino a por ellos,* monsieur. *Vinieron a por todos los judíos de la zona y se los llevaron en un autobús grande. Ahora hay muchos pisos vacíos aquí,* monsieur. *¿Buscan un piso en alquiler? El de los Starzynski ya está ocupado, pero en el segundo hay un apartamento precioso. Puedo enseñárselo si les interesa».*

Jadeando, Sarah llegó al cuarto piso. Le faltaba el resuello, así que se apoyó en la pared y se clavó el puño en el costado para aliviar los pinchazos.

Llamó a la puerta del piso de sus padres, golpeando con la palma de la mano. No hubo respuesta. Volvió a llamar, más fuerte, esta vez con los puños.

Se oyeron pasos al otro lado. La puerta se abrió.

Apareció un chico de doce o trece años.

—¿Sí? —dijo el chico.

¿Quién era? ¿Qué hacía en su apartamento?

—He venido a por mi hermano —tartamudeó ella—. ¿Quién eres tú? ¿Dónde está Michel?

—¿Tu hermano? —dijo el chico, despacio—. Aquí no vive ningún Michel.

Le dio un empujón brutal para apartarlo, sin advertir que en el recibidor había cuadros nuevos, una estantería que no le sonaba de nada y una alfombra roja y verde. El chico gritó, desconcertado, pero ella no se detuvo, corrió por el largo pasillo que tan bien conocía, giró a la izquierda y entró en su habitación. Tampoco reparó en el papel de la pared ni en la cama nueva ni en los libros y objetos personales que nada tenían que ver con ella.

El chico llamó a voces a su padre y en la habitación contigua se oyeron pasos precipitados.

A toda prisa, Sarah sacó la llave del bolsillo y presionó con la palma de la mano el dispositivo oculto. La cerradura del armario quedó a la vista.

Escuchó el repique del timbre y un rumor de voces alarmadas que se acercaban: Jules, Geneviève y un hombre desconocido.

Debía actuar deprisa, tenía que ser rápida. Mascullaba una y otra vez:

—Michel, Michel, Michel, soy yo, Sirka...

Le temblaban tanto los dedos que se le cayó la llave. A su espalda, el chico entró corriendo en el cuarto.

—¿Qué estás haciendo? —preguntó, jadeando—. ¿Por qué has entrado en mi habitación?

...eja se llevó el cadáver, pero no estoy seguro.

aqu... ...erdo.

N... ...Y después qué pasó? —le pregunté, conteniendo el... ...o.

...e miró con sarcasmo.

—¿Y después qué pasó? ¿Y después qué pasó? —Sol-t...a carcajada llena de amargura—. Julia, ¿te imaginas ...mo nos sentimos cuando la niña se fue? Cómo nos mi-r... Nos odiaba, nos aborrecía. Para ella, la culpa era nues-t... Éramos criminales de la peor calaña. Nos habíamos i...o a vivir a su casa y habíamos dejado morir a su her-mano. Sus ojos... Había en ellos tanto odio, tanto dolor, tanta desesperación... Eran los ojos de una mujer en el rostro de una niña de diez años.

Yo también vi aquellos ojos y me estremecí.

Edouard suspiró, y con las palmas de las manos se frotó la cara, cansada y pálida.

—Cuando se fueron, mi padre se sentó, enterró la cabeza entre las manos y se puso a llorar. Estuvo así mucho tiempo. Yo nunca lo había visto llorar, y jamás volví a verlo. Mi padre era un tipo fuerte. A mí me habían dicho que en la familia Tézac los varones nunca lloraban ni demostraban sus sentimientos, así que fue un momento terrible. Mi padre me dijo que lo que había ocurrido era algo monstruoso, y que ni él ni yo lo olvidaríamos mientras viviéramos. A continuación, me contó cosas que hasta entonces nunca había mencionado. Me dijo que ya era lo bastante mayor para saberlas, y me explicó que antes de mudarnos no le había preguntado a *madame* Royer quién vivía en el apartamento. Sabía de sobra que se trataba de una familia judía, y que los habían arrestado durante la

Ella le ignoró, cogió la llave e intentó meterla en la cerradura. Estaba demasiado nerviosa e impaciente. Tardó unos segundos, pero al fin la cerradura chasqueó, y la chica abrió la puerta del armario secreto.

Un hedor pútrido la golpeó como un puño. Se echó atrás. El chico dio un respingo a su lado, asustado, mientras Sarah caía de rodillas.

Un hombre alto de pelo entrecano irrumpió en la habitación, seguido por Jules y Geneviève.

Sarah no podía hablar, sólo temblaba, y se tapaba los ojos y la nariz con las manos, intentando protegerse de aquel hedor.

Jules se acercó, le puso una mano en el hombro y miró al interior del armario. La chica notó que la rodeaba con sus brazos y que intentaba llevársela de allí.

Él le susurró al oído:

—Vamos, Sarah, ven conmigo...

Intentó separarse de él con todas sus fuerzas, arañando, pataleando, luchando con uñas y dientes, y logró volver junto a la puerta abierta del armario.

En el fondo del armario había un bulto, un cuerpecillo inerte, acurrucado. Después, Sarah vio aquella carita adorable, ahora tan ennegrecida que era casi imposible reconocerla.

La chica volvió a caer de rodillas, y después chilló con toda la fuerza de sus pulmones. Gritó por su madre y por su padre. Gritó por Michel.

Edouard Tézac aferró el volante con las manos hasta que los nudillos se le pusieron blancos. Yo lo miraba, hipnotizada.

—Aún la oigo gritar —susurró—. Nunca he logrado olvidarlo.

Yo estaba conmocionada con lo que acababa de descubrir. Así que Sarah Starzynski había escapado de Beaune-la-Rolande, para regresar a la calle Saintonge y efectuar aquel descubrimiento espeluznante.

Era incapaz de hablar. Sólo podía contemplar a mi suegro. Él siguió hablando, con voz ronca y grave.

—Hubo un momento espantoso, cuando mi padre miró en el armario. Yo intenté asomarme también, pero él me apartó de un empujón. No entendía lo que estaba pasando. Ese olor... era la hediondez de algo corrompido, putrefacto. Entonces, mi padre sacó con cuidado el cuerpo de un niño. No podía tener más de tres o cuatro años. Yo no había visto un cadáver en mi vida. Era una imagen escalofriante. El niño tenía el pelo rubio y rizado. Estaba tieso, encogido, con la cara entre en las manos, y la piel de un horrible color verde...

Las palabras se le atravesaron en la garganta, y creí que iba a vomitar. Le apreté el codo, tratando de transmi-

tirle simpatía y afecto. Era una situación [...] tando consolar a mi suegro, un hombre [...] vo que ahora no hacía más que llorar con [...] viejo tembloroso. Se limpió los ojos con ded[...] y prosiguió.

—Todos nos quedamos horrorizados. L[...] desmayó y cayó al suelo. Mi padre la cogió y la te[...] bre mi cama. Pero ella se giró, vio la cara del niñ[...] vió a chillar. Al escuchar a mi padre y al matrimoni[...] venía con la chica, empecé a comprender lo que h[...] pasado. El niño era su hermano pequeño, y nuestro n[...] vo apartamento había sido su hogar. El niño llevaba es[...] condido allí desde el día de la redada del Vel' d'Hiv', el 16 de julio. La niña pensó que podría volver a sacarle de allí, pero se la llevaron a un campo fuera de París.

Se produjo una nueva pausa que se me hizo eterna.

—¿Y qué pasó después? —pregunté, cuando al fin me salió la voz.

—Aquellos dos ancianos venían de Orleans. La niña se había escapado de un campo de internamiento cercano y había acabado colándose en su granja. Ellos decidieron ayudarla y llevarla de vuelta a París, a su casa. Mi padre les explicó que nuestra familia se había mudado allí a finales de julio. Él no sabía nada del armario que estaba en mi cuarto. Ninguno de nosotros lo sabía. Yo había notado un olor fuerte y desagradable, pero mi padre pensó que debía de haber alguna tubería atascada y había avisado al fontanero, que tenía previsto venir esa misma semana.

—¿Qué hizo tu padre con..., con el niño?

—No lo sé. Recuerdo oírle decir que quería ocuparse de todo. Estaba consternado y se sentía fatal. Creo que

redada, pero había preferido cerrar los ojos, igual que hicieron tantos otros parisinos durante aquel terrible año de 1942. Sí, cerró los ojos el día de la redada, cuando vio a toda aquella gente apiñada en los autobuses, camino de Dios sabe dónde. Ni siquiera preguntó por qué estaba vacío el apartamento, ni adónde habían ido a parar las pertenencias de esa gente. Sí, actuó como cualquier otro parisino, se mudó con su familia a una casa más grande y cerró los ojos. Pero en ese momento la chica había vuelto y habíamos descubierto que el niño estaba muerto. Lo más probable era que ya lo estuviera cuando nos mudamos. Mi padre predijo que jamás podría olvidarlo, jamás. Y tenía razón, Julia. Ese horror ha estado ahí, entre nosotros. Y yo llevo cargando con él sesenta años.

Se calló, sin levantar aún la barbilla del pecho. Traté de imaginar lo que debía de haber sido para él guardar aquel secreto durante tanto tiempo.

—¿Y Mamé? —le pregunté, decidida a presionarle para que me contara la historia completa.

Edouard negó con la cabeza, muy despacio.

—Mamé no estaba en casa aquella tarde. Mi padre no quiso que se enterara de lo que había ocurrido. Se sentía abrumado por la culpa, aunque, por supuesto, la culpa no era suya. No podía soportar la idea de que ella lo supiera y, tal vez, lo juzgara. Me dijo que yo ya era lo bastante mayor para guardar un secreto, y que Mamé no debía enterarse. Parecía tan triste y tan desesperado que acepté.

—¿Y sigue sin saberlo? —le pregunté.

Respiró hondo una vez más.

—No estoy seguro, Julia. Ella estaba al tanto de lo de la redada, como todos, ya que había ocurrido delante de nuestras narices. Cuando volvió por la noche, mi padre y yo estábamos raros y distantes, y ella se dio cuenta de que había pasado algo. Aquella noche vi al niño muerto en mis sueños, y después volví a verlo muchas otras noches. Tenía pesadillas, y seguí teniéndolas hasta los veintitantos años. Me sentí más que aliviado cuando nos marchamos de aquel piso. Me da la impresión de que mi madre quizá supiera por lo que había pasado mi padre y cómo había debido de sentirse. Quizás él acabó contándoselo, porque era una carga demasiado pesada, pero Mamé nunca me ha hablado de ello.

—¿Y Bertrand? ¿Y tus hijas? ¿Y Colette?

—No saben nada.

—¿Por qué no? —pregunté.

Me puso la mano en la muñeca. Estaba muy fría, y su tacto se colaba por mi piel como hielo.

—Porque le prometí a mi padre en su lecho de muerte que no se lo contaría a mis hijos ni a mi esposa. Él cargó con su culpa durante el resto de su vida. No quiso compartirla ni hablar de ella con nadie. Y yo respeté su decisión. ¿Me entiendes?

Asentí.

—Por supuesto.

Hice una pausa.

—Edouard, ¿qué fue de Sarah?

Sacudió la cabeza.

—Entre 1942 y el momento de su muerte, mi padre jamás volvió a pronunciar su nombre. Sarah se convirtió en un secreto en el que yo no dejaba de pensar. Dudo de que mi padre se diera cuenta siquiera de lo mucho que yo pensaba en ella, de cómo me hacía sufrir ese silencio.

Deseaba saber cómo estaba, dónde estaba, qué había sido de ella, pero me hacía callar cada vez que le preguntaba. No podía creer que ya no le importara, que hubiera pasado página, como si ya no significara nada para él. Parecía como si quisiera enterrarlo todo en el pasado.

—¿Estabas resentido con él por eso?

Asintió.

—Sí, en efecto. Estaba muy dolido. Mi admiración por él se empañó para siempre, pero no podía decírselo. Nunca lo hice.

Nos quedamos en silencio por un momento. Las enfermeras estarían empezando a preguntarse por qué *monsieur* Tézac y su nuera llevaban tanto rato sentados en el coche.

—Edouard, ¿quieres saber qué fue de Sarah Starzynski?

Por primera vez durante la conversación, sonrió.

—No sabría por dónde empezar —dijo.

Yo también sonreí.

—Es mi trabajo. Yo puedo ayudarte.

Su cara pareció algo menos demacrada y pálida. De pronto sus ojos brillaban, llenos de una nueva luz.

—Julia, hay algo más. Cuando mi padre murió, hace ya casi treinta años, su abogado me dijo que en la caja fuerte guardaba unos documentos confidenciales.

—¿Los leíste? —le pregunté, con el pulso acelerado.

Él agachó la mirada.

—Les eché un vistazo, justo después de la muerte de mi padre.

—¿Y? —dije, conteniendo el aliento.

—Sólo eran papeles de la tienda, documentación sobre cuadros, muebles, objetos de plata.

—¿Eso es todo?

Para mi decepción, se limitó a sonreír.

—Eso creo.

—¿Qué quieres decir? —le pregunté, confusa.

—No volví a mirarlos. Recuerdo que hojeé muy rápido los papeles y me puse furioso al no encontrar nada sobre Sarah. Me enfadé con mi padre aún más.

Me mordisqueé el labio inferior.

—Entonces no estás seguro de que tal vez haya algo...

—No. Y no he vuelto a comprobarlo desde entonces.

—¿Por qué no?

Apretó los labios.

—Porque no quería descubrir que, en efecto, no había nada.

—Ya que eso te haría enfadarte aún más con tu padre...

—Sí —admitió.

—Así que no sabes con certeza qué hay entre esos papeles. Llevas treinta años sin saberlo.

—Así es —respondió.

Cruzamos una mirada de inteligencia. Sólo fueron un par de segundos.

Edouard arrancó el motor y condujo como un poseso, me imaginé que hacia su banco. Nunca le había visto ir tan deprisa. Los conductores le amenazaban con el puño y los peatones se apartaban asustados. Durante el trayecto no pronunciamos una sola palabra, pero nuestro silencio era cálido, emocionado. Por primera vez estábamos compartiendo algo, y no dejábamos de mirarnos y sonreír.

Corrimos hacia el banco en cuanto encontramos un sitio donde aparcar en la avenida Bosquet sólo para descubrir que estaba cerrado porque era la hora de comer. Otra típica costumbre francesa que me sacaba de quicio, y aquel día más todavía. Estaba tan frustrada que me entraron ganas de llorar.

Edouard me dio dos besos y me hizo un gesto para que me marchara.

—Vete, Julia. Volveré a las dos, cuando abran. Te llamaré si encuentro algo.

Bajé por la avenida y cogí el autobús 92, que me dejaba directa en la oficina, junto al Sena.

Cuando el autobús arrancó, miré hacia atrás y vi a Edouard esperando delante del banco, una figura erguida y solitaria vestida con una chaqueta verde oscuro.

Me pregunté cómo se sentiría si en la caja fuerte no encontraba nada sobre Sarah, tan sólo montones de legajos sobre porcelanas y cuadros antiguos.

Y entonces sentí que mi corazón estaba con él.

—¿Está segura de esto, señora Jarmond? —me preguntó la doctora mirándome por encima de sus gafas de media luna.

—No —respondí con sinceridad—. Pero de momento tengo que pedir hora para eso.

Recorrió con los ojos mi historial médico.

—Estaré encantada de concertar las citas por usted, pero no estoy segura de que se sienta del todo a gusto con lo que ha decidido.

Mis pensamientos volaron a la noche anterior. Bertrand estuvo extraordinariamente tierno, atento. Durante toda la noche me tuvo abrazada, diciéndome una y otra vez que me quería, que me necesitaba, pero que no podía afrontar la perspectiva de tener un hijo a estas alturas. Él había pensado que el hecho de envejecer nos uniría más, que podríamos viajar más a menudo conforme Zoë fuese cada vez más independiente. De hecho, había concebido nuestros cincuenta como una segunda luna de miel.

Yo le escuché, mientras las lágrimas bañaban mi cara en la oscuridad. Ironías de la vida. Bertrand me dijo todo lo que siempre había soñado oír de su boca, hasta la última palabra. Estaba todo allí: la bondad, el compromiso, la generosidad que siempre había esperado de él. El problema era que yo llevaba dentro un bebé que él no quería. Mi última oportunidad de volver a ser madre. No dejaba de pensar en lo que me había dicho Charla: «También es tu hijo».

Durante años había anhelado darle a Bertrand otro hijo, demostrar mi valía, ser una esposa perfecta y obtener la aprobación de los Tézac, pero ahora me daba cuenta de que quería a ese niño para mí misma. Era mi bebé, mi último hijo. Quería sentir su peso en mis brazos, oler el dulce aroma a leche de su piel. Era carne de mi carne y sangre de mi sangre. Estaba deseando que llegara el parto para notar la cabeza del bebé abriéndose paso a través de mi cuerpo, gozar de la sensación inconfundible y pura de traer un niño al mundo. Aunque fuese entre lágrimas y dolor, yo quería ese llanto y ese suplicio en vez del dolor del vacío y las lágrimas de un vientre yermo surcado de cicatrices.

Salí de la consulta del médico y me dirigí hacia Saint-Germain, donde iba a reunirme con Hervé y Christophe para tomar algo en el café Flore. Había pensado no contarles nada, pero en cuanto me vieron la cara se preocuparon tanto que no tardé en confesárselo todo. Como siempre, tenían opiniones opuestas. Hervé decía que debía abortar y que mi matrimonio era lo más importante, mientras que Christophe insistía en que el centro de todo era el bebé. Si no tenía a mi hijo, lo lamentaría el resto de mi vida.

La conversación se fue acalorando tanto que se olvidaron de mi presencia y empezaron a discutir entre ellos. Como no podía soportarlo, les interrumpí dando un puñetazo en la mesa que casi tiró los vasos. Me miraron sorprendidos, ya que ése no era mi estilo. Me disculpé, les dije que estaba demasiado cansada para seguir hablando sobre ese asunto y me fui. Los dejé allí con gesto desconsolado, pero pensé que no pasaba nada, y que lo arreglaría más tarde. Eran mis amigos de toda la vida, así que seguro que lo entenderían.

Volví a casa atravesando el Jardín de Luxemburgo. No había vuelto a saber nada de Edouard desde el día anterior. ¿Significaba eso que no había encontrado nada relacionado con Sarah en la caja fuerte de su padre? Imaginé todo el rencor, toda la amargura y la decepción aflorando de nuevo. Me sentía mal, como si la culpa fuera mía por haber echado sal en una vieja herida.

Paseé despacio por los caminos sinuosos y floridos, sorteando corredores, paseantes, ancianos, jardineros, turistas, amantes, adictos al taichí, jugadores de petanca, adolescentes, lectores, gente que simplemente tomaba el sol. La concurrencia habitual del Jardín de Luxemburgo. Había muchos bebés y, como era de esperar, cada bebé con el que me cruzaba me hacía pensar en el ser diminuto que llevaba en mi vientre.

Aquel día, muy temprano, antes de la cita con la doctora, había hablado con Isabelle. Me había apoyado, como de costumbre. Por muchos *loqueros* y amigos a los que consultara, por muchas opiniones y factores que sopesara, la decisión era mía, me dijo. En resumidas cuentas, era yo quien tenía que elegir, y eso era precisamente lo que hacía todo aún más doloroso.

Había algo de lo que estaba segura: debía mantener a Zoë al margen de esto a toda costa. En un par de días empezaría sus vacaciones. Iba a pasar parte del verano en Long Island con Cooper y Alex, los hijos de Charla, y después se quedaría con mis padres en Nahant. En cierto modo me sentía aliviada, pues eso significaba que abortaría mientras ella estaba fuera. Si es que al final me decidía a abortar, claro.

Cuando llegué a casa había un gran sobre beis en mi mesa. Zoë, que hablaba por teléfono con una amiga, me dijo a voces desde la habitación que lo acababa de traer la *concierge*.

No tenía dirección, sólo mis iniciales garabateadas en tinta azul. Lo abrí y saqué un cartapacio rojo y descolorido.

Al ver escrito el nombre «Sarah» di un respingo.

Enseguida supe qué contenía esa carpeta. Gracias, Edouard, me dije emocionada. Gracias, gracias, gracias.

Dentro de la carpeta había una docena de cartas, fechadas entre septiembre de 1942 y abril de 1952. El papel era fino y de color azul, y estaba escrito con una caligrafía pulcra y redondeada. Las leí detenidamente. Todas eran de un tal Jules Dufaure, que vivía cerca de Orleans. Eran más bien breves, y todas ellas hablaban de Sarah: sus progresos, sus estudios, su estado de salud. Las frases eran amables, pero sucintas. «A Sarah le va muy bien. Este año está aprendiendo latín. En primavera ha pasado la varicela». «Sarah ha ido este verano a Bretaña con mis nietos, y ha visitado el monte Saint-Michel».

Di por hecho que Jules Dufaure era el caballero ya mayor que había escondido a Sarah tras su fuga de Beaune, el mismo que la había llevado de vuelta a París el día en que hizo el escalofriante descubrimiento del armario. Pero ¿por qué Jules Dufaure le escribía a André Tézac para hablarle de Sarah con tantos pormenores? No lo entendía. ¿Acaso le había pedido André que lo hiciera?

Averigüé la explicación al ver un extracto bancario. Todos los meses, André Tézac hacía que su banco enviara una transferencia a nombre de los Dufaure, destinada a Sarah. Se trataba de una suma generosa, y la había estado enviando durante diez años.

Así que durante diez años el padre de Edouard había intentado ayudar a Sarah a su manera. No pude evitar pensar en el inmenso alivio de Edouard al hallar esa información en la caja fuerte. Me lo imaginé leyendo las cartas y haciendo este descubrimiento. Después de tanto tiempo, aquí estaba la redención de su padre.

Me di cuenta de que Jules Dufaure no remitía sus cartas a la calle Saintonge, sino a la tienda de antigüedades de André, en la calle Turenne. Me pregunté la razón, y me imaginé que debía de ser por Mamé. André no quería que ella se enterara, del mismo modo que tampoco quería que Sarah supiera que él le enviaba ese dinero. La nítida caligrafía de Jules Dufaure decía: «Como usted me ha pedido, no le he dicho nada a Sarah de sus donativos».

Al final del cartapacio encontré un sobre ancho de papel de estraza. Dentro había dos fotografías. Contemplé el pelo rubio y los ojos rasgados que ya me resultaban tan familiares. ¡Cómo había cambiado desde la foto del colegio de junio del 42! Había en ella una melancolía palpable, y la alegría se había desvanecido de su rostro. Era una joven, alta y delgada, de unos dieciocho años. Los mismos ojos tristes, a pesar de la sonrisa. Estaba en una playa, con dos chicos de su misma edad. Le di la vuelta a la foto. La letra de Jules decía: «Trouville, 1950. Gaspard y Nicolas Dufaure con Sarah».

Pensé en todo por lo que había pasado Sarah. El Vel' d'Hiv'. Beaune-la-Rolande. Sus padres. Su hermano. Demasiada carga para una niña.

Estaba tan absorta en Sarah Starzynski que no había notado la mano de Zoë en el hombro.

—Mamá, ¿quién es esa chica?

Tapé apresuradamente las fotos con el sobre y murmuré que tenía que entregar algo y me habían puesto un plazo muy ajustado.

—Vale, pero ¿quién es?

—Nadie que tú conozcas, cariño —le respondí muy deprisa al tiempo que fingía ordenar la mesa.

Suspiró, y entonces me dijo con voz entrecortada, casi de adulto:

—Estás muy rara últimamente, mamá. Crees que no lo sé y que no me entero, pero yo me doy cuenta de todo.

Se dio la vuelta y se fue. Me dio cargo de conciencia, así que me levanté y fui a su habitación.

—Tienes razón, Zoë, estoy rara últimamente. Lo siento. No te lo mereces.

Me senté en su cama, incapaz de enfrentarme a sus ojos, tan serenos y sensatos.

—Mamá, ¿por qué no hablas conmigo? Dime qué te pasa.

Noté que estaba empezando a entrarme migraña, una de las fuertes.

—Crees que no lo voy a entender porque sólo tengo once años, ¿verdad?

Asentí.

—No confías en mí, ¿verdad?

—Por supuesto que confío en ti, pero hay cosas que no puedo contarte porque son demasiado tristes y demasiado complicadas. No quiero que esas cosas te hagan daño como me lo están haciendo a mí.

Zoë me acarició la mejilla con suavidad. Sus ojos brillaban.

—Tienes razón, no quiero que me hagan daño, así que mejor no me lo cuentes. Seguro que si me entero no seré capaz de dormir, pero prométeme que te pondrás bien.

La rodeé con los brazos y la estreché con fuerza. Mi valiente hija. Mi preciosa hija. Qué afortunada era de tenerla. Infinitamente afortunada. A pesar de la repentina jaqueca, mis pensamientos volvieron al bebé. La hermana o el hermano de Zoë. Ella no sabía nada, ignoraba por lo que su madre estaba pasando. Me mordí los labios y me tragué las lágrimas. Pasado un rato, Zoë me apartó suavemente y me miró.

—Dime quién es esa chica. La que sale en las fotos en blanco y negro que has intentado esconderme.

—Está bien —dije—. Pero se trata de un secreto, ¿de acuerdo? No se lo cuentes a nadie. ¿Me lo prometes?

Asintió.

—Te lo prometo. ¡Que me parta un rayo si digo algo!

—¿Recuerdas que te dije que había descubierto quién vivía en el piso de la calle Saintonge antes de que Mamé se mudara allí?

Volvió a asentir.

—Me dijiste que era una familia polaca, y que tenían una hija de mi edad.

—Se llamaba Sarah Starzynski. Esas fotos son suyas.

Me miró entrecerrando los ojos.

—Pero ¿por qué es un secreto? No lo pillo.

—Se trata de un secreto de familia. Ocurrió algo muy triste de lo que tu abuelo no quiere hablar, y tu padre no sabe nada.

—¿Eso tan triste le ocurrió a Sarah? —preguntó en tono cauteloso.

—Sí —contesté en voz baja—. Fue algo terrible.

—¿Estás intentando localizarla? —preguntó muy seria, contagiada por mi tono.

—Sí.

—¿Por qué?

—Quiero decirle que nuestra familia no es lo que ella piensa, y explicarle lo que ocurrió. No creo que sepa que tu bisabuelo la estuvo ayudando durante diez años.

—¿Cómo la ayudaba?

—Le enviaba dinero todos los meses, pero pidió que nadie se lo dijera.

Zoë se quedó callada unos segundos.

—¿Y cómo vas a encontrarla?

Suspiré.

—No lo sé, cariño. Tengo la esperanza de conseguirlo, pero esos documentos no dan más pistas sobre ella después de 1952. No hay más cartas ni fotos, ni una dirección donde localizarla.

Zoë se me sentó en las rodillas, y apretó su estrecha espalda contra mi cuerpo. Me llegó el olor de su cabello espeso y brillante, un olor familiar que siempre me recordaba cuando Zoë era muy pequeña, y le alisé un par de mechones rebeldes con la palma de la mano.

Pensé en Sarah Starzynski, que tenía la edad de Zoë cuando el horror invadió su vida.

Cerré los ojos. Pero aun así seguía viendo el momento en que los policías separaron a los niños de sus madres en Beaune-la-Rolande. No podía sacarme aquella imagen de la cabeza.

Abracé con fuerza a Zoë, tan fuerte que casi la dejé sin aliento.

Resulta extraño cómo coinciden las fechas, casi irónico. Jueves, 16 de julio de 2002. El aniversario de la redada del Vel' d'Hiv'. Y justo el día del aborto. Iba a hacerlo en una clínica donde nunca había estado antes, en un lugar del distrito XVII, cerca de la residencia de Mamé. Pedí otra fecha distinta, pensando que el 16 de julio estaba demasiado cargado de connotaciones, pero el cambio resultó imposible.

Zoë, que acababa de terminar las clases, se iba a Long Island pasando por Nueva York. La acompañaba Alison, su madrina y una de mis viejas amigas de Boston, que solía volar entre Manhattan y París. Yo me reuniría con mi hija y la familia de Charla el día 27. Bertrand no tenía vacaciones hasta agosto. Solíamos pasar un par de semanas en Borgoña, en la casa de los Tézac. Nunca había disfrutado mucho de los veranos en aquel lugar. Mis suegros eran cualquier cosa menos gente de costumbres relajadas. Las comidas tenían que ser puntuales, las conversaciones comedidas y a los niños se les podía ver, pero no oír. Y yo me sentía excluida, como de costumbre. Por muchos años que pasaran, Laure y Cécile seguían manteniendo las distancias. Invitaban a sus amigas divorciadas a pasar las horas muertas junto a la piscina para broncearse a conciencia. La moda era tener los pechos morenos. Incluso después de quince años en Francia, yo seguía sin acostumbrarme y nunca enseñaba los míos. Me daba la sensación de que se reían a mis espaldas por ser la *prude Américaine**. De modo que pasaba la mayor parte de los días recorriendo el bosque con Zoë, dando paseos agotadores en bici hasta que me aprendí la zona de memoria, y exhibiendo mi impecable estilo mariposa mientras las otras damas fumaban con languidez y tomaban el sol con sus minúsculos bañadores Eres que nunca metían en la piscina.

—Son unas envidiosas arpías francesas. Tú estás divina en bikini —se burlaba Christophe cada vez que me quejaba de aquellos penosos veranos—. Seguro que te daban conversación si tuvieras celulitis y varices.

Siempre me hacía reír, aunque no acababa de creerle. Aun así, me encantaba la belleza de aquel lugar: la casona antigua y silenciosa que permanecía fresca incluso en lo peor de la canícula, el jardín enorme y laberíntico sombreado por robles añosos, la vista del sinuoso río Yonne. Al lado había un bosque por el que Zoë y yo dábamos largos paseos, y donde, cuando ella era un bebé, se quedaba embelesada por el gorjeo de un pájaro, la forma extraña de una rama o el tenebroso destello de una ciénaga escondida.

Según Bertrand y Antoine, el piso de la calle Saintonge estaría listo a primeros de septiembre. Bertrand y su equipo habían hecho un gran trabajo, pero yo aún

---

* La americana puritana. *[N. del T.]*

no me hacía a la idea de vivir allí. Sobre todo ahora que estaba al corriente de lo ocurrido. Habían derribado la pared, pero yo no podía dejar de pensar en el armario secreto donde el pequeño Michel había esperado en vano el regreso de su hermana.

Esa historia me obsesionaba. Tenía que reconocer que no me moría precisamente de ganas por vivir en aquel apartamento. Me daba miedo tener pesadillas. Me aterraba despertar de nuevo el pasado, pero ignoraba el modo de evitarlo.

Era duro no poder hablar de ello con Bertrand. Me hacía falta su enfoque realista, deseaba oírle decir que, aunque se trataba de algo espantoso, encontraríamos la manera de superarlo. Pero no podía contárselo. Se lo había prometido a su padre. Me preguntaba a menudo qué pensaría Bertrand de aquella historia. ¿Y sus hermanas? Traté de imaginar su reacción, y la de Mamé. Pero era imposible. Los franceses son cerrados como tumbas. No pueden manifestar ni revelar sus sentimientos, siempre hay que mostrarse serenos e imperturbables. Así es y así ha sido siempre, pero a mí me resultaba cada vez más difícil aceptar esa forma de ser.

Con Zoë en América, la casa parecía vacía. Pasaba la mayor parte del tiempo en la oficina, trabajando en un ingenioso artículo para la edición de septiembre sobre los jóvenes escritores franceses y el panorama literario de París. Era interesante y consumía tiempo. Cada tarde se me hacía más duro salir de la oficina pensando que cuando llegara a casa sólo me esperaba el silencio de las habitaciones. Elegía el camino más largo para llegar a casa, regodeándome en lo que Zoë llamaba «los atajos de mamá» y disfrutando de la belleza áurea de la ciudad al atardecer. París empezaba a tomar ese delicioso aspecto de abandono que ofrecía desde mediados de julio. Las tiendas tenían echadas las rejas de hierro con carteles que rezaban: «Cerrado por vacaciones. Abrimos el 1 de septiembre». Tenía que recorrer un buen trecho para encontrar abierta una farmacia, una tienda de comestibles, una panadería o una tintorería. Los parisinos se iban a pasar el verano fuera y dejaban la ciudad a los infatigables turistas. Ahora, mientras paseaba de camino a casa en aquellas reconfortantes noches de julio y atravesaba los Campos Elíseos hacia Montparnasse, sentía que París, sin sus parisinos, al fin me pertenecía.

Sí, adoraba París, siempre me había encantado, pero cuando paseaba al anochecer por el puente de Alejandro III y contemplaba la cúpula de Los Inválidos, dorada y resplandeciente como una inmensa joya, añoraba tanto Estados Unidos que el dolor me pinchaba en la boca del estómago. Echaba de menos mi hogar (seguía llamándolo hogar, aunque llevaba viviendo en Francia más de la mitad de mi vida). Echaba de menos la despreocupación, la libertad, el espacio, la naturalidad, el idioma, el hecho de poder tratar con campechanía a todo el mundo y no complicarme con los tratamientos de cortesía que nunca había llegado a dominar y que aún me desconcertaban. Debía reconocer que añoraba a mi hermana, a mis padres y a mi país más que nunca.

Cuando me acercaba a nuestro barrio, anunciado por la alta y siniestra silueta parda de la Torre de Montparnasse, a la que los parisinos les encantaba odiar (yo le tenía cariño porque me permitía orientarme para volver desde cualquier distrito), me pregunté qué aspecto habría tenido el París de la ocupación, el París de Sarah. Uniformes de color caqui y cascos redondos. La opresión del toque de queda y las *ausweiss**. Carteles alemanes con letras góticas, esvásticas gigantescas pintadas sobre los nobles edificios de piedra.

Y niños con la estrella amarilla.

---

* Tarjetas de identificación. *[N. del T.]*

La clínica era un lugar para gente pudiente: acogedora, atendida por enfermeras sonrientes y recepcionis-
tas serviciales, y toda decorada de flores. Iban a practi-
carme el aborto a la mañana siguiente, a las siete. Me
pidieron que fuera la noche anterior, el 15 de julio. Bertrand se había ido a Bruselas a cerrar un negocio importante. No insistí en que se quedara; de alguna manera me
sentía mejor si él no estaba cerca. Me fue más fácil insta-
larme sola en aquella coqueta habitación de color salmón. En otro momento me habría sorprendido que la
presencia de Bertrand resultara superflua, teniendo en
cuenta que él formaba parte de mi rutina cotidiana. Y, sin
embargo, allí estaba yo, atravesando la crisis más dura de
mi vida sin él, y a la vez aliviada por su ausencia.

Moviéndome como un robot, doblé mi ropa de forma mecánica, coloqué el cepillo de dientes en la repisa
que había sobre el lavabo y me asomé a la ventana para
contemplar las fachadas burguesas de aquella calle tan
tranquila. ¿Qué demonios estás haciendo?, me murmuraba una voz interior que llevaba todo el día tratando de
ignorar. ¿Estás loca? ¿De veras vas a hacerlo? No le había contado a nadie mi decisión final, aparte de Bertrand.

Y no quería volver a acordarme de su sonrisa de felicidad cuando le dije que iba a abortar, la forma en que me abrazó, el fervor con que me besó en la coronilla.

Me senté en la cama individual y saqué del bolso los documentos de Sarah. En aquel momento, era la única persona en la que me sentía capaz de pensar. Encontrarla se había convertido para mí en una misión sagrada, la única forma posible de mantener la cabeza alta y disipar la melancolía que había ensombrecido mi vida. Sí, tenía que encontrarla, pero ¿cómo? En la guía telefónica no aparecía ninguna Sarah Dufaure o Starzynski. Habría sido demasiado sencillo. En cuanto a la dirección escrita en el remite de las cartas de Jules Dufaure, ya no existía. De modo que decidí seguir la pista de sus hijos, o incluso de sus nietos, Gaspard y Nicolas Dufaure, los jóvenes de la foto de Trouville, que debían de tener ahora entre sesenta y cinco y setenta años.

Por desgracia, Dufaure era un apellido muy común. Había cientos de Dufaures en el área de Orleans, lo que requería llamarlos a todos. La semana anterior había trabajado duro en ello, y había pasado horas navegando por Internet, consultando listines telefónicos y haciendo innumerables llamadas, pero al final siempre acababa en callejones sin salida.

Aquella misma mañana había hablado con una tal Nathalie Dufaure cuyo número aparecía en la guía de París. Me contestó una voz joven y alegre. Empecé con la rutina habitual y repetí lo que ya había dicho una y otra vez a los desconocidos del otro lado de la línea: «Me llamo Julia Jarmond, soy periodista, estoy intentando encontrar a Sarah Dufaure, nacida en 1932, y los únicos nombres que tengo relacionados con ella son Gaspard y Nicolas Dufaure...». Ella me interrumpió: sí, Gaspard Dufaure era su abuelo. Vivía en Aschères-le-Marché, en las afueras de Orleans. Su número no aparecía en la guía. Agarré con fuerza el auricular, conteniendo la respiración, y le pregunté a Nathalie si le sonaba de algo el nombre de Sarah Dufaure. La joven se echó a reír. Tenía una risa agradable. Me explicó que ella había nacido en 1982 y que no sabía gran cosa sobre la infancia de su abuelo. No, no le había oído hablar de Sarah Dufaure. Al menos no recordaba nada concreto. Pero, si yo quería, podía ponerse en contacto con su abuelo. Era un tipo bastante gruñón y no le gustaba hablar por teléfono, pero podía intentarlo y luego llamarme a mí. Me pidió mi número. Luego me preguntó: «¿Eres americana? Me encanta tu acento».

Estuve todo el día esperando su llamada. Nada. No hacía más que comprobar el móvil y asegurarme de que tenía batería y estaba encendido, pero seguía sin recibir la llamada. Tal vez a Gaspard Dufaure no le interesaba hablar de Sarah con una periodista. Tal vez no había sido lo bastante persuasiva. Quizá no debía haber dicho que era periodista, sino una amiga de la familia. Pero no, no podía decir eso, porque no era verdad. No podía ni quería mentir.

Aschères-le-Marché. Lo había buscado en un mapa. Era un pueblo pequeño a mitad de camino entre Orleans y Pithiviers, el campo de internamiento gemelo de Beaune-la-Rolande, que tampoco se encontraba muy lejos. No era la antigua dirección de Jules y Geneviève, luego tampoco podía ser el lugar donde Sarah había pasado diez años de su vida.

Me estaba impacientando. ¿Y si volvía a llamar a Nathalie Dufaure? Mientras coqueteaba con la idea, me sonó el móvil. Lo cogí y tomé aire. «*Allô?*». Era mi marido, que llamaba desde Bruselas. Sentí que la frustración me atacaba los nervios.

Me di cuenta, además, de que no quería hablar con Bertrand. ¿Qué podía decirle?

No dormí bien aquella noche, aunque amaneció enseguida. Al romper el alba apareció una matrona con una bata azul de celulosa doblada en los brazos. Me sonrió mientras me decía que debía ponérmela para la «operación». También llevaba un gorro y unos protectores para los pies del mismo material y color de la bata. Volvería en media hora para llevarme en una silla de ruedas al quirófano. Me recordó, con la misma sonrisa cordial, que debido a la anestesia no podía beber ni comer nada. Se marchó, cerrando la puerta con suavidad. Me pregunté a cuántas mujeres despertarían esa misma mañana con la misma sonrisa, y a cuántas embarazadas estaban a punto de extraerles un bebé del útero como a mí.

Me puse el gorro, obediente, a pesar de lo mucho que la celulosa me irritaba la piel. No tenía otra cosa que hacer, salvo esperar. Encendí el televisor, busqué la LCI, el canal de noticias de 24 horas, y me puse a verlo sin prestar demasiada atención. Tenía la mente obnubilada, en blanco. En una hora, más o menos, todo habría acabado. ¿Estaba preparada? ¿Era lo bastante fuerte como para afrontarlo? Me sentía incapaz de responder a estas preguntas. Me tumbé en la cama con mi bata y mi gorro de celulosa, y esperé. Esperé a que vinieran a por mí con la silla de ruedas. A que me durmieran. A que el médico

251

empezara a operar. Prefería no pensar en qué tipo de maniobras iba a llevar a cabo entre mis piernas abiertas. Desterré aquella imagen de mi mente y traté de concentrarme en una joven esbelta y rubia que gesticulaba sobre un mapa de Francia salpicado de pequeños soles, y de paso lucía su manicura. Me acordé de la última sesión con el terapeuta, la semana anterior. Bertrand mantenía puesta la mano en mi rodilla mientras afirmaba: «No, no queremos este hijo. Los dos estamos de acuerdo». Me quedé callada. El terapeuta me miró. ¿Asentí? No estaba segura; tan sólo recordaba que me sentía sedada, casi hipnotizada. Más tarde, en el coche, Bertrand me dijo: «Es lo que hay que hacer, *amour*, ya verás, pronto se habrá acabado todo». También me acuerdo del modo en que me besó, apasionado y ardiente.

La rubia desapareció y fue sustituida por un presentador mientras sonaba la conocida sintonía de las noticias. «El día de hoy, 16 de julio de 2002, está marcado por el sexagésimo aniversario de la redada del Velódromo de Invierno, en la que la policía francesa arrestó a miles de familias judías. Un negro episodio de la historia de Francia».

Subí el volumen de inmediato. Cuando la cámara barrió la calle Nélaton pensé en Sarah, dondequiera que estuviera. Sin duda se acordaba de esta fecha, sin necesidad de que nadie se la recordara. Para ella, y para todas las personas que habían perdido a sus seres queridos, era imposible olvidar el 16 de julio, y seguro que esta mañana, al abrir los ojos, habían sentido un terrible dolor. Quería decírselo a ella, y también a toda esa gente. Pero ¿cómo?, pensé. Me sentía impotente, inútil. Quería gritarle a Sarah y a todos los demás que yo sabía, que yo recordaba, que no podía olvidar.

Mostraron a varios supervivientes (a algunos de ellos los había entrevistado yo) ante la placa del Vel' d'Hiv'. Me di cuenta de que aún no había visto el número de esta semana del *Seine Scenes* donde aparecía mi artículo; salía precisamente hoy. Decidí dejar un mensaje a Bamber en el móvil para pedirle que me enviaran un ejemplar a la clínica. Encendí el teléfono con los ojos clavados en la televisión. Apareció la cara seria de Franck Lévy, hablando de la conmemoración, que, según él, iba a ser más señalada que la de los años anteriores. El móvil emitió un pitido para avisarme de que tenía mensajes de voz. Uno de ellos era de Bertrand, que lo había dejado de madrugada para decirme que me quería.

El siguiente mensaje era de Nathalie Dufaure. Lamentaba llamar tan tarde, pero no había podido hacerlo antes. Tenía buenas noticias: su abuelo se había decidido a encontrarse conmigo, y había dicho que podía contármelo todo sobre Sarah Dufaure. El hombre estaba tan entusiasmado que incluso había despertado la curiosidad de Nathalie. La voz animada de la joven ahogaba el tono gris de Franck Lévy: «Si quieres, mañana jueves puedo llevarte a Aschères. Yo te llevo en coche, no hay problema. Me apetece mucho oír qué te cuenta mi *papy**. Por favor, llámame y quedamos».

El corazón empezó a latirme tan deprisa que casi me dolía. El presentador seguía en la pantalla, hablando de otro tema. Era demasiado temprano para llamar

* Abuelito. *[N. del T.]*

253

a Nathalie Dufaure, aún tenía que esperar un par de horas. Mis pies, envueltos en las zapatillas de celulosa, empezaron a bailar solos. Las palabras resonaban en mi mente: «... contártelo todo sobre Sarah Dufaure». ¿Qué sabía Gaspard Dufaure? ¿Qué estaba a punto de averiguar?

Me sobresalté al oír que llamaban a la puerta. La radiante sonrisa de la enfermera me devolvió de golpe a la realidad.

—Llegó el momento, *madame* —anunció en tono vivaz, luciendo a la vez dientes y encías.

Escuché el chirrido de las ruedas de goma de la silla al otro lado de la puerta.

De repente lo vi todo perfectamente claro, más sencillo y evidente que nunca. Me levanté y la miré a los ojos.

—Lo siento —le dije—. He cambiado de opinión.

Me quité el gorro de celulosa. Ella se me quedó mirando, sin pestañear.

—Pero, *madame*... —empezó.

Me arranqué la bata. Al verme desnuda de repente, la enfermera abrió un instante los ojos y después apartó la mirada.

—Los doctores están esperando —adujo.

—No me importa —contesté con firmeza—. No voy a seguir con esto. Quiero tener el bebé.

A la enfermera le temblaban los labios de la indignación.

—Le diré al doctor que venga a verla de inmediato.

Se dio la vuelta y se marchó. Mientras sus zuecos chacoloteaban desaprobadores sobre el linóleo del pasillo, me puse un vestido vaquero, me calcé los zapatos, agarré el bolso y salí de la habitación. Pasé junto a las enfermeras que llevaban los carritos del desayuno y que se quedaron mirándome con cara de sorpresa, y después, mientras bajaba por las escaleras, me di cuenta de que me había dejado el cepillo de dientes, las toallas, el champú, el gel, el desodorante, el estuche de maquillaje y la crema facial en el baño. ¿Y qué?, me dije mientras atravesaba un vestíbulo de aspecto pulcro y un tanto remilgado. ¡Qué más da!

La calle estaba vacía, con ese aspecto limpio y brillante que lucen las aceras parisinas a primera hora de la mañana. Paré un taxi y me fui a casa.

16 de julio de 2002.

El bebé estaba a salvo en mi vientre. Tenía ganas de reír y de llorar, e hice las dos cosas. El taxista me miró varias veces por el retrovisor, pero me daba igual. Iba a tener aquel bebé.

Hice un cálculo aproximado y conté más de dos mil personas congregadas junto al Sena, a lo largo del puente de Bir-Hakeim. Allí estaban los supervivientes, acompañados por sus familias, sus hijos y sus nietos. También habían acudido varios rabinos, el alcalde de la ciudad, el primer ministro, el ministro de Defensa, numerosos políticos, periodistas y fotógrafos y, por supuesto, Franck Lévy. Había miles de flores, una gran carpa y un estrado blanco, en un despliegue impresionante. Guillaume estaba a mi lado, con gesto solemne y mirada alicaída.

Por un momento me acordé de la anciana de la calle Nélaton. ¿Qué fue lo que me dijo? «Nadie se acuerda. ¿Por qué iban a acordarse? Aquellos fueron los días más oscuros de la historia de nuestro país».

De pronto, deseé que estuviera allí, contemplando los cientos de rostros callados y emocionados que me rodeaban. En la plataforma, una mujer de mediana edad, bastante guapa y con una larga melena caoba, empezó a cantar. Su voz clara se elevó sobre el rugido del tráfico cercano. Después, el primer ministro inició su discurso:

—Hace sesenta años aquí en París, al igual que en el resto de Francia, dio comienzo una terrible tragedia, un viaje hacia el horror. La sombra de la Shoah* se cernía ya sobre las personas inocentes hacinadas en el Velódromo de Invierno. Este año, como cada año, nos hemos congregado aquí para recordar, para no olvidar las persecuciones, el acoso ni el terrible destino que sufrieron tantos judíos franceses.

Un anciano situado a mi izquierda sacó un pañuelo del bolsillo y rompió a llorar en silencio. Me compadecí de él, y me pregunté por quién estaría llorando. ¿A quién habría perdido? Mientras el primer ministro proseguía con su alocución eché un vistazo a la multitud. ¿Habría alguien entre los allí presentes que conociera o recordara a Sarah Starzynski? ¿Y si había venido ella en persona, tal vez con su marido, con un hijo o con un nieto? Quizá se hallaba detrás de mí, o delante. Me dediqué a seleccionar a todas las mujeres de más de setenta años y estudié sus caras solemnes para buscar entre las arrugas de la edad aquellos ojos verdes y rasgados, pero me sentía incómoda observando con tanto descaro a aquellas desconocidas, por lo que agaché la mirada. La voz del primer ministro pareció ganar fuerza y claridad, y resonó por encima de nuestras cabezas.

—Sí: el Vel' d'Hiv', Drancy y todos los demás campos de tránsito, auténticas antesalas de la muerte, fueron organizados, dirigidos y custodiados por franceses. ¡Así es, el primer acto de la Shoah tuvo lugar justo aquí, con la complicidad del Estado francés!

Los rostros que había a mi alrededor escuchaban al primer ministro con aparente serenidad. Los observé

* «Destrucción», «holocausto» en hebreo. [N. del T.]

a medida que continuaba el discurso con la misma voz potente, y vi que cada uno de aquellos semblantes escondía un sufrimiento enorme e indeleble. El discurso del primer ministro recibió una calurosa ovación. Vi que muchos asistentes lloraban y se abrazaban unos a otros.

Acompañada todavía por Guillaume, fui a hablar con Franck Lévy, que llevaba un ejemplar de *Seine Scenes* bajo el brazo. Me saludó con afecto y nos presentó a un par de periodistas. Unos momentos después nos fuimos. Le expliqué a Guillaume que había averiguado quién vivía en el apartamento de los Tézac y que eso, de alguna manera, me había acercado más a mi suegro, que había guardado un oscuro secreto durante sesenta años. También le conté que iba a buscar a Sarah, la niña que logró escapar de Beaune-la-Rolande.

Había quedado con Nathalie Dufaure media hora después, frente a la estación de metro de Pasteur, para que me llevara a Orleans a ver a su abuelo. Guillaume me dio dos besos, me abrazó y me deseó suerte.

Según cruzaba la concurrida avenida, me acaricié el vientre con la palma de la mano. De no haber escapado de la clínica esa misma mañana, ahora estaría recobrando el conocimiento en la cama de la habitación color salmón bajo la vigilancia de aquella enfermera tan sonriente. Tras un delicioso desayuno (cruasán con mermelada y *café au lait*), habría salido de allí por la tarde, un poco mareada, con una compresa entre las piernas y un dolor sordo en la parte baja del abdomen. Y con un terrible vacío en la mente y en el corazón.

No había vuelto a saber nada de Bertrand. ¿Le habrían llamado de la clínica para informarle de que me había marchado antes de abortar? Lo ignoraba. Mi marido seguía en Bruselas, y no volvería hasta la noche.

Me pregunté cómo iba a decírselo, y cómo se lo tomaría él.

Mientras bajaba por la avenida Émile Zola, preocupada por no hacer esperar a Nathalie Dufaure, me pregunté si seguía importándome lo que Bertrand pudiera pensar o sentir. La idea era tan inquietante que me asustó.

Cuando volví de Orleans a última hora de la tarde, hacía mucho calor en el piso y el aire estaba enrarecido. Fui a abrir la ventana que daba al ruidoso bulevar de Montparnasse. Me resultó extraño pensar que pronto nos mudaríamos a la tranquila calle Saintonge. Llevábamos doce años en esa casa, y Zoë no había vivido en ningún otro sitio. Un pensamiento fugaz cruzó por mi mente: va a ser nuestro último verano aquí. Le había tomado cariño a este apartamento. Por la tarde el sol entraba a raudales en el espacioso salón blanco, y, bajando por la calle Vavin, estaba a tiro de piedra del Jardín de Luxemburgo. A eso se añadía la comodidad de su ubicación en uno de los distritos más activos de París, uno de los lugares donde de verdad se sentía el latido de la ciudad, su pulso ágil y trepidante.

Me quité las sandalias y me tumbé en el mullido sofá beis. Sentí que el peso de aquel largo día caía sobre mí como plomo fundido. Cerré los ojos, pero el timbre del teléfono no tardó en devolverme a la vida real. Era mi hermana, que telefoneaba desde su oficina con vistas a Central

Park. Me la imaginé sentada en su enorme escritorio, con las gafas de leer apoyadas en la punta de la nariz.

En pocas palabras le informé de que no había abortado.

—Oh, Dios mío —exclamó Charla—. No lo has hecho.

—No he podido —admití—. No he sido capaz.

Casi podía verla por el teléfono, con esa sonrisa suya tan franca e irresistible.

—Eres una chica muy valiente —me felicitó—. Estoy orgullosa de ti.

—Bertrand aún no lo sabe—repuse—. No vuelve hasta esta noche. Debe de pensar que ya lo he hecho.

Una pausa transatlántica.

—Se lo vas a decir, ¿no?

—Desde luego. Tendré que hacerlo en algún momento.

Después de la conversación con mi hermana me quedé tumbada en el sofá durante un buen rato, con la mano sobre la tripa a modo de escudo protector. Poco a poco, sentí que recuperaba la vitalidad.

Como siempre, pensé en Sarah Starzynski, y en lo que sabía sobre ella. No había tenido necesidad de grabar a Gaspard Dufaure ni tomar notas. Llevaba escrito en mi mente la entrevista que había tenido lugar en...

* * *

... una casita coqueta en las afueras de Orleans, rodeada por primorosos arriates. Recordaba a la perfección el perro viejo y cachazudo al que le fallaba la vista...

... la señora menuda que cortaba verduras junto al fregadero y me saludó con la cabeza al entrar.

... la mano sembrada de venas azules con la que Gaspard Dufaure palmeaba la cabeza arrugada del perro, su voz áspera y, sobre todo, lo que me contó.

—Mi hermano y yo sabíamos que había habido problemas durante la guerra, pero aún éramos muy jóvenes y no comprendíamos del todo qué era lo que había pasado. Hasta que no murieron mis abuelos no supe, por mi padre, que Sarah Dufaure se llamaba en realidad Sarah Starzynski, y que era judía. Mis abuelos la tuvieron escondida durante todos esos años. Había algo triste en Sarah, no era una persona alegre ni extrovertida, y resultaba difícil comunicarse con ella. Nos habían contado que mis abuelos la habían adoptado porque durante la guerra perdió a sus padres, y eso era todo lo que sabíamos, pero resultaba obvio que era diferente. Cuando venía a la iglesia con nosotros, nunca movía los labios en el Padrenuestro. Nunca rezaba ni se acercaba a recibir la comunión, y se quedaba mirando la hostia consagrada con una expresión gélida que me ponía los pelos de punta. Mis abuelos se limitaban a sonreír y nos decían que la dejáramos en paz, y mis padres hacían lo mismo. Poco a poco, Sarah fue formando parte de nuestra vida, y se convirtió en la hermana mayor que nunca tuvimos. Cuando creció, se convirtió en una joven adorable y melancólica. Era muy seria y madura para su edad. A veces, después de la guerra, íbamos a París con mis padres, pero Sarah nunca quería venir con nosotros. Decía que odiaba París y que no quería volver allí en su vida.

—¿Le habló alguna vez de su hermano o de sus padres?

Gaspard meneó la cabeza.

—Jamás. Me enteré de lo que le había pasado a su hermano gracias a que mi padre me lo contó hace cuarenta años. Pero mientras viví con ella, nunca lo supe.

Nathalie Dufaure nos interrumpió.

—¿Qué le pasó a su hermano? —preguntó.

Gaspard Dufaure miró primero a su nieta, fascinada por su relato, y a continuación a su esposa, que no había dicho ni media palabra durante toda la conversación y que en ese momento lo miró con gesto benévolo.

—Te lo contaré en otro momento, Natou. Es una historia muy triste.

Hubo una pausa larga.

—*Monsieur* Dufaure —le dije—, necesito saber dónde está ahora Sarah Starzynski. Por eso he venido a verlo. ¿Podría ayudarme?

Gaspard Dufaure se rascó la cabeza y me lanzó una mirada interrogante.

—Lo que me gustaría saber, *mademoiselle* Jarmond —repuso él con una sonrisa irónica—, es por qué esto es tan importante para usted.

* * *

El teléfono volvió a sonar. Era Zoë, desde Long Island. Lo estaba pasando muy bien, el tiempo era estupendo, se estaba poniendo morena, tenía una bici nueva y su primo Cooper era «guay», pero me echaba de menos. Le dije que yo también la extrañaba, y que estaría con ella en menos de diez días. Luego bajó la voz y me preguntó si había hecho algún progreso en mis pesquisas sobre Sarah Starzynski. No pude evitar sonreír al escuchar el tono tan serio en que me lo preguntó. Le respondí que sí, que había hecho avances y que pronto se los contaría.

—Pero mamá, ¿qué has averiguado? —musitó—. Quiero saberlo. ¡Dímelo, anda!

—Está bien —dije, rindiéndome ante su entusiasmo—. Hoy he hablado con un hombre que conoció bien a Sarah de joven. Me ha dicho que Sarah se marchó de Francia en 1952 y se fue a Nueva York, para trabajar de niñera con una familia americana.

Zoë soltó un gritito.

—¿Quieres decir que está en Estados Unidos?

—Eso creo —le respondí.

Un breve silencio.

—¿Y cómo vas a encontrarla aquí, mamá? —Su voz parecía ahora menos alegre—. Estados Unidos es mucho más grande que Francia.

—Dios proveerá, cariño —le contesté con un suspiro. Le mandé un beso por el teléfono, le dije que la quería mucho y colgué.

* * *

«Lo que me gustaría saber, *mademoiselle* Jarmond, es por qué esto es tan importante para usted». En ese mismo momento, sin pensármelo, tomé la resolución de contarle a Gaspard Dufaure toda la verdad. Cómo había aparecido Sarah Starzynski en mi vida, cómo había descubierto su terrible secreto y qué relación tenía con mi familia política.

263

También le expliqué que, ahora que conocía los acontecimientos del verano de 1942 (el Vel' d'Hiv', el campo de Beaune-la-Rolande), y ciertos acontecimientos privados (la muerte del pequeño Michel Starzynski en la vivienda de los Tézac), encontrar a Sarah se había convertido en un objetivo primordial, algo en lo que estaba dispuesta a poner todo mi empeño.

Gaspard Dufaure se quedó sorprendido ante mi obstinación. Encontrarla, por qué, para qué, me preguntó, sacudiendo el pelo gris. Yo le contesté: Para decirle que a nosotros sí nos importa, que no hemos olvidado. «Nosotros —repitió sonriendo—. Dígame, ¿quiénes somos "nosotros", el pueblo francés?». Y entonces le respondí, algo molesta por su sonrisa: «No, yo, soy yo, me refiero a mí. Quiero decirle que lo lamento, que nunca olvidaré la redada, el campo de prisioneros, la muerte de Michel ni el tren a Auschwitz que se llevó a sus padres para siempre». «¿Qué tiene que lamentar usted, una americana? —continuó—, sus compatriotas liberaron Francia en julio de 1944». No tenía nada de lo que arrepentirme, me dijo con una carcajada.

Lo miré directa a los ojos.

—Me arrepiento de no haberme enterado antes. Me arrepiento de haber estado cuarenta y cinco años sumida en la ignorancia.

Sarah se había marchado de Francia a finales de 1952, se había embarcado rumbo a América.

—¿Por qué eligió Estados Unidos? —quise saber.

—Nos dijo que quería marcharse a un lugar que no estuviese contaminado por el Holocausto de la forma en que lo estaba Francia. Todos nos disgustamos mucho, sobre todo mis abuelos. La querían como a la hija que nunca tuvieron. Pero ella no lo dudó: se fue y nunca volvió. Al menos que yo sepa.

—¿Y qué pasó con ella? —le pregunté. Sonaba igual que Nathalie, con el mismo entusiasmo y el mismo fervor.

Gaspard Dufaure se encogió de hombros y exhaló un profundo suspiro. Se levantó, seguido del viejo perro ciego. Su esposa había preparado más café, fuerte y cargado. Nathalie se había quedado callada, acurrucada en el sillón, mirándonos a su abuelo y a mí en silencio. Recordará todo esto, me dije. Lo recordará todo.

Su abuelo volvió a sentarse con un gruñido y me dio el café. Miró a su alrededor, a las fotografías descoloridas de la pared, los muebles desgastados. Volvió a rascarse la cabeza y suspiró. Nathalie y yo estábamos a la espera. Por fin habló.

No había vuelto a saber de Sarah desde 1955.

—Les escribió un par de cartas a mis padres. Al año siguiente, envió una tarjeta para anunciar su boda. Recuerdo que mi padre nos dijo que Sarah iba a casarse con un yanqui. —Gaspard sonrió—. Estábamos muy contentos por ella. Pero después ya no hubo más llamadas ni llegaron más cartas, nunca más. Mis padres intentaron localizarla. Hicieron todo lo posible por dar con ella: llamaron a Nueva York, le escribieron cartas, le mandaron telegramas. También trataron de encontrar a su marido, pero nada. Sarah había desaparecido. Fue terrible para ellos. Durante años esperaron una señal, una llamada, una carta. Pero no recibieron nada. Luego mi abuelo murió a principios de los sesenta, y mi abuela le siguió pocos años después. Creo que los dos tenían roto el corazón.

—¿Sabe que sus abuelos podrían recibir el título de «Justos entre las Naciones»? —le dije.

—¿Y eso qué es? —preguntó, perplejo.

—El Instituto Yad Vashem de Jerusalén condecora con esa medalla a aquellos gentiles que salvaron judíos durante la guerra. También se puede obtener a título póstumo.

Gaspard se aclaró la garganta, y apartó la mirada de mí.

—Encuéntrela. Por favor, encuéntrela, *mademoiselle* Jarmond. Dígale que la echo de menos. Y mi hermano Nicolas también. Dígale que le enviamos todo nuestro cariño.

Antes de marcharme, me entregó una carta.

—Mi abuela le escribió esto a mi padre, después de la guerra. Tal vez quiera echarle un vistazo. Puede devolvérsela a Nathalie cuando la haya leído.

Más tarde, en casa, sola, descifré aquella caligrafía antigua. Según lo leí, me eché a llorar. Me las arreglé para calmarme, me sequé las lágrimas y me soné la nariz.

Después llamé a Edouard y le leí la carta por teléfono. Me dio la impresión de que se echó a llorar, pero que hacía todo lo posible para convencerme de lo contrario. Me dio las gracias con un nudo en la garganta y colgó.

8 de septiembre de 1946

Alain, querido hijo mío:
Cuando Sarah volvió la semana pasada después de pasar el verano contigo y con Henriette, tenía las mejillas rosadas... y sonreía. Jules y yo nos sorprendimos mucho, y también nos emocionamos. Sarah piensa escribirte personalmente para darte las gracias, pero yo quería decirte lo agradecida que te estoy por tu ayuda y tu hospitalidad. Como sabes, estos últimos cuatro años han sido espantosos. Cuatro años de cautiverio, de miedo y de privaciones para todos nosotros y para nuestro país. Cuatro años que nos han pasado factura a Jules y a mí, pero sobre todo a Sarah. Creo que nunca superará lo que ocurrió el verano de 1942, cuando la

llevamos a su casa del Marais. Sé que aquel día algo se rompió en su interior.

Nada de esto ha sido fácil, y tu apoyo ha resultado inestimable. Esconder a Sarah del enemigo y mantenerla a salvo desde aquel largo verano hasta el armisticio final ha sido terrible, pero ahora tiene una familia. Nosotros somos su familia, y tus hijos, Gaspard y Nicolas, son sus hermanos. Ella es una Dufaure y ahora lleva nuestro apellido.

Sé que ella nunca lo olvidará. Sus mejillas rosadas y su sonrisa esconden una gran dureza. No es como las demás chicas de catorce años. Es como una mujer, adulta y amargada. A veces parece mayor que yo. Nunca menciona a su familia ni mucho menos a su hermano, pero sé que siempre los lleva en el corazón. Va al cementerio un día a la semana, y a veces incluso más, para visitar la tumba de su hermano. Prefiere acudir sola, y se niega a que yo la acompañe. A veces la sigo, sólo para asegurarme de que no le pasa nada. Cuando llega, se sienta ante la pequeña lápida y se queda muy quieta. Puede pasar así horas, sujetando esa llave de latón que siempre lleva encima, la llave del armario donde murió su pobre hermanito. Cuando vuelve a casa tiene el gesto serio y frío. Le cuesta mucho hablar, comunicarse conmigo. Intento darle todo mi cariño, pues ella es la hija que nunca tuve.

Nunca habla de Beaune-la-Rolande. Si alguna vez pasamos cerca del pueblo, palidece, vuelve la cabeza y cierra los ojos. Me pregunto si algún día el mundo sabrá, si saldrá a la luz todo lo que ha ocurrido aquí, o si seguirá siendo un secreto para siempre, enterrado en un pasado oscuro y turbulento.

Durante el año pasado, después de acabar la guerra, Jules se acercó a menudo al Lutétia, acompañado a veces por Sarah, para informarse sobre la gente que regresaba de los campos de concentración. Lo hacía albergando grandes esperanzas, como todos. Pero ahora ya sabemos la verdad. Sus padres nunca volverán: los mataron en Auschwitz en aquel terrible verano de 1942.

En ocasiones me pregunto cuántos niños como ella han pasado por ese infierno y han sobrevivido, y ahora tienen que seguir adelante sin sus seres queridos. ¡Cuánto sufrimiento, cuánto dolor! Sarah ha tenido que renunciar a todo lo que era: su familia, su apellido, su religión. Jamás hablamos de ello, pero sé cuán profundo es el vacío que siente y qué pérdida tan cruel ha sufrido. A menudo habla de marcharse de Francia y empezar de nuevo en algún otro lugar, lejos de todo lo que ha conocido y experimentado. Aún es demasiado joven y frágil para dejar la granja, pero ese día llegará tarde o temprano: Jules y yo sabemos que deberemos dejarla marchar.

Sí, la guerra ha terminado, al fin se acabó, pero para tu padre y para mí nada volverá a ser lo mismo. La paz ha dejado un regusto amargo, y el futuro es incierto. Los acontecimientos sobrevenidos han transformado la faz del mundo, y también la de Francia. Nuestro país aún sigue recuperándose de sus años más oscuros. ¿Lo conseguirá algún día? Ésta es otra Francia que ya no reconozco. Ahora soy vieja, y sé que mis días están contados; pero Sarah, Gaspard y Nicolas aún son jóvenes, y tendrán que vivir en esta nueva Francia. Me da pena por ellos, y temo lo que se avecina.

Mi querido hijo, no pretendía que ésta fuera una carta tan triste, pero al final me ha salido así, y lo siento de veras. Tengo que atender el huerto y dar de comer a las gallinas, así que me despido. Deja que te dé las gracias otra vez por todo lo que habéis hecho por Sarah. Que Dios os bendiga a los dos, por vuestra generosidad y vuestra entrega, y que Dios bendiga a vuestros hijos.
Tu madre, que te quiere,

Geneviève

Otra llamada de teléfono. El móvil. Debería haberlo apagado. Era Joshua, lo cual me sorprendió, porque no solía llamar tan tarde.

—Te he visto en las noticias, tesoro —me dijo—. Estabas muy guapa. Un poco pálida, pero llena de *glamour*.

—¿Las noticias? —le pregunté—. ¿Qué noticias?

—Pues he encendido la tele para ver las noticias de las ocho en la TF1, y ahí que aparece mi Julia, justo debajo del Primer Ministro.

—Ah, ya, la ceremonia del Vel' d'Hiv'.

—Un buen discurso, ¿no crees?

—Muy bueno.

Una pausa. Escuché el clic de su mechero cuando se encendió un Marlboro Mild, el de la cajetilla plateada, de esos que sólo se encuentran en Estados Unidos. Me pregunté qué quería decirme. Normalmente era directo. Muy directo.

—¿Qué pasa, Joshua? —le pregunté con cautela.

—Nada, la verdad. Sólo te llamaba para decirte que has hecho un buen trabajo. Tu artículo sobre el Vel' d'Hiv' está dando mucho que hablar. Sólo quería decírtelo. Las fotos de Bamber son geniales, también. Los dos lo habéis hecho de vicio.

—Ah —contesté—. Gracias.

Pero sabía que había algo más.

—¿Nada más? —añadí.

—Hay un detalle que me preocupa.

—Dispara —le dije.

—A mi juicio, falta algo. Tienes a los supervivientes, a los testigos, al viejo de Beaune, etc. Todo eso está muy bien. Pero te has olvidado de algo. Los polis. Los polis franceses.

—¿Y bien? —le pregunté, empezando a perder la paciencia—. ¿Qué pasa con los polis franceses?

—Habría sido perfecto si hubieses hablado con un par de agentes de los que participaron en la redada, sólo para escuchar su versión de la historia. Aunque ahora sean viejos. ¿Qué les contaron a sus hijos? ¿Lo llegaron a saber sus familias?

Tenía razón, desde luego. No se me había pasado por la cabeza. Me calmé un poco y no dije nada. Joshua me había chafado.

—Oye, Julia, no pasa nada —me dijo con una carcajada—. Has hecho un gran trabajo. De todas formas, quizás esos policías no hubiesen querido hablar contigo. Apuesto a que no has encontrado gran cosa sobre ellos en tu investigación, ¿verdad?

—No —le respondí—. Ahora que lo pienso, no hay nada sobre la policía francesa en todo lo que leí, salvo que estaban cumpliendo con su trabajo.

—Ya, cumpliendo con su trabajo —repitió Joshua—, pero me habría gustado saber cómo pudieron vivir después con eso. Otra cosa: ¿qué hay de los tipos que condujeron los trenes de Drancy a Auschwitz? ¿Sabían lo que estaban transportando? ¿De verdad creían que era ganado? ¿Sabían adónde llevaban a aquella gente y qué les iba a pasar? ¿Y los conductores de los autobuses, qué sabían ellos?

Volvía a tener razón, por supuesto. Me quedé callada. Una buena periodista habría escarbado en aquellos temas tabú: la policía francesa, las líneas ferroviarias francesas, la red de autobuses francesa.

Pero me había obsesionado con los niños del Vel' d'Hiv'. Y con una niña en concreto.

—Julia, ¿estás bien? —me preguntó.

—De maravilla —mentí.

—Necesitas tiempo libre —afirmó—. Tiempo para que te subas a un avión y vayas a casa.

—Eso es exactamente lo que tenía en mente.

***

La última llamada de la noche fue de Nathalie Dufaure. Estaba eufórica. Me imaginé el gesto de emoción en su cara aniñada y el brillo de sus ojos castaños.

—¡Julia! He buscado ente los papeles del abuelo y la he encontrado. ¡He encontrado la tarjeta de Sarah!

—¿La tarjeta de Sarah? —repetí. Me había perdido.

—La tarjeta que envió para decir que iba a casarse, su última carta. En ella dice el nombre de su marido.

Agarré un bolígrafo y busqué un trozo de papel, pero fue en vano, así que decidí utilizar el dorso de la mano como libreta.

—¿Y se llama...?

—Escribió para decir que iba a casarse con Richard J. Rainsferd. —Deletreó el apellido—. La tarjeta está fechada el 15 de marzo de 1955. No hay ninguna dirección. Nada más, sólo eso.

—Richard J. Rainsferd —repetí, escribiendo en mayúsculas sobre mi piel.

Le di las gracias a Nathalie, le prometí que la mantendría informada de cualquier novedad, y marqué el número de Charla en Manhattan. Lo cogió su secretaria, Tina, que me dijo que esperara un momento. Después oí la voz de Charla.

—¿Tú otra vez, cariño?

Fui directa al grano.

—¿Cómo se puede localizar a alguien en Estados Unidos?

—En la guía de teléfonos —respondió.

—¿Así de fácil?

—Hay otros métodos —respondió enigmáticamente.

—¿Y si se trata de alguien desaparecido desde 1955?

—¿Tienes un número de la Seguridad Social, una matrícula o al menos una dirección?

—No. Nada.

Silbó entre dientes.

—Entonces, va a ser complicado. No sé si funcionará; no obstante, lo intentaré. Tengo un par de amigos que quizá puedan ayudarme. Dime el nombre.

En ese momento oí un portazo en la entrada, y el tintineo de unas llaves tiradas en la mesa.

Mi marido estaba de vuelta de Bruselas.

—Volveré a llamarte —susurré a mi hermana, y colgué.

Bertrand entró en el salón. Se le veía tenso, pálido, demacrado. Se me acercó y me rodeó con los brazos. Sentí su barbilla encima de la cabeza.

Pensé que debía decírselo cuanto antes.

—No lo he hecho.

Apenas se movió.

—Lo sé —respondió—. Me ha llamado la doctora.

Le aparté de mí.

—No he sido capaz, Bertrand.

Puso una sonrisa extraña, de desesperación. Se acercó a la bandeja que había detrás de la ventana, donde guardábamos los licores, y se sirvió una copa de coñac. Le vi beber deprisa, echando la cabeza hacia atrás. Era un gesto feo que me irritaba.

—Y ahora, ¿qué? —preguntó, soltando el vaso—. ¿Qué hacemos ahora?

Intenté esbozar una sonrisa, pero me di cuenta de que me salió falsa y desangelada. Bertrand se sentó en el sofá, se aflojó la corbata y se desabrochó los dos primeros botones de la camisa. A continuación dijo:

—No soporto la idea de tener este hijo, Julia. He intentado decírtelo, y no me has hecho caso.

Percibí algo en su voz que me hizo mirarlo con más detenimiento. Parecía vulnerable, acabado. Durante una fracción de segundo me pareció ver la cara fatigada de Edouard Tézac, la misma expresión que tenía en el coche cuando me habló de Sarah.

—No puedo impedir que tengas este bebé, pero quiero que sepas que no puedo aceptarlo. Tener ese hijo va a destruirme.

Yo habría querido mostrar compasión, ya que Bertrand parecía perdido e indefenso, pero me invadió un inesperado arrebato de rencor.

—¿Destruirte? —repetí.

Bertrand se levantó y se sirvió otra copa. Aparté la mirada para no ver cómo se la bebía de un trago.

—¿Has oído hablar de la crisis de la mediana edad, *mon amour*? A vosotros, los americanos, os encanta esa expresión. Has estado tan enfrascada en tu trabajo, tus amigos y tu hija que ni siquiera te has dado cuenta de que yo la estoy atravesando. Lo cierto es que no te importa, ¿verdad?

Me quedé mirándolo, sorprendida.

Se tumbó en el sofá, despacio, con cuidado, mirando al techo. Sus gestos eran lentos, comedidos. De pronto, me encontré contemplando a un marido viejo. El joven Bertrand había desaparecido. Siempre había sido triunfalmente juvenil, vibrante, enérgico. La clase de persona incapaz de estar mano sobre mano, activo, optimista, rápido, vivaz. El hombre al que estaba observando era como el fantasma de su personalidad anterior. ¿En qué momento había ocurrido? ¿Cómo no me había dado cuenta?

Bertrand y su risa contagiosa, sus chistes, su descaro. ¿De verdad que es tu marido?, me preguntaba la gente, fascinada por su magnetismo. Bertrand monopolizaba la conversación en todas las cenas sin que a nadie le importara, porque era fascinante. La forma en que Bertrand te miraba parpadeando con esos irresistibles ojos azules y esa truhanesca sonrisa casi diabólica.

Pero aquella noche no quedaba en él nada de tensión ni firmeza. Era como si se hubiera rendido, y allí estaba sentado, flácido y mustio. Tenía los ojos tristes y los párpados caídos.

—Tú no te has dado cuenta de lo que me estaba pasando, ¿verdad?

Su voz sonaba plana, monótona. Me senté a su lado y le acaricié la mano. ¿Cómo podía confesarle que no me había dado cuenta y explicarle lo culpable que me sentía?

—¿Por qué no me lo has dicho antes, Bertrand?

Torció hacia abajo las comisuras de los labios.

—Lo he intentado, pero no me ha servido de nada.

—¿Por qué?

Su gesto se endureció y dejó escapar una risa breve y seca.

—Porque no quieres escucharme, Julia.

En ese momento me di cuenta de que tenía razón. Aquella horrible noche, cuando su voz se volvió tan ronca y me confesó que su mayor miedo era envejecer. Cuando me di cuenta de que era frágil, mucho más frágil de lo que había imaginado jamás. Y yo miré para otro lado, molesta y disgustada por sus palabras. Y él se dio cuenta, pero no se atrevió a decirme lo mal que le había hecho sentir.

No dije nada, y me quedé sentada a su lado, agarrándole la mano. Me di cuenta de la ironía de la situación. Un marido deprimido. Un matrimonio en crisis. Un bebé en camino.

—¿Por qué no salimos a comer algo, abajo, al Select, o a la Rotonde? —le pregunté con dulzura—. Podemos hablar allí.

Se levantó con cierto esfuerzo.

—Mejor otro día. Estoy molido.

Caí en la cuenta de que en los últimos meses había estado fatigado con frecuencia. Demasiado cansado para ir al cine, para salir a correr alrededor del Jardín de Luxemburgo, para llevar a Zoë a Versalles un domingo por la tarde. Demasiado cansado para hacer el amor. Hacer el amor... ¿Cuándo había sido la última vez? Semanas atrás. Lo vi marcharse del salón caminando con pesadez. Había engordado, pero yo tampoco había reparado en eso. Bertrand cuidaba mucho su aspecto. «Has estado tan enfrascada en tu trabajo, tus amigos y tu hija que ni siquiera te has dado cuenta. No me haces caso, Julia». Me sentí avergonzada. Tenía que afrontar la verdad: Bertrand no había formado parte de mi vida en las últimas semanas, aun compartiendo la misma cama y viviendo bajo el mismo techo. No le había hablado de Sarah Starzynski ni de mi nueva relación con Edouard. Había alejado a Bertrand de todo lo que era importante para mí, lo había apartado de mi vida, y lo más irónico era que ahora llevaba en mi vientre a su hijo.

Oí cómo abría la nevera en la cocina, y luego el crujido de un papel de aluminio. Volvió al salón con un muslo de pollo en la mano y el papel de aluminio en la otra.

—Sólo una cosa más, Julia.

—¿Sí?

—Cuando te he dicho que no puedo soportar la idea de tener este hijo, lo decía en serio. Tú ya te has decidido, y me parece bien. Ahora me toca decidirme a mí. Necesito tiempo para mí mismo. Zoë y tú os vais a mudar a la calle Saintonge después del verano, así que yo buscaré un sitio donde vivir, cerca de allí. Después veremos cómo evolucionan las cosas. Tal vez para entonces habré aceptado este embarazo. Si no, nos divorciaremos.

No fue ninguna sorpresa, llevaba tiempo esperándomelo. Me levanté, me coloqué el vestido y le dije con calma:

—Lo único que importa es Zoë. Pase lo que pase, tendremos que hablar con ella, los dos. Quiero que esté preparada. Tenemos que hacer las cosas bien.

Bertrand puso el muslo de pollo sobre el papel de aluminio.

—¿Por qué eres tan dura, Julia? —me dijo. No había sarcasmo en su voz, sólo amargura—. Hablas igual que tu hermana.

No le contesté. Me fui a la habitación, entré en el baño y abrí el grifo. Entonces me di cuenta de algo: había tomado una decisión. Había preferido el bebé antes que a Bertrand. No me habían ablandado sus puntos de vista ni sus temores, no me había asustado su amenaza de mudarse un par de meses, o de forma indefinida. Bertrand no podía desaparecer. Era el padre de mi hija y de la criatura que llevaba dentro, así que nunca podría marcharse del todo de nuestras vidas.

Pero mientras me miraba en el espejo y el vapor que invadía el baño poco a poco borraba mi reflejo con su bruma, me di cuenta de que todo había cambiado de forma drástica. ¿Seguía queriendo a Bertrand? ¿Seguía necesitándolo? ¿Cómo podía ser que quisiera al bebé y no a mi marido?

Quise llorar, pero no me salieron las lágrimas.

Aún seguía en el baño cuando él entró. Llevaba en la mano el cartapacio rojo de «Sarah» que había dejado en el bolso.

—¿Qué es esto? —inquirió, blandiendo la carpeta.

Asustada, hice un movimiento brusco que hizo que el agua rebosara por un lado de la bañera. Bertrand, sonrojado y confuso, se sentó en la taza. En cualquier otro momento me habría reído de aquella postura tan ridícula.

—Déjame explicarte —empecé.

Levantó la mano.

—No puedes evitarlo, ¿verdad? No puedes dejar en paz el pasado.

Recorrió los documentos con los ojos, hojeó las cartas de Jules Dufaure a André Tézac y examinó las fotos de Sarah.

—¿Qué es todo esto? ¿Quién te lo ha dado?

—Tu padre —respondí con serenidad.

Se quedó mirándome.

—¿Qué tiene que ver mi padre con esto?

Salí de la bañera, cogí una toalla y me puse de espaldas a él para secarme. Por alguna razón no quería que me viera desnuda.

—Es una larga historia, Bertrand.

—¿Por qué has tenido que remover todo esto? ¡Esas cosas pasaron hace sesenta años! ¡Todo está muerto y enterrado!

Me di la vuelta para mirarle a la cara.

—No, no lo está. Hace sesenta años le ocurrió a tu familia algo que tú no sabes. Tampoco lo saben tus hermanas, ni siquiera Mamé.

Estaba tan atónito que se quedó boquiabierto.

—¿Qué pasó? ¡Dímelo! —me exigió.

Le arrebaté la carpeta y la sujeté contra mi pecho.

—Dime *tú* qué buscabas en mi bolso.

Parecíamos dos críos peleándose en el recreo. Bertrand puso los ojos en blanco y dijo:

—He visto la carpeta y quería saber qué era. Eso es todo.

—Suelo llevar carpetas en el bolso. Hasta ahora nunca les habías prestado atención.

—Ésa no es la cuestión. Quiero saber de qué va todo esto. Dímelo ahora mismo.

Negué con la cabeza.

—Llama a tu padre, Bertrand. Dile que has encontrado la carpeta y pregúntale a él.

—No confías en mí, ¿es eso?

Tenía las mejillas caídas. De pronto sentí lástima por él. Parecía dolido, escéptico.

—Tu padre me pidió que no te lo contara —repuse en tono más suave.

Bertrand se levantó trabajosamente de la taza y se estiró para alcanzar el pomo de la puerta. Se le veía abatido, derrotado.

Retrocedió un paso y me acarició la mejilla. El tacto de sus dedos era cálido.

—¿Qué nos ha pasado, Julia?

Después salió del cuarto de baño.

Las lágrimas inundaron mis ojos, y dejé que corrieran por mi cara. Él me oyó llorar, pero no volvió.

Durante el verano de 2002, sabiendo que Sarah Starzynski había viajado de París a Nueva York cincuenta años atrás, sentí el impulso de volver a cruzar el Atlántico igual que un trozo de hierro se siente atraído por un poderoso imán. No veía el momento de marcharme de la ciudad, ver a Zoë y buscar a Richard J. Rainsferd. Estaba impaciente por subir a aquel avión.

Me preguntaba si Bertrand habría llamado a su padre para averiguar qué había ocurrido en el apartamento de la calle Saintonge todos esos años atrás. Él no decía nada, y seguía mostrándose cordial, aunque distante. Me daba la sensación de que estaba impaciente por que me fuera. ¿Para qué, para reflexionar a solas o para ver a Amélie? No lo sabía, y me daba igual. Me dije a mí misma que no me importaba.

Un par de horas antes de salir para Nueva York, llamó mi suegro para despedirse. No mencionó que hubiera hablado con Bertrand, y yo tampoco le pregunté.

—¿Por qué dejó Sarah de escribir a los Dufaure? —preguntó Edouard—. ¿Qué crees que ocurrió, Julia?

—No lo sé, Edouard, pero voy a hacer cuanto esté en mi mano para averiguarlo.

Esas mismas cuestiones me atormentaban día y noche. Horas después, cuando ya estaba a bordo del avión, seguía formulándome la misma pregunta.

¿Seguiría viva Sarah Starzynski?

Mi hermana tenía un cabello castaño y lustroso, hoyuelos, unos preciosos ojos azules. Era de constitución fuerte y atlética, como la de nuestra madre. *Les soeurs* Jarmond*, más altas que las mujeres de la familia Tézac con sus sonrisas blancas, relucientes, perplejas, y una punzada de envidia. ¿Por qué las americanas sois tan altas? ¿Es por algo que hay en la comida? ¿Os dan vitaminas, hormonas? Charla era incluso más alta que yo, y sus dos embarazos no habían redondeado en absoluto su silueta esbelta y afilada.

En cuanto me vio en el aeropuerto, Charla supo por mi gesto que andaba cavilando algo, y que ese algo no guardaba relación alguna ni con el bebé al que había decidido tener ni con mis desavenencias matrimoniales. Mientras nos dirigíamos en coche al centro de la ciudad, su teléfono no dejó de sonar: su secretaria, su jefe, sus clientes, sus hijos, la canguro, Ben, su ex marido de Long Island, Barry, su actual marido, que estaba de viaje de negocios en Atlanta... Parecía que las llamadas no se acababan nunca, pero estaba tan contenta de verla que no me

* Las hermanas Jarmond. [*N. del T.*]

284

importaba. Sólo estar a su lado, rozándome con sus hombros, me hacía feliz.

Una vez a solas en su angosto *brownstone** en el 81 de East Street, en su inmaculada cocina de muebles cromados, cuando mi hermana sirvió una copa de vino blanco para ella y un zumo de manzana para mí, en atención a mi embarazo, le conté toda la historia con pelos y señales. Charla no sabía gran cosa sobre Francia, y apenas hablaba francés; la única lengua que dominaba, aparte del inglés, era el castellano. La Francia ocupada le decía poco. Se quedó sentada en silencio, mientras yo le hablaba de la gran redada, los campos de internamiento, los trenes a Polonia. París en julio de 1942. El apartamento de la calle Saintonge. Sarah. Su hermano Michel.

Observé cómo su bello rostro empalidecía de horror. La copa de vino blanco se quedó intacta. No hacía más que apretarse la boca con los dedos y menear la cabeza. Seguí con la historia hasta el final, hasta la última tarjeta de Sarah, fechada en 1955 y remitida desde Nueva York.

Por fin, Charla dijo:

—Oh, Dios mío. —Dio un pequeño sorbo al vino—. Has venido por ella, ¿verdad?

Asentí.

—¿Y por dónde demonios vas a empezar?

—Por ese nombre del que te hablé, ¿recuerdas? Richard J. Rainsferd. Es el nombre de su marido.

—¿Rainsferd? —preguntó.

Se lo deletreé.

* Casa adosada de arenisca rojiza. *[N. del T.]*

285

Charla se levantó como un resorte y cogió el teléfono inalámbrico.

—¿Qué haces? —le pregunté.

Levantó la mano y me hizo un gesto para que me quedara callada.

—Hola. ¿Operadora? Estoy buscando a Richard J. Rainsferd. Estado de Nueva York. Así es: R-A-I-N-S-F-E-R-D. ¿Nada? Bien, ¿puede buscar en Nueva Jersey, por favor...? Nada... ¿Connecticut?... Estupendo. Sí, gracias. Un momento.

Escribió algo en un trozo de papel y luego me lo tendió con un gesto ampuloso.

—La tenemos —dijo en tono triunfal.

Incrédula, leí el número y la dirección.

Sr. y sra. R. J. Rainsferd. N.º 2299 de Shepaug Drive. Roxbury. Connecticut.

—No pueden ser ellos —musité—. No es tan fácil.

—Roxbury —dijo Charla, pensativa—. ¿Eso no está en el condado de Litchfield? Tuve un novio de allí cuando tú ya te habías ido. Greg Tanner, un auténtico bombón. Su padre era médico. Roxbury es un sitio bastante bonito. Está a unos ciento cincuenta kilómetros de Manhattan.

Me senté en el taburete, anonadada. No podía creer que encontrar a Sarah Starzynski fuese tan fácil ni tan rápido. Acababa de aterrizar. Ni siquiera había hablado con mi hija, y ya casi tenía localizada a Sarah. Seguía viva. Parecía algo imposible, irreal.

—Oye —se me ocurrió—, ¿cómo sabemos que es ella?

Charla estaba sentada junto a la mesa, encendiendo el ordenador portátil. Cogió el bolso, buscó sus gafas, se las puso y las deslizó por el puente de su nariz.

—Ahora mismo lo averiguamos.

Me puse detrás de ella. Sus dedos corrían con destreza por el teclado.

—¿Qué estás haciendo? —le pregunté, intrigada.

—Cálmate —me dijo mientras seguía tecleando. Miré por encima de su hombro y vi que ya había entrado en Internet.

En la pantalla decía: «Bienvenidos a Roxbury, Connecticut. Acontecimientos, vida social, gente, pisos».

—Perfecto. Justo lo que necesitamos —dijo Charla observando la pantalla. Me quitó suavemente el trozo de papel de la mano, cogió el teléfono otra vez y marcó el número que había escrito.

Esto estaba yendo demasiado rápido. Me estaba cortando la respiración.

—¡Charla, espera! ¿Qué demonios vas a decir, por el amor de Dios?

Tapó el auricular con la mano. Sus ojos azules me miraron con indignación por encima de la montura de las gafas.

—¿Confías en mí, o no?

Recurrió a su voz de abogada, dominante, controlada, y yo sólo pude asentir. Me sentía impotente y muy nerviosa, por lo que me levanté y me puse a dar paseos por la cocina, toqueteando los electrodomésticos y las superficies cromadas.

Cuando volví la mirada hacia mi hermana, vi que estaba sonriendo.

—Creo que deberías beber un poco de vino, después de todo. No te preocupes por la identificación de llamada entrante. El 212 no aparecerá en pantalla. —De repente levantó un dedo y señaló al teléfono—. Sí, hola, buenas noches. ¿La señora Rainsferd?

No pude reprimir una sonrisa al escuchar la voz nasal que había puesto. Siempre se le había dado bien cambiar la voz.

—Oh, vaya... ¿Ha salido?

Así que «la señora Rainsferd» había salido. Eso quería decir que realmente existía una señora Rainsferd. Seguí escuchándola, incrédula.

—Sí, verá, soy Sharon Burstall, de la biblioteca Minor Memorial, en South Street. Me preguntaba si estarían interesados en venir a nuestro primer encuentro estival, que tendrá lugar el 2 de agosto... Oh, comprendo. Vaya, lo siento, señora. Hum. Sí. Disculpe las molestias, señora. Gracias. Adiós.

Colgó el teléfono y me dirigió una sonrisa de autosuficiencia.

—¿Y bien? —le pregunté.

—La mujer con la que he hablado es la enfermera de Richard Rainsferd. Es un hombre anciano, y sufre una enfermedad que lo mantiene postrado en la cama. Necesita un tratamiento especial, así que va a visitarle todas las tardes.

—¿Y la señora Rainsferd? —pregunté, impaciente.

—Debe de estar al llegar.

Miré a Charla, sin comprender nada.

—¿Y qué hago? —le dije—. ¿Me presento allí?

Mi hermana se echó a reír.

—¿Se te ocurre alguna otra idea?

Allí estaba. El número 2299 de Shepaug Drive. Paré el motor y me quedé dentro del coche, con las manos sudorosas apoyadas sobre las rodillas.

Desde donde estaba podía ver la casa, detrás de las dos columnas de piedra gris de la entrada. Era un edificio achaparrado, de estilo colonial, construido probablemente a finales de los años treinta. No tan impresionante como las mansiones de un millón de dólares que había visto de camino hasta aquí, pero era una casa elegante y armoniosa.

Mientras conducía por la carretera 67 me quedé impresionada por la belleza agreste y rural del condado de Litchfield: colinas ondulantes, ríos que brillaban como espejos y una vegetación verde y exuberante en pleno verano. Había olvidado el calor que puede llegar a hacer en Nueva Inglaterra. Sudando a chorros a pesar del aire acondicionado del coche. Me arrepentí de no haber traído una botella de agua mineral. Tenía la garganta seca.

Charla me había comentado que los habitantes de Roxbury eran gente acaudalada. Roxbury era uno de esos lugares pintorescos que nunca se pasan de moda y de los que uno nunca se aburre, me dijo. Al parecer, allí había artistas, escritores, estrellas de cine. Me pregunté en qué se ganaba la vida Richard Rainsferd. ¿Había tenido siempre esa casa, o se había mudado con Sarah desde Manhattan? Y los hijos, ¿cuántos hijos tendrían? A través del parabrisas observé la fachada de piedra de la casa y conté las ventanas. Calculé que debía de tener dos o tres dormitorios, a menos que la parte trasera fuera más grande de lo que creía. Si tenían hijos, serían de mi edad, así que también podían tener nietos. Estiré el cuello para ver si había algún coche aparcado delante de la casa, pero sólo alcancé a ver un garaje cerrado y separado de la casa.

Miré el reloj. Acababan de dar las dos. Sólo había tardado un par de horas en coche desde la ciudad. Charla me había prestado su Volvo, que estaba tan impoluto como su cocina. Pensé que ojalá me hubiera acompañado, pero no había conseguido cancelar sus citas.

—Lo harás muy bien, hermanita —me había asegurado, lanzándome las llaves del coche—. Mantenme al corriente, ¿vale?

Esperé sentada en el Volvo, aún más nerviosa por culpa de aquel calor pegajoso. ¿Qué demonios iba a decirle a Sarah Starzynski? Ni siquiera podía llamarla así. Tampoco Dufaure. Ahora era la señora Rainsferd, llevaba cincuenta años siéndolo. Me parecía imposible salir del coche, tocar el timbre de bronce que estaba viendo a la derecha de la puerta principal y decir por las buenas: «Sí, hola, señora Rainsferd, usted no me conoce, me llamo Julia Jarmond y quiero charlar con usted sobre la calle Saintonge y lo que ocurrió allí, y hablarle de la familia Tézac, y...».

Sonaba poco convincente, artificial. ¿Qué estaba haciendo allí? ¿Por qué había recorrido todo ese camino?

Debería haberle escrito una carta y esperar a que ella me respondiera. Presentarme allí era ridículo, una ocurrencia patética. De todas formas, ¿qué esperaba? ¿Que me recibiera con los brazos abiertos, me sirviera una taza de té y me dijera: «Pues claro que perdono a la familia Tézac»? Qué locura. Era surrealista. Había ido allí para nada. Lo mejor era que me largara enseguida.

Estaba a punto de dar marcha atrás para irme cuando me sobresaltó una voz.

—¿Buscas a alguien?

Me di la vuelta sobre el asiento empapado de sudor, y vi a una mujer de unos treinta y cinco años. Tenía la piel bronceada, el pelo negro y corto, y complexión robusta.

—Sí, a la señora Rainsferd, pero no estoy segura de haber dado con la dirección correcta.

La mujer sonrió.

—Ésta es la dirección correcta, pero mi madre no está. Ha salido a comprar, pero volverá en unos veinte minutos. Me llamo Ornella Harris, y vivo en la casa de al lado.

Estaba contemplando a la hija de Sarah Starzynski. La hija de Sarah Starzynski en persona.

Intenté mantener la calma y sonreír con educación.

—Me llamo Julia Jarmond.

—Encantada de conocerte. ¿En qué puedo ayudarte?

Me exprimí el cerebro para inventarme una excusa.

—Bueno, sólo quería ver a tu madre. Debería haber llamado, y todo eso, pero como pasaba por Roxbury, se me ocurrió acercarme por aquí y saludarla...

—¿Eres amiga de mamá? —me preguntó.

—No exactamente. Hace poco conocí a un primo suyo, y me dijo que vivía aquí...

El rostro de Ornella se iluminó.

—Oh, seguro que es Lorenzo. ¿Le conociste en Europa?

—La verdad es que sí, en París.

Ornella soltó una risita.

—Sí, es tremendo, el tío Lorenzo... Mamá le adora. No viene mucho a vernos, pero nos llama a menudo.

Levantó la barbilla hacia mí.

—Oye, ¿quieres pasar a tomar un té helado, o cualquier otra cosa? Aquí fuera hace un calor de mil demonios. Así haces tiempo mientras viene mamá. Oiremos el coche en cuanto llegue.

—No quisiera molestar...

—Mis hijos están fuera, navegando en el lago Lillinoah con su padre, así que no es ninguna molestia. ¡Vamos, estás en tu casa!

Salí del coche, cada vez más nerviosa, y seguí a Ornella por el patio de la casa de al lado, que era del mismo estilo que la residencia de los Rainsferd. El césped estaba sembrado de juguetes de plástico: Frisbees, Barbies decapitadas y piezas de Lego. Me senté a la sombra, y me pregunté si Sarah Starzynski se acercaba a menudo a ver jugar a sus nietos. Viviendo justo al lado, lo fácil es que viniera todos los días.

Ornella me dio un buen vaso de té helado que yo acepté agradecida. Bebimos en silencio.

—¿Vives por aquí? —preguntó por fin.

—No, vivo en Francia, en París. Me casé con un francés.

—¡Guau, París...! —exclamó—. Es una ciudad preciosa, ¿no?

—Sí, pero me alegro mucho de volver a casa. Mi hermana vive en Manhattan, y mis padres en Boston. He venido a pasar el verano con ellos.

Sonó el teléfono. Ornella fue a cogerlo. Murmuró unas pocas palabras y volvió al patio.

—Era Mildred —dijo.

—¿Mildred? —pregunté, sin entender.

—La enfermera de mi padre.

La mujer con la que Charla había hablado por teléfono el día anterior. La que había mencionado al anciano postrado en la cama.

—¿Tu padre está... mejor? —pregunté con timidez.

Negó con la cabeza.

—Por desgracia, no. El cáncer está muy avanzado. No saldrá de ésta. Ya ni siquiera habla, está inconsciente.

—Lo siento mucho —le dije.

—Gracias a Dios que tengo el apoyo de mamá. Ella es quien me está ayudando a soportar esto, y no al revés. Es estupenda. Y Eric, mi marido, también. No sé qué haría sin ellos dos.

Asentí. Entonces oímos el ruido de las ruedas de un coche sobre la grava.

—Es mamá —dijo Ornella.

Oí cerrarse la puerta de un coche y el crujido de unos pasos sobre los guijarros. Luego escuché una voz por encima del seto, chillona y dulce:

—¡Nella! ¡Nella!

Tenía un tono cantarín, extranjero.

—Ven, mamá.

El corazón me dio un vuelco. Tuve que llevarme la mano al esternón para controlarlo. Según seguía el bamboleo de las caderas cuadradas de Ornella, sentí que iba a desmayarme de los nervios y la emoción.

Iba a conocer a Sarah Starzynski. Iba a verla con mis propios ojos. Dios sabía lo que iba a decirle.

Aunque estaba justo a mi lado, oía la voz de Ornella como si estuviera a muchos metros de mí.

—Mamá, ésta es Julia Jarmond, una amiga del tío Lorenzo. Viene de París, y está de paso por Roxbury...

La mujer sonriente que se dirigía hacia mí llevaba un vestido rojo que le llegaba hasta los tobillos. Tenía cerca de sesenta años. Tenía la misma figura robusta que su hija: hombros redondos, muslos rellenitos y unos brazos gruesos. Tenía el pelo negro, con algunas canas, y lo llevaba recogido en un moño. Su piel estaba bronceada y sus ojos eran de color negro azabache.

Ojos negros.

No era Sarah Starzynski. Eso era evidente.

—¿Así que eres amiga de Lorenzo? ¡Encantada de conocerte!

Su acento italiano era genuino, no cabía duda. Todo en aquella mujer era italiano.

Di un paso atrás, y empecé a tartamudear.

—Lo..., lo siento, lo siento mucho...

Ornella y su madre se quedaron mirándome. Sus sonrisas empezaron a difuminarse, hasta que desaparecieron.

—Creo que me he equivocado de señora Rainsferd.

—¿Que te has equivocado de señora Rainsferd? —repitió Ornella.

—Estoy buscando a Sarah Rainsferd —dije—. He cometido un error.

La madre de Ornella suspiró y me dio unas palmaditas en el hombro.

—Por favor, no te preocupes. Esas cosas pasan.

—Me marcho —dije, con la cara como un tomate—. Siento haberles hecho perder el tiempo.

Me di la vuelta y me dirigí hacia el coche, temblando de frustración y de vergüenza.

—¡Espera! —oí decir a la señora Rainsferd—. ¡Por favor, espera!

Me detuve. Me alcanzó, y me puso la mano regordeta en el hombro.

—Escucha, no te has equivocado.

Fruncí el ceño.

—¿Qué quiere decir?

—La chica francesa, Sarah, fue la primera esposa de mi marido.

Me quedé mirándola.

—¿Sabe dónde está? —le pregunté.

Su mano regordeta volvió a darme una palmadita, y sus ojos negros se entristecieron.

—Querida, está muerta. Falleció en 1972. Siento mucho tener que decírtelo.

Tardé siglos en asimilar aquellas palabras. La cabeza me daba vueltas. Tal vez era por el calor, el sol me estaba dando de lleno.

—¡Nella! ¡Trae un poco de agua!

La señora Rainsferd me cogió del brazo, me llevó de vuelta al porche, me sentó en un banco de madera con cojines y me ofreció agua. Bebí con los dientes castañeteando contra el borde de cristal, y después le devolví el vaso.

—Siento mucho haberte dado esa noticia, de veras.

—¿Cómo murió? —pregunté, con la voz ronca.

—Fue un accidente de coche. Richard y ella ya vivían en Roxbury desde principios de los sesenta. El coche de Sarah patinó sobre una placa de hielo y se estrelló contra un árbol. Aquí en invierno las carreteras son muy peligrosas. Murió en el acto.

No fui capaz de hablar. Estaba completamente destrozada.

—Pobrecita, qué disgusto te he dado —me dijo, acariciándome la cara con un gesto muy maternal.

Respondí que no con un movimiento de cabeza y murmuré algo. Me sentía agotada, sin energía, como una cáscara hueca. La idea de conducir de vuelta a Nueva York me daba ganas de gritar. Y después... ¿Qué iba a decirle a Edouard y a Gaspard? ¿Cómo iba a contarles que estaba muerta, así, sin más, y que ya no se podía hacer nada?

Estaba muerta. Muerta a los cuarenta años. Había desaparecido. Se había ido.

Sí, Sarah estaba muerta y ya nunca podría hablar con ella. No podría decirle que lo sentía, de parte de Edouard, ni contarle cuánto se había preocupado de ella la familia Tézac. Tampoco podría explicarle que Gaspard y Nicolas Dufaure la echaban de menos, que le mandaban su cariño. Era demasiado tarde. Había llegado treinta años tarde.

—Yo no llegué a conocerla en persona —me estaba diciendo la señora Rainsferd—. A Richard y a mí nos presentaron dos años después. Era un hombre triste. Y el chico...

Levanté la cabeza y le presté toda mi atención.

—¿El chico?

—Sí, William. ¿Conoces a William?

—¿El hijo de Sarah?

—Sí, el hijo de Sarah.

—Mi hermanastro —añadió Ornella.

Volví a recobrar la esperanza.

—No, no lo conozco. Hábleme de él.

—Pobre *bambino*, sólo tenía doce años cuando murió su madre. Aquello le partió el corazón. Yo lo crié como si fuera mío y conseguí que amara Italia. Por eso se casó con una chica italiana, de mi pueblo.

La mujer sonreía con orgullo.

—¿Vive en Roxbury? —pregunté.

—¡*Mamma mia*, no! William vive en Italia. Se fue de Roxbury en 1980, cuando tenía veinte años, y se casó con Francesca en 1985. Tiene dos niñas encantadoras. Viene a ver a su padre de vez en cuando, y también a Nella y a mí, pero no lo hace muy a menudo. Odia este lugar. Le recuerda la muerte de su madre.

Me sentí mucho mejor de repente. Tenía menos calor, me llegaba más el aire. Me di cuenta de que respiraba mejor.

—Señora Rainsferd... —empecé.

—Por favor —me dijo—, llámame Mara.

—Mara —accedí—, necesito hablar con William. Necesito conocerlo. Es muy importante. ¿Podrías darme su dirección en Italia?

La conexión era horrible y apenas podía oír la voz de Joshua.

—¿Que necesitas un anticipo? —exclamó—. ¿En mitad del verano?

—¡Sí! —grité, avergonzada por el tono de incredulidad de su voz.

—¿Cuánto?

Se lo dije.

—Oye, ¿qué ocurre, Julia? ¿Es que el fenómeno de tu marido se ha vuelto tacaño de repente?

Suspiré con impaciencia.

—¿Puedes dármelo o no, Joshua? Es importante.

—Pues claro que sí —me respondió—. Es la primera vez en muchos años que me pides dinero. Espero que no estés metida en un lío.

—No estoy metida en ningún lío. Sólo necesito hacer un viaje. Eso es todo. Y he de hacerlo cuanto antes.

—Ah. —Pude sentir cómo aumentaba su curiosidad—. Y ¿adónde vas?

—Voy a llevar a mi hija a la Toscana. Te lo explicaré en otro momento.

Mi tono fue rotundo y concluyente, y debió de pensar que era inútil tratar de sonsacarme. Podía palpar su irritación, aunque fuera desde París. El anticipo estaría en mi cuenta a partir de última hora de la tarde, me anunció en tono seco. Le di las gracias y colgué.

Luego puse las manos bajo la barbilla y pensé. Si le decía a Bertrand lo que iba a hacer, me montaría un número. Lo haría todo complicado, difícil. No podía permitirlo. Podía contárselo a Edouard... No, era pronto. Demasiado pronto. Primero tenía que hablar con William Rainsferd. Ya tenía su dirección, así que iba a ser fácil localizarle. Hablar con él era otro asunto.

También estaba Zoë. ¿Cómo le iba a sentar que interrumpiera sus vacaciones en Long Island y ni siquiera la llevara a Nahant, a casa de sus abuelos? Eso me preocupó al principio, pero luego pensé que no le importaría. Zoë nunca había estado en Italia, y además podía compartir con ella el secreto. Podía contarle la verdad, que íbamos a conocer al hijo de Sarah Starzynski.

Pero luego estaban mis padres. ¿Cómo podía abordar la cuestión? Me estaban esperando en Nahant, cuando terminara mi estancia en Long Island. ¿Qué demonios iba a contarles?

—Ya —dijo Charla cuando se lo expliqué todo, más tarde—. Sí, claro, te vas a la Toscana con Zoë, encuentras a ese tipo y le dices que lo sientes sesenta años después.

—Bueno, ¿y por qué no? —le pregunté.

Charla suspiró. Estábamos sentadas en el amplio salón que utilizaba como despacho en el segundo piso de la casa. Su marido llegaba esa misma noche. La cena esperaba en la cocina, la habíamos preparado entre las dos. A Charla le encantaban los colores llamativos, como a Zoë. Aquel salón era un batiburrillo de colores: verde pistacho, rojo rubí y naranja chillón. La primera vez que lo vi empecé a sentir pinchazos en la cabeza, pero había acabado por acostumbrarme, y en el fondo, lo encontraba intensamente exótico. Yo siempre he tendido hacia los colores neutros y sosos, como el marrón, el beis, el blanco o el gris, incluso para vestir. Charla y Zoë preferían las sobredosis de tonos brillantes, pero conseguían que les sentaran bien. Yo las envidiaba y admiraba a las dos por su audacia.

—Deja de comportarte como la hermana mayor que da órdenes. Estás embarazada, no lo olvides. No creo que ese viaje sea una buena idea en este preciso momento.

No dije nada. Tenía razón. Se levantó y se fue a poner un viejo disco de Carly Simon, *You're so vain*, con Mick Jagger dando berridos en los coros.

Se dio la vuelta y me miró fijamente.

—¿De verdad necesitas encontrar a ese hombre ahora mismo, en este mismo instante? Quiero decir, ¿no puedes esperar un poco?

De nuevo, lo que decía tenía su lógica.

Pero le devolví la mirada.

—Charla, no es tan sencillo. No, no puedo esperar. Y tampoco puedo explicarlo. Es demasiado importante. Es lo más importante de mi vida ahora mismo, aparte del bebé.

Volvió a suspirar.

—Esta canción de Carly Simon me recuerda a tu marido. «*You're so vain, I betcha think this song is about you…*». *

---

* «Eres tan vanidoso que apuesto a que piensas que esta canción habla de ti». [N. del T.]

Solté una carcajada sardónica.

—¿Qué demonios vas a decirles a papá y a mamá? —me preguntó—. ¿Cómo vas a explicarles que no vas a Nahant, por no hablar del bebé?

—Algo se me ocurrirá.

—Pues entonces piensa en ello. Piénsatelo bien.

—Ya lo he hecho.

Se puso detrás de mí y me masajeó los hombros.

—¿Eso significa que ya lo tienes todo organizado? ¿Tan pronto?

—Ajá.

—Eres muy rápida.

Me gustaba sentir el tacto de sus manos en los hombros; era cálido y adormecedor. Me dediqué a contemplar el abigarrado despacho de Charla. La mesa estaba cubierta de archivos y libros, y las livianas cortinas de color rubí ondeaban suavemente con la brisa. La casa estaba tranquila sin los niños de Charla.

—¿Y dónde vive ese tipo? —me preguntó.

—Ese tipo tiene nombre. Se llama William Rainsferd y vive en Lucca.

—¿Dónde está eso?

—Es una ciudad pequeña entre Florencia y Pisa.

—¿A qué se dedica?

—He buscado su nombre en Internet, aunque su madrastra ya me lo había dicho. Es crítico gastronómico, y su mujer escultora. Tienen dos hijos.

—¿Y cuántos años tiene William Rainsferd?

—Pareces un policía. Nació en 1959.

—Y tú vas a meterte en su vida como un elefante en una cacharrería.

Le aparté las manos, irritada.

—¡Pues claro que no! Sólo quiero que conozca nuestra versión de la historia. Quiero asegurarme de que sepa que nadie ha olvidado lo que ocurrió.

Una sonrisa irónica.

—Posiblemente él tampoco lo ha olvidado. Su madre tuvo que cargar con ello durante toda su vida, así que a lo mejor él no quiere recordarlo.

Se oyó un portazo en el piso de abajo.

—¿Hay alguien en casa? ¿Dónde están mi hermosa dama y su hermana de *Paguís*?

Unos pasos subían las escaleras.

Era Barry, mi cuñado. El rostro de Charla se iluminó. Se la veía muy enamorada, y yo me alegraba por ella. Después de un divorcio complicado y doloroso, volvía a ser feliz de verdad.

Cuando los vi besarse me acordé de Bertrand. ¿Qué sería de mi matrimonio? ¿Qué camino iba a tomar? ¿Funcionaría? Aparté la idea de la cabeza mientras bajaba las escaleras con Charla y con Barry.

Más tarde, en la cama, me volvieron a la mente las palabras de Charla sobre William Rainsferd. «A lo mejor no quiere recordarlo». Pasé la mayor parte de la noche dando vueltas entre las sábanas. A la mañana siguiente, me dije a mí misma que no tardaría en averiguar si William Rainsferd tenía algún problema en hablar sobre su madre y su pasado. Después de todo, iba a ir a verlo y a hablar con él. En un par de días, Zoë y yo saldríamos del JFK hacia París, y de ahí a Florencia.

Al darme su dirección, Mara me había dicho que William Rainsferd siempre pasaba las vacaciones de verano en Lucca. Y además había tenido el detalle de llamarle para avisarle.

William Rainsferd era consciente de que una tal Julia Jarmond iba a llamarle. Eso era todo lo que sabía.

El calor de la Toscana no tenía nada que ver con el de Nueva Inglaterra. Era excesivamente seco, sin un ápice de humedad. Al salir del aeropuerto Peterola de Florencia en compañía de Zoë, el calor era tan abrasador que pensé que me iba a arrugar como una pasa, deshidratada. Seguía atribuyéndoselo todo a mi embarazo, y me consolaba diciéndome a mí misma que no era normal en mí sentir ese cansancio. El desfase horario tampoco ayudaba mucho. Me daba la sensación de que el sol me apuñalaba, de que me atravesaba la piel y los ojos a pesar del sombrero de paja y las gafas oscuras.

Había alquilado un coche, un Fiat de aspecto modesto que nos esperaba en medio de un aparcamiento a pleno sol. El aire acondicionado no era ninguna maravilla. Mientras daba marcha atrás, me pregunté si de verdad quería conducir aquel trayecto de cuarenta minutos hasta Lucca. Me moría por una habitación fresca y oscura, y por dormir entre sábanas finas y suaves, pero mi hija tenía energías de sobra y me hizo seguir adelante. No dejaba de hablar y de señalarme el color del cielo, un azul intenso y sin nubes, los cipreses alineados a ambos lados de la carretera, los olivos plantados en pequeñas hileras,

las casas viejas y desvencijas que se veían a lo lejos, enca-
ramadas a lo alto de los montes.

—Eso de ahí es Montecatini —comentó, señalando con el dedo al mismo tiempo que leía una guía turís-
tica—, famoso por su balneario de lujo y sus vinos.

Mientras yo conducía, Zoë me leía en voz alta información sobre Lucca. Era una de las pocas ciudades tos-
canas que conservaba la muralla medieval, que circunva-
laba el casco antiguo de la ciudad, de tráfico restringido
para vehículos. Había mucho que ver, prosiguió Zoë: la
catedral, la iglesia de San Michele, la torre de Guinigui,
el museo Puccini, el *palazzo* Mansi... Yo sonreí, animada
por su buen humor, y ella me devolvió la mirada.

—Supongo que no disponemos de mucho tiempo
para hacer visitas turísticas —repuso con una mueca—.
Tenemos trabajo que hacer, ¿no es así?

—En efecto —contesté.

Zoë ya había encontrado la dirección de William
Rainsferd en el callejero de Lucca. No estaba muy lejos
de Via Fillungo, la arteria principal de la ciudad, una larga calle peatonal donde se encontraba Casa Giovanna, la
pensión en la que había reservado habitaciones.

Cuando nos acercábamos a Lucca y al laberíntico
anillo de carreteras que la rodeaba, me percaté de que
debía concentrarme en las erráticas maniobras de los coches a mi alrededor, ya que paraban, giraban o cambia-
ban de carril sin avisar. Son peores aún que los parisinos,
y empecé a sentirme cada vez más nerviosa e irritable.
Además, tenía una molestia en el abdomen que no me
gustaba, y que se parecía de forma sospechosa al dolor
menstrual. ¿Sería algo que había comido en el avión y no

me había sentado bien, o se trataba de algo peor? Empezaba a sentirme aprensiva.

Charla tenía razón, era una locura haber viajado en estas condiciones. Aún no llevaba ni tres meses de gestación. Debería haber esperado; no pasaba nada porque William Rainsferd aguardara mi visita otros seis meses.

Pero entonces miré la cara de Zoë. Era hermosa, radiante de alegría y de emoción. Aún no sabía que Bertrand y yo íbamos a separarnos. La manteníamos al margen, ajena a nuestros planes. Éste iba a ser un verano que jamás olvidaría.

Y mientras conducía el Fiat a uno de los aparcamientos gratuitos que había cerca de las murallas, decidí que iba a conseguir que esta parte de las vacaciones fuera lo mejor posible para ella.

Le dije a Zoë que necesitaba poner los pies en alto durante un rato. Mientras ella charlaba en la recepción con la simpática Giovanna, una mujer más bien pechugona y de voz sensual, me di una ducha fría y me tumbé un rato en la cama. El dolor de la tripa se fue mitigando poco a poco.

Nuestras habitaciones contiguas eran pequeñas y estaban en lo alto de un edificio, antiguo e imponente, pero eran muy cómodas. Seguía pensando en la voz que puso mi madre cuando la llamé desde casa de Charla para decirle que no iba a ir a Nahant, y que llevaba a Zoë de vuelta a Europa. Por sus pausas breves y la forma de carraspear, se notaba que estaba preocupada. Al final me preguntó si todo iba bien. Le contesté en tono animado que sí, que me había surgido la oportunidad de visitar Florencia con Zoë, y que después volvería a Estados Unidos a verla a ella y a mi padre. «¡Pero si acabas de llegar! ¿Y por qué te marchas cuando sólo llevas con Charla un par de días? —protestó—. ¿Y por qué interrumpes las vacaciones de Zoë? La verdad, no lo entiendo. Hace poco no parabas de decir cuánto echabas de menos Estados Unidos. Todo esto es demasiado precipitado...».

Me sentía culpable, pero ¿cómo iba a explicarles la historia entera a ella y a mi padre por teléfono? Algún día, pero no en ese momento, me prometí. Aún me sentía culpable, allí, tumbada sobre un edredón rosa con un ligero aroma a lavanda. Ni siquiera le había dicho a mi madre que estaba embarazada. Y tampoco se lo había confesado a Zoë. Me moría de ganas por contarles mi secreto, y a mi padre también, pero algo me lo impedía, una extraña superstición, un recelo profundamente arraigado que no había sentido hasta entonces. En los últimos meses, mi vida parecía haber experimentado cambios muy sutiles.

¿Tendría que ver con Sarah y con la calle Saintonge, o era que al fin había madurado, aunque fuese a destiempo? Era incapaz de decirlo. Lo único que sabía era que me sentía como si hubiera emergido de una espesa niebla que lo difuminaba todo y me había protegido hasta entonces. En ese momento, mis sentidos estaban aguzados, alerta; ya no había niebla ni nada que difuminara lo que me rodeaba. Sólo había hechos. Tenía que encontrar a ese hombre, y decirle que ni los Tézac ni los Dufaure se habían olvidado de su madre.

Estaba impaciente por verlo. Él se encontraba allí, en esa misma ciudad, y tal vez en aquel preciso instante estuviese dando un paseo por la bulliciosa Via Fillungo. Según estaba tumbada en mi habitación, mientras por la ventana se colaban las voces y las risas procedentes de aquella angosta callejuela, acompañadas por el estrépito ocasional de una Vespa o el sonido agudo del timbre de una bicicleta, me sentía más cerca de Sarah que nunca, porque iba a conocer a su hijo, su carne, su sangre. Era lo más cerca que jamás podría llegar a estar de la niña de la estrella amarilla.

Estira el brazo, coge ese teléfono y llámale. Es así de fácil, me insté una y otra vez, mas era incapaz de hacerlo. Me quedé mirando con impotencia aquel obsoleto teléfono negro, y suspiré enfadada y desesperada conmigo misma. Seguí tumbada, sintiéndome estúpida y algo avergonzada. Me di cuenta de que estaba tan obsesionada con el hijo de Sarah que ni siquiera me había fijado en el encanto y la belleza de Lucca. La había recorrido como una sonámbula detrás de Zoë, que se manejaba con tanta soltura por aquellas calles antiguas, intrincadas y sinuosas como si llevara toda la vida viviendo allí. No, no había visto nada de Lucca. Todo me daba igual, salvo William Rainsferd. Y era incapaz de llamarle.

Zoë entró en la habitación y se sentó al borde de la cama.

—¿Te encuentras bien? —me preguntó.

—He descansado algo —le contesté.

Sus ojos color avellana examinaron mi cara con atención.

—Creo que deberías reposar un poquito más, mamá.

Fruncí el ceño.

—Tú descansa, mamá. Giovanna me dará algo de comer. No tienes que preocuparte por mí, todo está controlado.

No pude evitar una sonrisa ante la seriedad de su tono. Al llegar a la puerta, se dio la vuelta.

—Mamá...

—Dime, cielo.

—¿Papá sabe que estamos aquí?

No le había consultado a Bertrand la idea de traerme a Zoë a Lucca. Sin duda, se pondría hecho un basilisco cuando se enterara.

—No, no lo sabe, cariño.

Zoë jugueteó con la manilla de la puerta.

—¿Os habéis enfadado?

Con aquellos ojos tan claros y solemnes era inútil mentir.

—Sí, cariño. Papá no está de acuerdo en que yo trate de averiguar más cosas sobre Sarah. Si se entera, no le va a hacer ninguna gracia.

—Pues el abuelo lo sabe.

Me incorporé, sorprendida.

—¿Has hablado con tu abuelo de todo esto?

Asintió.

—Sí. Ya sabes que se interesa mucho por Sarah. Le llamé desde Long Island y le informé de que tú y yo íbamos a venir aquí para conocer a su hijo. Yo sabía que tú ibas a llamarle tarde o temprano, pero estaba tan emocionada que necesitaba contárselo.

—¿Y qué te dijo? —pregunté, impresionada por la franqueza de mi hija.

—Me dijo que hacíamos bien en venir aquí. Y que pensaba decírselo a papá si se le ocurría montarte una escena. También me dijo que eres una persona maravillosa.

—¿Que Edouard dijo eso?

—Sí.

Sacudí la cabeza, desconcertada a la vez que conmovida.

—El abuelo añadió algo más. Me dijo que tenías que tomarte las cosas con calma, y que me asegurara de que no te cansabas en exceso.

Así que Edouard sabía que estaba embarazada. Había hablado con Bertrand. Probablemente, padre e hijo habían tenido una larga conversación, lo cual significaba que Bertrand ya debía de saber todo lo acontecido en el apartamento de la calle Saintonge en el verano de 1942.

La voz de Zoë desvió mis pensamientos de Edouard.

—¿Mamá, por qué no llamas a William y quedas con él?

Me senté en la cama.

—Tienes razón, cielo.

Cogí el papel en el que Mara me había escrito la dirección de William y marqué el número en aquel teléfono tan anticuado. El corazón me dio un vuelco. Aquello era surrealista, pensé. Allí estaba yo, llamando al hijo de Sarah.

Escuché un par de tonos irregulares y después el zumbido de un contestador. Era una voz de mujer en italiano, muy deprisa. Colgué de inmediato, sintiéndome idiota.

—Eso es una tontería —me regañó Zoë—. Nunca hay que colgarle al contestador. Me lo has dicho miles de veces.

Volví a marcar, sonriendo ante lo maduro de su reproche. Esta vez esperé el pitido, y cuando hablé me salió de un tirón, como si llevara días ensayándolo.

—Buenas tardes. Soy Julia Jarmond. Llamo de parte de la señora Mara Rainsferd. Mi hija y yo estamos en Lucca. Nos alojamos en Casa Giovanna, en Via Fillungo. Nos quedaremos un par de días. Espero tener noticias suyas. Gracias. Adiós.

Colgué el auricular en el soporte negro, aliviada y al mismo tiempo decepcionada.

—Bien —me dijo Zoë—. Ahora descansa otro poco. Luego te veo.

Me plantó un beso en la frente y salió de la habitación.

Cenamos en un pequeño y coqueto restaurante ubicado detrás del hotel, cerca del anfiteatro, un círculo amplio de casas antiguas donde siglos atrás se celebraban juegos medievales. Recuperada después del descanso, disfruté del colorido desfile de turistas, nativos, vendedores ambulantes, niños, palomas. Descubrí que a los italianos les encantan los niños. Los camareros y tenderos llamaban *«Principessa»* a Zoë, y la piropeaban, le sonreían, le daban tironcitos de las orejas, le pellizcaban la nariz y le acariciaban el pelo. Al principio me ponía nerviosa, pero ella disfrutaba con eso, y ensayaba sus rudimentos de italiano con tesón: *«Sono francese e americana, mi chiamo Zoë»*. El calor había remitido, y ahora soplaban ráfagas de brisa fresca. Aun así, sabía que en nuestras habitaciones, que estaban en el último piso, la temperatura debía de ser sofocante. Los italianos, como los franceses, no le profesaban mucho cariño al aire acondicionado, pero esta noche no me habría importado sentir la ventisca helada de uno de esos aparatos.

Cuando volvimos a Casa Giovanna, atontadas por el desfase horario, nos encontramos con una nota pinchada en la puerta. *«Per favore telefonare William Rainsferd»*.

Me quedé paralizada, y Zoë dio un grito de alegría.

—¿Ahora? —dije.

—Bueno, sólo son las nueve menos cuarto —me animó Zoë.

—Vale —respondí mientras abría la puerta con dedos temblorosos.

Me pegué el auricular negro a la oreja y marqué el número por tercera vez en el día. «El contestador», le dije a Zoë vocalizando, pero sin hablar. «Habla», me respondió ella del mismo modo. Después del pitido murmuré mi nombre y luego vacilé. Estaba a punto de colgar cuando una voz masculina me dijo:

—¿Hola?

Acento americano. Era él.

—Hola —respondí—. Soy Julia Jarmond.

—Hola —dijo él—. Estoy en mitad de la cena.

—Oh, lo siento...

—No se preocupe. ¿Quiere que quedemos mañana antes de almorzar?

—Claro —le contesté.

—Hay un café muy agradable en la muralla, pasado el *palazzo* Mansi. ¿Nos vemos allí a eso de las doce?

—Perfecto —le dije—. Mmm... ¿cómo nos reconoceremos?

313

Soltó una carcajada.

—No se preocupe. Lucca es un lugar muy pequeño. La encontraré.

Una pausa.

—Adiós —dijo, y colgó.

El dolor de tripa reapareció a la mañana siguiente. No era muy fuerte, pero sí molesto y persistente. Decidí no hacerle caso. Si me seguía doliendo después de comer, le pediría a Giovanna que avisara a un médico. De camino al café me preguntaba cómo iba a abordar el tema con William. Había ido posponiendo el asunto y ahora me daba cuenta de que no debería haberlo hecho. Iba a remover recuerdos tristes y dolorosos. Tal vez no quisiera hablar de su madre en absoluto, y ya había pasado página sobre todo aquello. Había rehecho su vida aquí, lejos de Roxbury y de Saintonge, una vida pacífica e idílica. Y aquí estaba yo para despertar de nuevo su pasado. Y a sus muertos.

Zoë y yo descubrimos que se podía pasear por la gruesa muralla medieval que rodeaba la pequeña ciudad. Era alta y sólida, y en lo alto había un amplio camino bordeado por una densa hilera de castaños. Nos mezclamos con el incesante desfile de corredores, paseantes, ciclistas, patinadores, madres con sus hijos, ancianos que hablaban a voces, adolescentes en sus *scooters*, turistas.

El café estaba un poco más allá, a la sombra de unos árboles frondosos. Me acerqué con Zoë. Me sentía un poco mareada, casi aturdida. La terraza estaba vacía salvo por una pareja de mediana edad que tomaba un helado y unos turistas alemanes que estudiaban un mapa. Me bajé el sombrero sobre los ojos y me alisé la falda.

Luego, mientras le leía el menú a Zoë, él pronunció mi nombre.

—¿Julia Jarmond?

Era un hombre alto y fornido de unos cuarenta y cinco años. Se sentó enfrente de las dos.

—Hola —le saludó Zoë.

Descubrí que no me salían las palabras, y me quedé mirándolo. Tenía el pelo rubio ceniza, con algunos mechones grises y entradas, y la mandíbula cuadrada. Y una hermosa nariz aguileña.

—Hola —le dijo a Zoë—. Prueba el tiramisú. Te va a encantar.

Se levantó las gafas de sol deslizándoselas por la frente hasta dejarlas en lo alto de la cabeza. Eran los ojos de su madre, rasgados y de color turquesa. Sonrió.

—Así que eres periodista, según tengo entendido. Afincada en París, ¿no? He buscado tu nombre en Internet.

Tosí, y me dediqué a juguetear con mi reloj de pulsera.

—Yo también he buscado el tuyo. Tu último libro es fabuloso, *Banquetes toscanos*.

William Rainsferd suspiró y se dio unas palmaditas en el estómago.

—Sí, ese libro ha contribuido de forma generosa a los cinco kilos de los que he sido incapaz de librarme.

Le sonreí. Iba a ser complicado cambiar de este tema de conversación tan simple y agradable al otro que tenía en mente. Zoë me lanzó una mirada para animarme a hacerlo.

—Has sido muy amable por venir a conocernos... Te lo agradezco mucho...

Mi voz sonaba hueca, perdida.

—No tiene importancia —me dijo con una sonrisa mientras avisaba al camarero chasqueando los dedos.

Pedimos un tiramisú y una Coca Cola para Zoë, y dos capuchinos.

—¿Es la primera vez que venís a Lucca? —preguntó.

Asentí. El camarero acudió a nuestra mesa y William Rainsferd le habló en un italiano rápido y fluido. Ambos se rieron.

—Vengo mucho a este café —nos explicó—. Me encanta pasar el rato aquí, incluso en días tan calurosos como éste.

Zoë probó el tiramisú, haciendo tintinear la cucharilla en la copa de cristal. Se hizo un repentino silencio.

—¿Qué puedo hacer por ti? —me preguntó—. Mara mencionó algo sobre mi madre.

Le di las gracias a Mara en mi interior. Al parecer, me había facilitado las cosas.

—No sabía que tu madre había muerto —le dije—. Lo siento mucho.

—Gracias —me dijo, encogiéndose de hombros, y se echó un terrón de azúcar en el café—. Ocurrió hace mucho tiempo. Yo era un niño. ¿La conocías? Me pareces un poco joven para haber tratado con ella.

Negué con la cabeza.

—No, no llegué a conocer a tu madre, pero resulta que voy a mudarme al mismo piso donde ella vivió durante la guerra. Está en la calle Saintonge, en París. Y conozco a gente muy cercana a ella. Por eso estoy aquí, y por eso he venido a verte.

Soltó la taza de café y se quedó mirándome en silencio. Sus ojos eran brillantes y serenos.

Por debajo de la mesa, Zoë me puso su mano pegajosa en la rodilla. Vi pasar a un par de ciclistas. El calor volvía a ser agobiante. Tomé aire.

—No sé muy bien por dónde empezar —dije, titubeando—. Sé que debe de ser duro para ti pensar otra vez en todo aquello, pero estaba convencida de que tenía que hacerlo. Los Tézac, la familia de mi marido, conocieron a tu madre en la calle Saintonge en 1942.

Pensé que el apellido Tézac le sonaría, pero no se inmutó, como tampoco lo hizo al oír el nombre de la calle Saintonge.

—Después de lo que ocurrió..., quiero decir, de los trágicos acontecimientos de julio del 42 y la muerte de tu tío, sólo quería hacerte saber que la familia Tézac no ha podido olvidar a tu madre. Mi suegro, en especial, piensa en ella todos los días desde entonces.

Hubo en silencio. Las pupilas de William Rainsferd parecieron contraerse.

—Lo siento —le dije de inmediato—. Sabía que esto iba a resultarte doloroso.

Cuando por fin habló, su voz sonó rara, casi apagada.

—¿A qué «trágicos acontecimientos» te refieres?

—Bueno, a la redada del Vel' d'Hiv'... —tartamudeé—. A las familias judías que arrestaron en París en julio del 42...

—Continúa —me contestó.

—Y los campos de internamiento... Las familias que enviaron a Auschwitz desde Drancy...

William Rainsferd me mostró las palmas de las manos abiertas y meneó la cabeza.

—Lo siento, pero no entiendo qué tiene todo esto que ver con mi madre.

Zoë y yo intercambiamos miradas de preocupación.

Pasó un largo minuto. Yo me sentía muy incómoda.

—¿Has dicho la muerte de un tío mío? —preguntó por fin.

—Sí..., Michel. El hermano pequeño de tu madre. En la calle Saintonge.

Silencio.

—¿Michel? —Parecía desconcertado—. Mi madre no tenía ningún hermano que se llamara Michel. Y jamás había oído hablar de la calle Saintonge. Me parece que no estamos hablando de la misma persona.

—Pero tu madre se llamaba Sarah, ¿no es así? —musité, confusa.

Él asintió.

—En efecto, Sarah Dufaure.

—Sí, Sarah Dufaure, exacto —dije con entusiasmo—. También, Sarah Starzynski.

Esperaba que se le iluminara la mirada.

—¿Perdón? —dijo con el ceño fruncido—. Sarah, ¿qué?

—Starzynski. El apellido de soltera de tu madre.

William Rainsferd me miró levantando la barbilla.

—El apellido de soltera de mi madre era Dufaure.

Una alarma sonó dentro de mi cabeza. Algo iba mal. Él no sabía nada.

Aún estaba a tiempo de dejarlo y salir corriendo antes de hacer añicos la paz que reinaba en la vida de aquel hombre.

Me las arreglé para sonreír, murmuré algo sobre un error, arrastré la silla hacia atrás unos treinta centímetros y le dije a Zoë en tono amable que se terminara su postre. No quería hacerle perder más el tiempo, lo sentía muchísimo. Me levanté de la silla, y él también.

—Creo que te has equivocado de Sarah —me dijo con una sonrisa—. No importa, disfrutad de vuestra estancia en Lucça. Ha sido un placer conoceros, de todos modos.

Antes de que pudiera decir una sola palabra, Zoë metió la mano en mi bolso y luego le tendió algo.

William Rainsferd se quedó mirando la fotografía de la niña con la estrella amarilla.

—¿Es ésta tu madre? —le preguntó Zoë con una voz muy tímida.

Pareció como si todo se hubiera callado a nuestro alrededor. No llegaba ningún ruido del ajetreado sendero, y hasta los pájaros parecían haber dejado de cantar. Sólo quedaba el calor, y el silencio.

—Dios santo... —musitó.

Y después se dejó caer sobre la silla.

La fotografía descansaba sobre la mesa en medio de los dos. Los ojos de William Rainsferd saltaban de la foto a mí y viceversa, una y otra vez. Leyó varias veces lo que estaba escrito en el dorso de la foto, con una expresión de incredulidad y perplejidad.

—Es exactamente igual a mi madre de niña —admitió al fin—. Eso no puedo negarlo.

Zoë y yo nos mantuvimos en silencio.

—No lo comprendo. No puede ser. Esto no es posible.

Se frotó las manos, nervioso. Me fijé en que llevaba una alianza de plata, y en que sus dedos eran largos y finos.

—La estrella... —No dejaba de menear la cabeza—. Esa estrella en el pecho...

¿Era posible que aquel hombre no supiera la verdad sobre el pasado de su madre ni sobre su religión? ¿Es que Sarah no se lo había contado a los Rainsferd?

Al ver la ansiedad y el desconcierto en su cara me convencí. No, ella no les había contado nada. No les había revelado su infancia, sus orígenes, su religión. Había decidido romper por completo con su terrible pasado.

Deseé estar muy lejos de allí, lejos de aquella ciudad, de aquel país y de aquel hombre que no entendía nada. ¿Cómo podía haber estado tan ciega? ¿Cómo no había previsto aquello? Ni se me había ocurrido la posibilidad de que Sarah lo hubiese mantenido todo en secreto. Había sufrido demasiado, y ésa era la razón por la que nunca había vuelto a escribir a los Dufaure ni le había contado a su hijo quién era en realidad. Había querido empezar de cero en América.

Y allí estaba yo, una desconocida, heraldo de malas noticias, revelando a aquel hombre la cruda verdad.

William Rainsferd empujó la foto hacia mí, apretando los labios.

—¿A qué has venido? —preguntó en voz baja.

Yo tenía la garganta seca.

—¿Has venido a decirme que mi madre se llamaba de otra forma? ¿Que estuvo envuelta en una tragedia? ¿Sólo para eso?

Noté que las piernas me temblaban bajo la mesa. Esto no era lo que yo había imaginado. Había previsto que sintiera dolor, amargura, pero no esta ira.

—Pensé que lo sabías —intenté explicarme—. He venido porque mi familia recuerda todo lo que ella sufrió en el 42. Ésa es la razón de que esté aquí.

Volvió a menear la cabeza, se pasó los dedos por el pelo y tabaleó con las gafas de sol sobre la mesa.

—No —me dijo—. No. No, no. Esto es una locura. Mi madre era francesa y se llamaba Dufaure. Nació en Orleans y perdió a sus padres durante la guerra. No tenía hermanos. No tenía familia. Nunca vivió en París, en ninguna calle Saintonge. Esta niña judía no puede ser ella. Te has equivocado de medio a medio.

—Por favor —le dije—, deja que te explique, deja que te cuente la historia entera.

Levantó las palmas de la mano hacia mí, como si quisiera empujarme.

—No quiero saberlo. Guárdate la «historia entera» para ti solita.

Sentí el conocido tirón en el vientre, como si algo me carcomiera las entrañas.

—Por favor —le dije con desmayo—. Por favor, escúchame.

William Rainsferd se puso en pie con un movimiento bastante ágil y rápido para un hombre de una constitución tan robusta. Me miró con una expresión sombría.

—Voy a ser muy claro contigo: no quiero volver a verte. No quiero volver a hablar de esto. Por favor, no vuelvas a llamarme.

Y se marchó.

Zoë y yo vimos cómo se alejaba. Todo esto para nada. Un viaje tan largo, todos los esfuerzos, y en balde, tan sólo para llegar a un callejón sin salida. No podía creer que la historia de Sarah acabase así, de golpe. No podía terminar sin más.

Nos quedamos en silencio durante un buen rato. Luego, tiritando a pesar del calor, pagué la cuenta. Zoë, conmocionada, no decía una sola palabra.

Me levanté. Estaba tan débil que me costaba moverme. Y ahora, ¿qué? ¿Nos volvíamos a París o a casa de Charla?

Eché a andar con dificultad; los pies me pesaban como yunques. Oí la voz de Zoë, que me llamaba, pero no quería darme la vuelta. Lo único que me apetecía era

322

volver al hotel cuanto antes, a pensar y a preparar el regreso. Tenía que llamar a mi hermana y a Edouard, y también a Gaspard.

Zoë estaba gritando, nerviosa. ¿Qué quería? ¿Por qué lloriqueaba? Me di cuenta de que la gente me estaba mirando. Me volví hacia mi hija, impaciente, y le dije que apretara el paso.

Se me acercó corriendo y me agarró la mano. Estaba pálida.

—Mamá... —susurró, con un hilo de voz.

—¿Qué? ¿Qué pasa? —le pregunté.

Señaló a mis piernas y empezó a gimotear como un cachorrillo.

Miré hacia abajo. Llevaba la falda blanca empapada de sangre. En la silla donde había estado sentada había dejado una huella carmesí en forma de media luna. Unos goterones rojos y espesos resbalaban por mis muslos.

—¿Tienes una herida, mamá? —preguntó Zoë tragando saliva.

Me agarré el estómago.

—El bebé —dije, horrorizada.

Zoë se quedó mirándome.

—¿El bebé? —gritó, apretándome el brazo—. Mamá, ¿qué bebé? ¿De qué estás hablando?

La imagen de su cara se desvaneció. Se me doblaron las rodillas y fui a dar con la barbilla en el suelo, caliente y seco.

Después todo fue silencio y oscuridad.

Abrí los ojos y vi la cara de Zoë a escasos centímetros de la mía. Me llegó el inconfundible olor a hospital. Estaba en una habitación pequeña de paredes verdes y tenía puesto un gotero. Una mujer con una blusa blanca garabateaba algo sobre una carpeta.

—Mamá... —susurró Zoë, apretándome la mano—. Mamá, no pasa nada. No te preocupes.

La mujer se puso a mi lado, sonrió y acarició a Zoë en la cabeza.

—Se recuperará, *signora* —dijo en un inglés sorprendentemente bueno—. Ha perdido mucha sangre, pero ya está mucho mejor.

Una voz quejumbrosa salió de mi garganta.

—¿Y el bebé?

—El bebé está bien. Le hemos hecho una ecografía. El problema está en la placenta. Ahora necesita descansar. Por ahora, no se levante.

Salió de la habitación y cerró la puerta con cuidado.

—Me has dado un susto que te cagas —me dijo Zoë—. Sí, he dicho «que te cagas». No tienes derecho a reñirme.

La agarré y la acerqué a mí. La abracé tan fuerte como pude, a pesar del gotero.

—Mamá, ¿por qué no me contaste lo del bebé?

—Iba a hacerlo, cariño.

Me miró.

—¿Papá y tú estáis teniendo problemas por culpa de ese bebé?

—Sí.

—Tú quieres tenerlo y papá no, ¿me equivoco?

—Algo así.

Me acarició la mano con dulzura.

—Papá viene de camino.

—Oh, Dios mío —dije.

Así que, como colofón de todo lo que había pasado, Bertrand iba a venir.

—Le he llamado yo —dijo Zoë—. Llegará en un par de horas.

Los ojos se me llenaron de lágrimas que resbalaron lentamente por mis mejillas.

—Mamá, no llores —suplicó Zoë, apresurándose a enjugarme las lágrimas con las manos—. No pasa nada, todo va a salir bien.

Sonreí y asentí para tranquilizarla, pero mi mundo se había quedado vacío, hueco. No dejaba de pensar en William Rainsferd y en sus palabras: «No quiero volver a verte. No quiero volver a hablar de esto. Por favor, no vuelvas a llamarme». Se había marchado encorvado, con los hombros encogidos, los labios estirados a causa de la tensión.

Veía caer sobre mí días, semanas y meses aciagos y grises. Jamás me había sentido tan desanimada, tan perdida. El núcleo de mi vida se había desintegrado. ¿Qué me quedaba? Un bebé que mi futuro ex marido no quería y que tendría que criar yo sola. Una hija que pronto se convertiría en una adolescente y que dejaría de ser la maravillosa chiquilla que era ahora. De repente me pregunté qué podía esperar de la vida.

Bertrand llegó calmado, eficiente, cariñoso. Me puse en sus manos. Le oí hablar con el médico, y me fijé en las cálidas miradas que le dirigía a Zoë para tranquilizarla. Se ocupó de todos los detalles. Iba a quedarme en el hospital hasta que las hemorragias cesaran por completo. Después volaría de vuelta a París y guardaría reposo hasta el quinto mes de embarazo. Bertrand no mencionó a Sarah ni una sola vez, y no hizo ni una sola pregunta. Yo me encerré en un silencio reconfortante, pues no me apetecía hablar de Sarah.

Empecé a sentirme como una viejecita a la que llevan de un lado para otro, como hacían con Mamé dentro de los límites familiares de su «hogar». Recibía las mismas sonrisas apacibles, la misma benevolencia añeja. Resultaba cómodo dejar que me controlaran la vida. Después de todo, no tenía mucho por lo que luchar, salvo mi hijo.

Ese hijo al que Bertrand tampoco mencionó ni una sola vez.

Cuando aterrizamos en París, semanas después, me sentía como si hubiese pasado un año entero. Aún estaba cansada y triste, y me acordaba de William Rainsferd todos los días. Más de una vez agarré el teléfono, o papel y bolígrafo, con intención de hablar con él, de escribirle para darle explicaciones o pedirle disculpas, pero no me atreví.

Dejé correr los días. El verano pasó y empezó el otoño. Yo estaba en la cama. Leía, escribía mis artículos en el portátil, y me comunicaba por teléfono con Joshua, Bamber, Alessandra, mi familia y mis amigos. En suma, trabajaba desde la alcoba. Al principio parecía muy complicado, pero al final me las había arreglado. Mis amigas Isabelle, Holly y Susannah se turnaban para venir a hacerme la comida. Una vez a la semana, mis cuñadas iban con Zoë a Inno o a Franprix para comprar provisiones. La regordeta y sensual Cécile me cocinaba esponjosos *crêpes* que rezumaban mantequilla, y la atlética y angulosa Laure me preparaba exóticas ensaladas bajas en calorías que incluso resultaban sabrosas. Mi suegra venía con menos frecuencia, pero me mandaba a su asistenta doméstica, la dinámica y perfumada *madame* Leclère, que pasaba la aspiradora con tanta energía que casi me provocaba contracciones. Mis padres vinieron a pasar una semana a su hotelito favorito de la calle Delambre, eufóricos ante la perspectiva de ser abuelos otra vez.

Edouard venía todos los viernes con un ramo de rosas. Se sentaba en el sillón al lado de mi cama y me pedía una y otra vez que le describiera la conversación que había tenido con William en Lucca. Después meneaba la cabeza, suspiraba y decía que él debería haber previsto la reacción de William. ¿Cómo no se nos había ocurrido la posibilidad de que William no supiera nada, de que Sarah no le hubiese contado ni media palabra?

—¿Y si le llamamos? —me preguntaba con una mirada de esperanza—. Puedo telefonear para explicárselo. —Pero al momento me miraba y musitaba—: No, claro que no puedo hacerlo. Qué ocurrencias tengo. Es una idea ridícula.

Le pregunté a mi ginecóloga si podía organizar una pequeña reunión si me quedaba tumbada en el sofá del salón. Aceptó, y me hizo prometerle que no cogería peso y que permanecería en posición horizontal, *à la Récamier*. Una tarde, a finales del verano, Gaspard y Nicolas vinieron a conocer a Edouard. También acudió Nathalie Dufaure. Y, además, había invitado a Guillaume. Fue un momento conmovedor, mágico. Tres señores mayores que tenían en común a una niña inolvidable. Vi cómo contemplaban las fotos de Sarah, sus cartas. Gaspard y Nicolas nos preguntaban por William, y Nathalie escuchaba mientras echaba una mano a Zoë con la comida y las bebidas.

Nicolas, una versión ligeramente más joven de Gaspard, con la misma cara redonda y el mismo pelo blanco y ralo, habló de su relación particular con Sarah. Nos contó que no hacía más que gastarle bromas, ya que el silencio de la chica le apenaba mucho. Cada vez que reaccionaba, aunque fuera encogiéndose de hombros, insultándole o dándole una patada, se le antojaba un triunfo, ya que por un instante Sarah salía del caparazón en el que estaba aislada. Nos contó también la primera vez que Sarah se bañó en el mar, en Trouville, a principios de los cincuenta. Se quedó mirando el mar con absoluto asombro, y después abrió los brazos, soltó una exclamación de alborozo y corrió hacia el agua, con sus piernas ágiles y flacas, y se zambulló entre las olas azules entre gritos de júbilo. Y ellos la habían seguido, gritando igual de alto y enamorados de aquella nueva Sarah que hasta entonces nunca habían visto.

—Estaba guapísima —rememoró Nicolas—. Era una chica de dieciocho años, guapísima y pletórica de vida y energía. Aquel día presentí por primera vez que en lo más profundo de ella había un vestigio de felicidad, que aún había esperanza para ella.

Dos años después, pensé, Sarah salió de la vida de los Dufaure para siempre, llevándose consigo su secreto a América. Y veinte años después había muerto. Me pregunté cómo habrían sido esos veinte años en América. Su matrimonio, el nacimiento de su hijo. ¿Había sido feliz en Roxbury? Sólo William tenía la respuesta a esas preguntas. Era el único que podía contestarlas. Mis ojos se cruzaron con los de Edouard, y supe que estaba pensando lo mismo que yo.

Oí la llave de Bertrand en la cerradura. Mi marido apareció, bronceado, apuesto, exudando Habit Rouge, sonriendo y estrechando manos con soltura, y no pude evitar acordarme de aquella canción de Carly Simon que Charla decía que le recordaba a Bertrand: *«You walked into the party like you were walking on to a yatch»**.

Bertrand había decidido posponer la mudanza al piso de Saintonge por las complicaciones de mi embarazo. En esta extraña nueva vida a la que todavía no me había acostumbrado, él estaba físicamente presente de forma amistosa y útil, pero faltaba su presencia espiritual. Viajaba más de lo habitual, llegaba tarde a casa y se marchaba temprano. Seguíamos compartiendo la cama, pero ya no era el tálamo nupcial. En medio había surgido el muro de Berlín.

Zoë parecía llevarlo bastante bien. Hablaba a menudo del bebé, de lo mucho que significaba para ella y de lo emocionada que se sentía. Había ido de compras con mi madre durante su estancia en París, y ambas se habían puesto como locas en Bonpoint, una tienda de ropa de bebé exclusiva y precios escandalosamente caros que había en la calle de l'Université.

La mayor parte de la gente reaccionaba como Zoë, mis padres, mi hermana, mi familia política y Mamé. Todos mostraban su entusiasmo por el inminente nacimiento, e incluso Joshua, con su aversión hacia los bebés y las bajas por enfermedad, parecía interesarse.

—No sabía que se podían tener hijos después de los cuarenta y cinco —me comentó con bastante mala uva.

Nadie mencionó la crisis por la que atravesaba mi matrimonio. Era como si nadie se diera cuenta. Tal vez, en el fondo, creían que cuando naciera la criatura Bertrand entraría en razón, o incluso la recibiría con los brazos abiertos.

Me di cuenta de que tanto Bertrand como yo nos habíamos encerrado en un caparazón de incomunicación y aislamiento. Los dos estábamos esperando a que naciera el bebé. Después, cuando tuviéramos que mudarnos y tomar decisiones, ya veríamos.

Una mañana noté que el bebé empezaba a moverse dentro de mí y me daba esas primeras pataditas que suelen confundirse con gases. Quería que el bebé naciera de una vez para poder cogerlo en brazos. Odiaba esta situación de silencioso letargo, esta larga espera, y me sentía atrapada. Quería viajar cuanto antes al invierno, a principios del año siguiente, al momento del parto.

Odiaba el polvo y los últimos coletazos del calor del verano, esos últimos estertores del estío que discurrían lentos como el goteo de la melaza. Tampoco me gustaba la palabra francesa para referirse al comienzo de septiembre, la vuelta al colegio y al trabajo, la *«rentrée»*, que se repetía constantemente en la radio, la televisión y los periódicos. Estaba harta de que la gente me preguntara cómo iba a llamarse el bebé. La amniocentesis había revelado su sexo, pero yo no había querido que me lo dijeran. El bebé aún no tenía nombre, lo cual no significaba que yo no estuviera preparada.

Iba tachando los días en el calendario. Septiembre se convirtió en octubre, mientras mi barriga adquiría una bonita curva. Ya podía levantarme, volver a la oficina, recoger a Zoë del colegio, ir al cine con Isabelle o comer con Guillaume en el Select.

Pero, a pesar de que mis días volvían a estar más ocupados, seguía sintiendo ese vacío, ese dolor...

... el de William Rainsferd. Recordaba su cara, sus ojos, la expresión con que había mirado a la niña de la estrella amarilla y, sobre todo, el tono en que había exclamado «Dios mío».

¿Cómo sería su vida ahora? ¿Habría borrado todo de su mente en el momento que nos dio la espalda a Zoë y a mí? ¿Se habría olvidado al llegar a casa? ¿Y si era al contrario? ¿Y si su vida se había convertido en un infierno, si era incapaz de olvidar lo que yo le había dicho y mis revelaciones habían cambiado su vida? Su madre se había convertido en una extraña, alguien de cuyo pasado no sabía nada.

Me preguntaba si le había contado algo a su esposa o a sus hijas, si les había dicho que una mujer americana había aparecido en Lucca, acompañada por una niña, para enseñarle una foto y decirle que su madre era judía, que la habían arrestado durante la guerra, que había sufrido mucho y que había perdido a un hermano y unos padres de los que él jamás había oído hablar.

Me preguntaba si había buscado información sobre el Vel' d'Hiv', si había leído artículos o libros sobre lo ocurrido en julio de 1942 en el corazón de París.

Me preguntaba si por las noches se quedaba despierto pensando en su madre, en su pasado, en la verdad que había permanecido oculta y callada, envuelta en un manto de oscuridad.

El piso de la calle Saintonge estaba casi listo. Bertrand había planeado que Zoë y yo nos mudáramos después de nacer el bebé, en febrero. Estaba quedando muy bonito, diferente. Su equipo había hecho un trabajo espléndido. Ya no tenía la impronta de Mamé, y yo me imaginaba que estaba a años luz del que Sarah había conocido.

Pero mientras paseaba por las habitaciones vacías recién pintadas, la cocina nueva y mi despacho privado, me pregunté si sería capaz de vivir en el mismo lugar en que había muerto el hermanito de Sarah. El armario secreto ya no existía, había desaparecido al convertir dos habitaciones en una, pero eso no cambiaba demasiado las cosas, al menos para mí.

Aquí fue donde ocurrió todo. Me resultaba imposible quitármelo de la cabeza. No le había contado a mi hija la tragedia que había tenido lugar allí, pero ella lo intuía a su manera tan particular y emocional.

Una lluviosa mañana de noviembre fui al apartamento para empezar con las cortinas, el papel pintado y la moqueta. Isabelle me había sido de gran ayuda, y me había acompañado a las distintas tiendas y almacenes.

Para alegría de Zoë, me había propuesto romper con los tonos suaves y apagados a los que me había limitado hasta entonces, y me había decidido por tonos nuevos y atrevidos. A Bertrand le era indiferente: «Decididlo Zoë y tú. Al fin y al cabo, va a ser vuestra casa». Zoë había escogido un verde lima y un púrpura claro para su cuarto. Me recordaba tanto al gusto de Charla que no pude evitar una sonrisa.

Una pila de catálogos me esperaba sobre el suelo desnudo y encerado. Estaba examinándolos con atención cuando me sonó el móvil. Reconocí el número: el de la residencia de Mamé. Últimamente, Mamé había estado cansada, algo irascible y a ratos insoportable. Era difícil hacerla sonreír; e incluso a Zoë le costaba mucho conseguirlo. Se había vuelto muy intolerante con todos, y visitarla se había convertido casi en un castigo.

—¿*Mademoiselle* Jarmond? Soy Véronique, de la residencia. Me temo que no tengo buenas noticias. *Madame* Tézac no se encuentra bien. Ha sufrido un derrame cerebral.

Me enderecé, conmocionada.

—¿Un derrame cerebral?

—Ahora está un poco mejor. El doctor Roche está con ella, pero tiene usted que venir. Hemos contactado con su suegro, pero no conseguimos localizar a su marido.

Colgué el teléfono nerviosa y asustada. Fuera, la lluvia repiqueteaba contra los cristales de las ventanas. ¿Dónde estaba Bertrand? Marqué su número y me saltó el buzón de voz. En su oficina, cerca de La Madeleine, nadie parecía saber dónde se encontraba, ni siquiera Antoine. Le expliqué a éste que yo me encontraba en la calle

Saintonge, y le pedí que le dijera a Bertrand que me llamara de inmediato, que era muy urgente.

—*Mon Dieu*, ¿el bebé? —preguntó tartamudeando.

—No, Antoine, no es el bebé, es la abuela —le contesté, y colgué.

Miré al exterior. Ahora la lluvia caía más fuerte, como una densa cortina gris. Iba a calarme. Qué mala pata, maldije, pero daba igual. Mamé, mi maravillosa y encantadora Mamé. No, Mamé no podía irse ahora, la necesitaba. Era demasiado pronto, aún no estaba preparada. En todo caso, ¿cómo podía prepararme para su muerte? Miré a mi alrededor, por el salón, recordando que fue allí mismo donde la vi por primera vez. Y una vez más sentí sobre mí el peso de todos los acontecimientos que habían tenido lugar en aquella casa y que parecían volver para perseguirme.

Decidí llamar a Cécile y a Laure para asegurarme de que ya lo sabían y se ponían en camino. Laure sonaba formal y lacónica; ya estaba en el coche. Me dijo que nos veríamos en la residencia. A Cécile la encontré más frágil y sentimental, al borde del llanto.

—Oh, Julia, no soporto la idea de que Mamé... Ya sabes... Es terrible...

Le conté que no conseguía localizar a Bertrand. Pareció sorprendida.

—Pero si acabo de hablar con él...

—¿Le has llamado al móvil?

—No —me respondió, en tono vacilante.

—¿En la oficina, entonces?

—Va a venir a recogerme en cualquier momento, para llevarme a la residencia.

—Yo no he logrado contactar con él.

—Ah —contestó con cautela—. Ya veo.

Entonces lo comprendí, y empecé a sentir que la ira crecía en mi interior.

—Estaba en casa de Amélie, ¿verdad?

—¿Amélie? —repitió en tono inexpresivo.

Di una patada en el suelo, impaciente.

—Vamos, Cécile. Sabes perfectamente de quién te estoy hablando.

—Está sonando el timbre, es Bertrand —me dijo casi sin respirar, y colgó.

Me quedé en medio de la habitación vacía, empuñando el teléfono como si fuese una pistola. Apoyé la frente contra el cristal frío de la ventana. Me apetecía propinarle un puñetazo a Bertrand. Ya no era su interminable historia de amor con Amélie lo que me fastidiaba, era el hecho de que sus hermanas tuvieran el número de esa mujer y supieran dónde localizarle en caso de emergencias como ésta, mientras que yo no. Era el hecho de que, aunque nuestro matrimonio estaba en las últimas, aún no había tenido el coraje de decirme que seguía viendo a esa mujer. Como siempre, yo era la última en enterarse. La clásica esposa engañada de todos los vodeviles.

Me quedé allí un buen rato, sin moverme, sintiendo las pataditas del bebé.

Me pregunté si acaso Bertrand seguía importándome, y por eso aún me dolía su engaño. ¿O era tan sólo una cuestión de orgullo herido? Amélie y su *glamour* parisino, su perfección, su atrevido y moderno apartamento con vistas al Trocadero, sus hijos tan bien educados (*«Bonjour madame»*) y aquel intenso perfume que se pegaba al pelo y la ropa de Bertrand. Si la quería a ella y a mí había dejado de amarme, ¿por qué tenía miedo a decírmelo? ¿Temía hacerme daño, hacer daño a Zoë? ¿Qué era lo que tanto le asustaba? ¿Cuándo iba a darse cuenta de que no era su infidelidad lo que peor llevaba yo, sino su cobardía?

Me fui a la cocina. Tenía la boca seca. Dejé correr el agua y bebí directamente del grifo, aplastándome la tripa contra la pila. Volví a mirar por la ventana. La lluvia parecía haber amainado. Me puse el impermeable, cogí la cartera y me dirigí hacia la puerta.

Alguien llamó. Tres golpes secos.

Es Bertrand, pensé torvamente. Antoine o Cécile debían de haberle dicho que me llamara o que viniera a buscarme.

Me imaginé a Cécile esperándome abajo, en el coche, muerta de vergüenza, y el incómodo y cortante silencio que habría entre nosotros en cuanto me subiera al Audi.

Bien, esta vez se iban a enterar. No pensaba desempeñar el papel de la típica esposa francesa, tímida y dócil. Iba a decirle a Bertrand que a partir de ese momento me contara la verdad.

Abrí la puerta de un tirón, pero el hombre que aguardaba en el descansillo no era Bertrand. Lo reconocí de inmediato por su estatura y por aquellos hombros tan anchos. Tenía el pelo rubio ceniza aplastado y oscurecido por la lluvia.

Era William Rainsferd.

Reculé un paso, sorprendida.

—¿Vengo en mal momento? —preguntó.

—No —logré articular.

¿Qué demonios estaba haciendo allí? ¿Qué quería?

Nos quedamos mirando el uno al otro. Algo había cambiado en su gesto desde la última vez que le había visto. Parecía demacrado, atormentado por algo. Ya no era el gastrónomo apacible y bronceado al que conocí en Lucca.

—Necesito hablar contigo —me dijo—. Es urgente. Lo siento, no he logrado averiguar tu número y he venido directamente aquí. Como anoche no estabas, se me ocurrió volver por la mañana.

—¿Cómo has conseguido esta dirección? —le pregunté, confusa—. Aún no está en la guía, todavía no nos hemos mudado.

Sacó un sobre del bolsillo de su chaqueta.

—La dirección estaba aquí. Es la misma calle que mencionaste en Lucca: calle Saintonge.

—No lo entiendo —dije, meneando la cabeza.

Me tendió el sobre. Era antiguo y tenía las esquinas rotas. No había nada escrito en él.

—Ábrelo —me dijo.

Saqué una libreta fina y desgastada, con un dibujo descolorido, y una larga llave de latón que se me resbaló y cayó al suelo con un ruido metálico. Él se agachó a recogerla y la puso sobre la palma de su mano para que yo pudiera verla bien.

—¿Qué es esto? —le pregunté con cautela.

—Cuando te fuiste de Lucca yo estaba en estado de *shock*. No podía sacarme aquella foto de la cabeza, y no hacía más que pensar en ella.

—Ya —le dije, con el corazón desbocado.

—Cogí un avión y fui a Roxbury, a ver a mi padre. Está muy enfermo, como creo que ya sabes. Se muere de cáncer y ya no puede hablar. Eché un vistazo a la habitación y encontré este sobre en su escritorio. Lo había estado guardando todos estos años. Nunca me lo había enseñado.

—¿Por qué estás aquí? —le pregunté.

Había dolor en sus ojos, dolor y miedo.

—Porque necesito que me cuentes lo que ocurrió. Lo que le ocurrió a mi madre cuando era niña. Necesito saberlo todo. Tú eres la única persona que puede ayudarme.

Contemplé la llave sobre su mano. Luego miré al dibujo. Era un tosco boceto en el que aparecía un niño rubio con el pelo rizado. Parecía estar sentado en un pequeño armario, con un libro sobre las rodillas y un osito de peluche al lado. Al dorso, un garabato medio borrado: «Michel. Rue de Saintonge, 26». Pasé las hojas de la libreta. No había fechas. Sólo frases cortas, como de un poema, en francés, con una caligrafía difícil de descifrar. Algunas palabras me llamaron la atención: *«le camp»*, *«la clef»*, *«ne jamais oublier»*, *«mourir»**.

—¿Has leído esto? —le pregunté.

—Lo he intentado, pero sé poco francés. Sólo entiendo algunos fragmentos.

Mi móvil sonó, y ambos dimos un respingo. Lo busqué a tientas por los bolsillos. Era Edouard.

—¿Dónde estás, Julia? —me preguntó—. Mamé no está bien. Te necesita.

—Ya voy —le dije.

William Rainsferd me miró.

---

* El campo, la llave, no olvidar jamás, morir. *[N. del T.]*

—¿Tienes que irte?

—Sí. Es una emergencia familiar. La abuela de mi marido. Ha sufrido un derrame cerebral.

—Lo siento.

Por un momento vaciló. Luego me puso una mano en el hombro.

—¿Cuándo puedo verte para hablar contigo?

Abrí la puerta, me volví hacia él y miré la mano sobre mi hombro. Era extraño y conmovedor verlo en la entrada de aquel apartamento, el mismo lugar que le había infligido a su madre tanto dolor, tanto sufrimiento, y pensar que aún no sabía lo que les había ocurrido aquí a sus familiares, a sus abuelos, a su tío.

—Te vas a venir conmigo —le dije—. Hay alguien a quien quiero que conozcas.

Mamé tenía la cara blanca y cansada, y parecía dormida. Le hablé, pero no estaba segura de que me oyera. Entonces, sentí que sus dedos me rodeaban la muñeca y la apretaban. Sí, sabía que yo estaba allí.

A mi espalda, la familia Tézac rodeaba la cama. Bertrand, su madre, Colette, Edouard, Laure y Cécile. Y detrás de ellos, titubeando en el vestíbulo, William Rainsferd. Bertrand lo había mirado un par de veces, desconcertado. Probablemente pensaba que era mi nuevo novio. En otro momento me habría hecho gracia. Edouard lo había estudiado con curiosidad, entrecerrando los ojos, y después me miró a mí con insistencia.

Más tarde, cuando salíamos de la residencia, cogí a mi suegro del brazo. El doctor Roche acababa de decirnos que la situación de Mamé se había estabilizado, aunque se encontraba muy débil, y no podía decirnos qué iba a pasar después. Nos había pedido que nos preparáramos, debíamos mentalizarnos de que probablemente sería el fin.

—Lo siento mucho, Edouard —le murmuré.

Edouard me acarició la mejilla.

—Mi madre te quiere, Julia. Te quiere mucho.

Bertrand apareció, con gesto sombrío. Me quedé mirándolo. Durante un breve instante me acordé de Amélie, y se me pasó por la cabeza la idea de decirle algo que le hiciera daño, que le escociera, pero al final lo dejé pasar. Después de todo, ya tendríamos tiempo de hablar de ello. Ahora daba igual. Lo único que importaba en este momento era Mamé, y también el hombre alto que me esperaba en el vestíbulo.

—Julia —me dijo Edouard volviéndose hacia mí—, ¿quién es ese hombre?

—El hijo de Sarah.

Sorprendido, Edouard se quedó observándolo durante un par de minutos.

—¿Le has llamado?

—No. Hace poco encontró unos papeles que su padre había tenido escondidos todo este tiempo. Algo que escribió Sarah. Ha venido porque quiere saber la historia entera, y ha llegado hoy mismo.

—Me gustaría hablar con él —respondió Edouard.

Fui a buscar a William, le dije que mi suegro quería conocerle y me siguió. A su lado, Bertrand, Edouard, Colette y sus hijas parecían bajitos.

Edouard Tézac lo miró con gesto sereno y calmado, pero tenía los ojos empañados.

Le tendió la mano y William se la estrechó. Fue un momento silencioso e intenso. Nadie habló.

—Así que es usted el hijo de Sarah Starzynski —dijo Edouard al fin.

Observé a Colette, Cécile y Laure. Las tres miraban con gesto cortés y al mismo tiempo interrogante. No comprendían qué estaba pasando. Sólo Bertrand lo entendía, era el único que conocía la historia, aunque no había hablado conmigo sobre ello desde la noche en que encontró el cartapacio rojo con el nombre de Sarah. Tampoco lo había sacado a colación cuando conoció a los Dufaure en nuestra casa, un par de meses antes.

Edouard se aclaró la garganta, sin soltarle aún la mano. Se dirigió a él en un inglés bastante bueno, aunque con un fuerte acento francés.

—Soy Edouard Tézac. Es un momento muy duro para conocerle. Mi madre se está muriendo.

—Sí. Lo siento —le dijo William.

—Julia se lo explicará todo, pero su madre, Sarah...

A Edouard se le quebró la voz y tuvo que hacer una pausa. Su esposa y sus hijas le miraron sorprendidas.

—¿Qué es todo esto? —murmuró Colette, preocupada—. ¿Quién es esa Sarah?

—Se trata de algo que ocurrió hace sesenta años —contestó Edouard, esforzándose para controlar su voz.

Contuve el impulso de darle un abrazo. Edouard tomó aire y su cara recuperó algo de color. Sonrió a William con timidez. Nunca le había visto antes aquella sonrisa.

—Nunca olvidaré a su madre. Jamás.

Su cara se contrajo en un rictus y la sonrisa se desvaneció. El dolor y la tristeza que sentía volvieron a entrecortarle la respiración, igual que le había pasado el día en que me lo contó todo en el coche.

El silencio se hizo espeso, insoportable, mientras las mujeres seguían mirándonos sin comprender nada.

—Me siento muy aliviado al poder decirle esto hoy, tantos años después.

William Rainsferd asintió.

—Gracias, señor —dijo en tono grave. Advertí que él también estaba pálido—. No sé mucho, pero he venido para conocer la verdad. Tengo entendido que mi madre sufrió mucho, y necesito saber por qué.

—Hicimos todo lo que pudimos por ella —dijo Edouard—. Eso puedo asegurárselo. Julia se lo explicará todo, y le contará la historia de su madre, y lo que mi padre hizo por ella. Adiós.

Se retiró. De repente parecía un hombre consumido y débil. Bertrand le siguió con la mirada, curioso, pero distante. Debía de ser la primera vez que veía a su padre tan conmovido. Sentí curiosidad por saber en qué medida le afectaba y que significaba todo eso para él.

Edouard se alejó, escoltado por su esposa y sus hijas, que le iban bombardeando con preguntas. Detrás, su hijo los seguía con las manos metidas en los bolsillos, sin decir nada. Me pregunté si Edouard iba a contarle a Colette y a sus hijas la verdad. Es muy probable, colegí. Y entonces imaginé la conmoción que les iba a causar.

William Rainsferd y yo nos sentamos solos en el vestíbulo de la residencia. Fuera, en la calle Courcelles, seguía lloviendo.

—¿Te apetece un café? —me preguntó.

Tenía una sonrisa muy bonita.

Caminamos bajo la llovizna hasta el café más cercano. Nos sentamos, pedimos dos expresos y durante unos instantes nos quedamos callados.

Entonces me preguntó:

—¿Tienes mucha relación con esa señora?

—Sí —respondí—. Muy cercana.

—Veo que esperas un hijo.

Me di unas palmaditas en la tripa.

—Me toca en febrero.

Por fin, me pidió con voz pausada:

—Cuéntame la historia de mi madre.

—No va a ser fácil —le advertí.

—Lo sé. Pero necesito oírla. Por favor, Julia.

Empecé a contársela despacio, casi en susurros, levantando los ojos para mirarle a la cara de cuando en cuando. Conforme hablaba, mis pensamientos derivaban hacia Edouard. Probablemente estaría sentado en su elegante salón color salmón de la calle de l'Universi-té, narrándoles la misma historia a su esposa, a sus hijas y a su hijo. La redada. El Vel' d'Hiv'. El campo. La hui-da. El regreso de la chica. El niño muerto en el armario. Dos familias unidas por la muerte y un secreto. Dos fa-milias unidas por el dolor. En parte quería que este hombre supiera la verdad, pero por otro lado deseaba protegerlo, salvaguardarlo de la cruda realidad, de la te-rrible imagen del sufrimiento de aquella niña. De su do-lor, de su pérdida, que eran también los de él. Cuanto más hablaba y más pormenores le daba, cuantas más preguntas le respondía, más me daba cuenta de que mis palabras le estaban atravesando como espadas.

Cuando acabé, lo miré a la cara. El color había huido del rostro y de los labios. Sacó la libreta del sobre y me lo dio, sin decir nada. La llave de latón estaba en medio de la mesa, entre los dos.

Cogí el cuaderno y volví a mirar a William. Él me animó a leer con un gesto y el brillo de sus ojos.

Abrí el libro y leí mentalmente la primera frase. Después leí en voz alta, traduciendo del francés a nues-tra lengua materna. Era un proceso lento; aquella escri-tura, una sucesión de garabatos finos y torcidos, era difí-cil de descifrar.

¿Dónde estás, mi pequeño Michel? Mi precioso Michel.
¿Dónde estás ahora?
¿Te acuerdas de mí?
Michel,
Soy Sarah, tu hermana.

La que nunca volvió. La que te dejó dentro del armario. La que creyó que estarías a salvo.

Michel.
Han pasado los años y aún guardo la llave.
La llave de nuestro escondite secreto.
Ya ves, la he conservado, acariciándola día tras día, recordándote.
La guardo conmigo desde el 16 de julio de 1942.
Aquí nadie sabe nada de la llave ni de ti.
Ni del armario.
Ni de nuestros padres.
Ni del campo.
Ni del verano de 1942.
Ni de quién soy en realidad.

Michel.
No ha pasado un solo día en que no haya pensado en ti.
O haya recordado el 26 de la calle Saintonge.
Llevo la carga de tu muerte como si llevara un hijo.
La llevaré hasta mi último día.
A veces me quiero morir.
No puedo soportar el peso de tu trance.
Del fin de mamá, del de papá.
Visiones de vagones para ganado conduciéndolos a su muerte.
Oigo el tren en mi cabeza, lo llevo oyendo una y otra vez durante los últimos treinta años.
No puedo soportar el peso de mi pasado.
Pero tampoco puedo deshacerme de la llave del armario.

Es la única cosa concreta que me queda de ti, aparte de tu tumba.

Michel.
¿Cómo puedo fingir ser otra persona?
¿Cómo puedo hacerles creer que soy otra mujer?
No, no puedo olvidar.
El estadio.
El campo.
El tren.
Jules y Geneviève.
Alain y Henriette.
Nicolas y Gaspard.

Mi pequeño no me hace olvidar. Le quiero, es mi hijo.
Mi marido no sabe quién soy.
No conoce mi historia.
Venir aquí ha sido un terrible error.
Pensé que podía cambiar. Pensé que podía dejarlo todo atrás.
Pero no puedo.

Los llevaron a Auschwitz. Los asesinaron.
Mi hermano. Él murió en el armario.
No me queda nada.
Pensé que me quedaba algo, pero me equivocaba.
No basta con un hijo y un marido.
Ellos no saben nada.
No saben quién soy.
Y nunca lo sabrán.

Michel.
En mis sueños apareces y me alcanzas.
Me coges de la mano y me llevas.
Esta vida es una carga para mí.
Miro la llave y te anhelo a ti, y al pasado.
Los días cómodos y sencillos antes de la guerra.
Sé que mis heridas jamás cicatrizarán.
Espero que mi hijo me perdone.
Él nunca sabrá.
Nadie lo sabrá.

Zakhor. Al Tichkah.
Recordar. Nunca olvidar.

El café era un sitio animado y bullicioso, pero a nuestro alrededor se había formado una burbuja de silencio absoluto.

Solté el cuaderno, abatida por lo que ahora sabía.

—Se suicidó —afirmó William sin levantar la voz—. No fue un accidente. Estrelló el coche contra el árbol.

No dije nada. Era incapaz de articular palabra y no sabía qué decir.

Tenía ganas de cogerle la mano, pero algo me lo impedía. Respiré hondo, y aun así las palabras no me salieron.

La llave seguía entre los dos, encima de la mesa. Un testigo silencioso del pasado, de la muerte de Michel. Sentí que William se cerraba en banda, igual que había hecho en Lucca, cuando levantó las palmas de las manos como si quisiera empujarme. Una vez más, resistí el poderoso impulso de tocarle, de abrazarle. ¿Por qué sentía que podía compartir tantas cosas con aquel hombre? Por alguna razón, no me sentía en la compañía de un desconocido; y lo más raro era que no me sentía aún menos extraña para él. ¿Qué nos unía? ¿Mi investigación, mi búsqueda de la verdad, mi compasión por su madre? Él lo desconocía todo sobre mí, ignoraba que mi matrimonio se iba a pique y que había estado a punto de abortar en Lucca. No sabía nada de mi trabajo ni mi vida. Y yo, ¿qué información tenía de él, de su esposa, de sus hijas, de su carrera? Su presente era un misterio para mí, pero en cambio veía su pasado y el de su madre como un oscuro sendero rodeado de antorchas llameantes. Quería demostrarle a aquel hombre que me importaba, que la desgracia de su madre había cambiado mi vida.

—Gracias —dijo al fin—. Gracias por contarme todo esto.

Su voz me sonó artificial, controlada. Me di cuenta de que habría deseado que se viniera abajo, que llorara, que al menos manifestara algún tipo de emoción. ¿Por qué? Sin duda, porque yo misma necesitaba desahogarme y derramar lágrimas que borraran el dolor, el sufrimiento, el vacío. Me hacía falta compartir mis sentimientos con él en una comunión íntima y privada.

Iba a marcharse. Se levantó de la mesa y cogió la llave y el cuaderno. No soportaba la idea de que se fuera tan pronto. Si se iba ahora, estaba convencida de que no volvería a saber nada de él nunca más. Ya no querría verme ni hablar conmigo, y perdería el último lazo de unión que me quedaba con Sarah. Lo perdería a él. Y por alguna remota y oscura razón, William Rainsferd era la única persona con la que me apetecía estar en aquel momento.

Debió de notarme algo en la cara, porque antes de alejarse de la mesa vaciló un instante.

—Quiero ir a esos lugares —me dijo—. Beaune-la-Rolande y la calle Nélaton.

—Puedo ir contigo si quieres.

Sus ojos se posaron sobre mí. De nuevo percibí el contraste entre los sentimientos que le inspiraba, una complicada mezcla de rencor y gratitud.

—No, prefiero ir solo. Eso sí, te agradecería que me facilitaras la dirección de los Dufaure. A ellos también me gustaría visitarlos.

—Claro —contesté. Busqué en mi agenda y le apunté las direcciones en un trozo de papel.

De repente volvió a dejarse caer sobre la silla.

—¿Sabes? Me apetece tomar una copa —me dijo.

—Estupendo. Por supuesto —repuse a la vez que hacía una señal al camarero, y le pedí vino.

Mientras bebíamos en silencio, me di cuenta de lo cómoda que me sentía con él. Dos compatriotas americanos disfrutando de una copa tranquilos. Por alguna razón no nos hacía falta hablar, y, sin embargo, aquel silencio no resultaba embarazoso. Pero yo sabía que en cuanto terminara el vino se marcharía.

Y el momento llegó.

—Gracias, Julia. Gracias por todo.

No me dijo: *Estaremos en contacto, dame tu correo electrónico, hablaremos por teléfono de vez en cuando.* No, no dijo nada de eso. Pero yo sabía lo que significaba su silencio, alto y claro: *No me llames. No te pongas en contacto conmigo, por favor. Necesito recomponer mi vida. Necesito tiempo, silencio y paz. Necesito descubrir quién soy.*

Lo vi alejarse bajo la lluvia, hasta que su silueta se desvaneció entre la gente de la calle.

Acomodé las manos sobre la curva de mi tripa y me dejé arrastrar por la marea de la soledad.

Cuando llegué a casa aquella noche, me encontré con que me esperaba la familia Tézac al completo. Estaban sentados en el salón con Bertrand y Zoë, y capté de inmediato la frialdad del ambiente.

Parecían estar divididos en dos grupos: Edouard, Zoë y Cécile, que estaban «de mi parte», y aprobaban lo que había hecho, y Colette y Laure, que lo censuraban.

Curiosamente, Bertrand no decía nada. Tenía un gesto triste, con las comisuras de los labios caídas, y ni siquiera me miraba.

—¿Cómo puedes haber hecho algo así? —estalló Colette—. Rastrear a esa familia y ponerte en contacto con ese hombre, que al final no sabía nada del pasado de su madre.

—Pobre hombre —añadió mi cuñada, estremecida—. De pronto ha tenido que averiguar quién es en realidad, que su madre era judía, que liquidaron a su familia entera en Polonia y que su tío murió de inanición. Julia debería haberle dejado tranquilo.

Edouard se levantó de repente y empezó a hacer aspavientos.

—¡Dios mío! —rugió—. ¿Adónde ha llegado esta familia? —Zoë vino a refugiarse bajo mi brazo—. Julia ha hecho algo muy valiente, algo generoso —continuó, temblando de ira—. Quería asegurarse de que la familia de aquella niña supiera que ella nos importaba. Quería que supiera que mi padre se aseguró de que a Sarah Starzynski la cuidaba una familia adoptiva y recibía amor suficiente.

—Oh, papá, por favor —le interrumpió Laure—. Lo que ha hecho Julia es patético. Remover el pasado nunca es una buena idea, sobre todo con lo que ocurrió durante la guerra. A la gente no le gusta que se lo recuerden. Nadie quiere pensar en ello.

Al decir esto no me miraba, pero yo percibía su hostilidad y leía lo que estaba pensando. La mía era la actitud típica de un americano. No respetaba el pasado, no tenía ni idea de lo que era un secreto de familia y me faltaban modales y sensibilidad. Una americana vulgar e inculta, en suma. *L'Américaine avec ses gros sabots.**

—¡No estoy de acuerdo! —saltó Cécile con su voz chillona—. Me alegro de que me hayas contado lo que pasó, *père*. Esa historia del pobre crío muriéndose en el apartamento y la chica que regresa es terrible. Creo que Julia ha hecho lo correcto al ponerse en contacto con esa familia. Después de todo, no hay nada de lo que tengamos que avergonzarnos.

—Tal vez —admitió Colette, apretando los labios—, pero si Julia no hubiese montado tanto alboroto, Edouard jamás lo habría mencionado, ¿me equivoco?

Edouard encaró a su mujer. Su rostro estaba gélido, igual que su voz.

---

* «La americana con sus enormes zuecos». *[N. del T.]*

—Colette, mi padre me hizo prometerle que jamás revelaría lo que ocurrió. Yo he respetado su deseo a duras penas durante los últimos sesenta años, pero ahora me alegro de que lo sepáis. Al fin puedo compartir esto con vosotros, aunque parece que a algunos os molesta.

—Gracias a Dios, Mamé no sabe nada —repuso Colette con un suspiro, mientras se atusaba el pelo.

—Mamé sí que lo sabe —nos sorprendió Zoë.

Mi hija enrojeció como un tomate, pero dio la cara con valentía.

—Ella me contó lo que había pasado. Yo ignoraba lo del niño; supongo que porque mi madre no quería que escuchara esa parte, pero Mamé me explicó todos los detalles —Zoë prosiguió—. Ella lo supo desde el mismo día en que ocurrió, porque la *concierge* le informó del regreso de Sarah. También me explicó que el abuelo sufría pesadillas con un niño muerto en su habitación. Que era horrible saberlo y no poder hablar de ello ni con su marido ni con su hijo, ni más tarde con el resto de su familia. Que aquello cambió para siempre a mi bisabuelo, y que le había afectado de tal manera que era incapaz de hablar de ello, ni siquiera con su mujer.

Miré a mi suegro, que no apartaba la vista de mi hija, sin poder creer lo que oía.

—¿Lo sabía? ¿Lo ha sabido todos estos años?

Zoë asintió.

—Mamé me dijo que era un secreto muy difícil de guardar, que nunca había dejado de pensar en la niña y que ahora se alegraba de que yo lo supiera. Dijo que deberíamos haber hablado de ello mucho antes, que deberíamos haber hecho lo que ha hecho mamá y no haber esperado tanto. Que deberíamos haber buscado a la familia de la niña y que era un error mantener oculta esa historia. Me contó todo eso justo antes del derrame.

Hubo un silencio largo y doloroso.

Zoë enderezó los hombros. Después miró a Colette, a Edouard, a sus tías, a su padre. Me miró a mí.

—Hay algo más que quiero deciros —añadió, pasando sin transición del francés al inglés, y exagerando su acento americano—. No me importa lo que penséis y me da igual si creéis que mamá se ha equivocado o ha cometido una estupidez. Estoy muy orgullosa de ella por haber encontrado a William y contarle todo. No tenéis idea de lo mucho que necesitaba hacerlo y de lo que significaba para ella. Ni de lo que significa para mí y, ya puestos, probablemente, para William. ¿Y sabéis qué os digo? Cuando crezca, quiero ser como ella, quiero ser una madre de la que sus hijos puedan enorgullecerse. *Bonne-nuit.**

Zoë se despidió con una graciosa reverencia, salió del salón y cerró la puerta sin hacer ruido.

Nos quedamos en silencio durante un buen rato. El gesto de Colette era cada vez más rígido e inexpresivo: Laure se retocaba el maquillaje mirándose en un espejo de bolsillo, mientras que Cécile parecía petrificada.

Bertrand no despegó los labios. Estaba frente a la ventana, con las manos entrelazadas a la espalda. No me había mirado en ningún momento, así como tampoco había mirado a nadie más.

* Buenas noches. *[N. del T.]*

Edouard se levantó y me acarició la cabeza con un gesto paternal. Sus ojos azules brillaban cuando se acercó y me murmuró al oído, en francés:

—Has hecho lo correcto. Muy bien.

Pero esa misma noche, más tarde, sola en mi cama, incapaz de leer, de pensar o de hacer cualquier cosa que no fuera estar tumbada y mirar al techo, empecé a hacerme preguntas.

Pensé en William, dondequiera que estuviese, intentando encajar las nuevas piezas que habían aparecido en su vida.

Pensé en la familia Tézac, que por una vez había salido de su caparazón y había tenido que comunicarse para sacar a la luz un secreto oscuro y triste. Pensé en Bertrand, dándome la espalda.

«Tu as fait ce qu'il fallait. Tu as bien fait».

¿Llevaba razón Edouard? No estaba segura, pero aun así no dejaba de preguntármelo.

Zoë abrió la puerta, se coló en mi cama como un cachorrillo sigiloso y se acurrucó junto a mí. Después me cogió la mano, la besó suavemente y apoyó la cabeza en mi hombro.

Oí el rumor apagado del tráfico en el bulevar de Montparnasse. Se estaba haciendo tarde. Bertrand andaba con Amélie, sin duda. Me parecía tan lejano como un extraño, una persona a la que apenas conocía.

Dos familias a las que yo había unido por un día. Dos familias que jamás volverían a ser las mismas.

¿Había hecho lo correcto?

No sabía qué pensar. No sabía qué creer.

Zoë se quedó dormida a mi lado; su respiración lenta me hacía cosquillas en la mejilla. Pensé en el bebé que esperaba y sentí que me invadía algo parecido a la paz, una sensación relajante que me tranquilizó durante un rato.

Pero el dolor y la tristeza permanecieron.

Nueva York, 2005

—¡Zoë! —grité—. ¡Por el amor de Dios, coge a tu hermana de la mano! ¡Se va a caer de esa cosa y se va a romper el cuello!

Mi hija, una joven de piernas espigadas, me frunció el ceño.

—Eres la madre más paranoica que conozco.

Agarró el brazo carnoso de la niña y la empujó para volver a sentarla bien en el triciclo. Las piernecitas de la cría pedaleaban frenéticas a lo largo del camino mientras Zoë la sujetaba por detrás. La niña gorjeaba de alegría y volvía el cuello hacia atrás para cerciorarse de que yo la estaba mirando, con la sincera vanidad que se tiene a los dos años.

Central Park y las promesas tempranas y tentadoras de la primavera. Estiré las piernas y volví la cara hacia el sol.

El hombre que estaba sentado a mi lado me acarició la mejilla.

Era Neil, mi novio. Un poco mayor que yo. Un abogado divorciado que vivía en el distrito de Flat Iron con sus hijos adolescentes. Me lo había presentado mi hermana, y me gustaba. No estaba enamorada de él, pero disfrutaba de su compañía. Era un hombre inteligente y culto. No tenía ninguna intención de casarse conmigo, gracias a Dios, y de vez en cuando no le importaba estar con mis hijas.

Había tenido un par de novios desde que nos vinimos a vivir aquí. Nada demasiado formal ni comprometedor. Zoë los llamaba mis «aspirantes», y Charla, imitando a Escarlata O'Hara, mis «pretendientes». Antes de Neil, el último aspirante había sido un tal Peter. Tenía una galería de arte, una calva en forma de tonsura que le acomplejaba y un ático con corrientes de aire en el TriBeCa*. Todos ellos eran hombres de mediana edad, decentes, ligeramente aburridos y americanos de la cabeza a los pies. Educados, formales, detallistas. Tenían buenos trabajos, estudios de grado superior, eran cultos y, por lo general, divorciados. Venían a buscarme, me abrían la puerta del coche, me ofrecían el brazo y el paraguas. Me llevaban a almorzar fuera, al Met**, al MoMA***, a la Ciudad de la Ópera, al NYCB****, a ver espectáculos en Broadway, a cenar fuera y, a veces, incluso a la cama. Yo lo soportaba. Practicaba el sexo porque me daba la impresión de que había que hacerlo, aunque se trataba de algo mecánico y soso. En ese sentido, algo se había esfumado: la pasión, la excitación, el ardor. Adiós a todo eso.

* Triangle Below Canal Street, «Triángulo bajo la calle Canal», nombre de un barrio de Manhattan. *[N. del T.]*

** Museo Metropolitano de Arte. *[N. del T.]*

*** Museo de Arte Moderno de Nueva York. *[N. del T.]*

**** New York City Ballet, «Ballet de la Ciudad de Nueva York». *[N. del T.]*

Tenía la sensación de que alguien (¿yo misma?) había pulsado el botón de avance rápido de mi vida, y de que parecía una marioneta de Charlot que lo hacía todo de forma acelerada y torpe, como si no me quedara más remedio, con una sonrisa pegada a la cara, actuando como si fuera feliz con mi nueva vida. A veces Charla me miraba de reojo, me daba un codazo y me decía: «Eh, ¿estás bien?». Yo le contestaba: «Oh, sí, claro». Mi hermana no parecía convencida, pero de momento me dejaba en paz. Mi madre también escrutaba mi gesto y fruncía los labios con preocupación. «¿Va todo bien, cariño?».

Yo trataba de espantar su inquietud con una sonrisa despreocupada.

Era una mañana fría y despejada en Nueva York, una de esas mañanas espléndidas de las que nunca se ven en París. El viento seco y fresco, el cielo de un intenso azul, los rascacielos recortándose por encima de los árboles, la pálida mole del edificio Dakota frente a nosotros, el olor a perritos calientes y galletitas saladas flotando arrastrado por la brisa.

Estiré la mano y acaricié la rodilla de Neil, con los ojos aún cerrados bajo el calor del sol, que iba en aumento. Nueva York y su intenso contraste de tiempo: veranos ardientes, inviernos de hielo y nieve. Me había enamorado de la luz que se derramaba sobre la ciudad, plateada y cortante. París, con su llovizna fría y gris, pertenecía ya a otro mundo.

Abrí los ojos y vi a mis hijas retozando en el parque. De la noche a la mañana, o al menos a mí me lo parecía, Zoë se había convertido en una adolescente espectacular. Me había sobrepasado en altura y tenía unos miembros fuertes y ágiles. Se parecía a Charla y a Bertrand, de los que había heredado la clase, el atractivo, el encanto y la vitalidad; una poderosa combinación de los Jarmond y los Tézac que me tenía cautivada.

La pequeña era otra cosa, más tierna, redondita y frágil. Necesitaba mimos y besos, y también más cuidados y atención que Zoë a su edad. Tal vez era porque su padre no estaba cerca, ya que Zoë, el bebé y yo nos marchamos de Francia y nos instalamos en Nueva York poco después de su nacimiento. La verdad era que no lo sabía y tampoco pensaba mucho en ello.

Me había resultado raro volver a vivir en América después de tantos años en París. A veces me sentía como una extraña, y aún no me encontraba del todo como en casa. Me preguntaba cuánto tiempo tardaría en aclimatarme. Pero lo había hecho, pese a las dificultades: no había sido una decisión fácil de tomar.

El nacimiento de la niña había sido prematuro, lo cual fue causa de bastante pánico y sufrimiento. Nació justo después de Navidades, adelantándose dos meses. Me practicaron una cesárea difícil y larga en la sala de urgencias del hospital Saint-Vicent de Paul. Bertrand estuvo allí, más tenso y conmovido de lo que él mismo habría querido reconocer. Era una niña minúscula y, sin embargo, perfecta. Me pregunté si él se habría sentido decepcionado. Yo no. Esta niña significaba mucho para mí. Había luchado por ella, y no me había rendido: ella era mi triunfo.

Poco después del parto, y justo antes de la mudanza a la calle Saintonge, Bertrand reunió el coraje suficiente para decirme que amaba a Amélie, que quería vivir con ella a partir de ahora, que quería mudarse al apartamento del Trocadero con ella, que no podía seguir mintiéndonos ni a mí ni a Zoë y que tendríamos que divorciarnos, pero que se podía hacer de forma rápida y sencilla. Al oír su confesión, complicada y prolija, mientras paseaba por la habitación con las manos a la espalda y la mirada en el suelo, fue cuando por primera vez se me pasó por la cabeza la idea de irme a América. Escuché a Bertrand hasta el final. Parecía agotado y abatido, pero lo había conseguido: había sido sincero conmigo, al fin, y también consigo mismo. Y yo miré hacia atrás, vi al marido atractivo y sensual que había sido, y le di las gracias. Él pareció sorprendido, y me reconoció que esperaba una reacción más fuerte y acerba, que gritara, le insultara y le armara un número. El bebé había lloriqueado en mis brazos y había agitado en el aire sus diminutos puños.

—Pues no, nada de números —contesté—. Ni gritos ni insultos. ¿Te parece bien?

—Me parece bien —me respondió. Me dio un beso, y otro al bebé.

Él se sentía ajeno a mi vida, como si ya hubiera salido de ella.

Aquella noche, cada vez que me levantaba a darle las tomas al bebé, pensaba en regresar a Estados Unidos. ¿Boston? No, detestaba la idea de volver al pasado, a la ciudad donde había pasado mi infancia.

Y entonces lo supe.

Nueva York. Zoë, el bebé y yo podíamos trasladarnos a Nueva York. Charla estaba allí, y mis padres no vivían muy lejos. Nueva York, ¿por qué no? No la conocía demasiado, ya que nunca había pasado allí mucho tiempo, exceptuando las visitas anuales a casa de mi hermana.

Nueva York: quizá la única ciudad capaz de rivalizar con París en ser diferente de todas las demás. Cuanto más lo pensaba, más me atraía la idea. No se lo había comentado a mis amigos. Sabía que a Hervé, Christophe, Guillaume, Susannah, Holly, Isabelle y Jan les molestaría que quisiera marcharme, pero también sabía que lo comprenderían y lo aceptarían.

Y entonces murió Mamé. No había vuelto a hablar desde noviembre, tras su derrame cerebral, aunque al menos había recuperado la consciencia. La habían trasladado a la unidad de cuidados intensivos del hospital Cochin. Yo daba por supuesto que iba a morir y me estaba preparando para afrontarlo, pero aun así supuso un trauma para mí.

Después del funeral, que tuvo lugar en Borgoña, en un cementerio pequeño y triste, Zoë me espetó:

—Mamá, ¿tenemos que irnos a vivir a la calle Saintonge?

—Creo que es lo que tu padre espera que hagamos.

—Pero ¿*tú* quieres irte a vivir allí? —me preguntó.

—No —le respondí con toda sinceridad—. Desde que sé lo que ocurrió allí, no quiero.

—Yo tampoco deseo vivir allí.

Entonces me dijo:

—¿Y adónde podemos ir, mamá?

Y yo le contesté, como de broma, esperando escuchar un bufido de desaprobación:

—Bueno, ¿qué te parece Nueva York?

Con Zoë fue tan fácil como eso, pero a Bertrand no le hizo mucha gracia nuestra decisión. No le gustaba que su hija se fuera tan lejos, pero Zoë se mostró firme. Dijo que volvería cada dos meses, y que Bertrand podía ir para allá también, a verlas al bebé y a ella. Le expliqué a Bertrand que no se trataba de una mudanza definitiva. No era para siempre, solo un par de años de momento, para que Zoë apreciara su «faceta» americana, para ayudarme a seguir adelante y empezar de nuevo. Él ya se había instalado en casa de Amélie, y formaban pareja oficial. Los hijos de Amélie ya eran casi adultos. No vivían en casa, y además pasaban mucho tiempo con su padre. ¿Acaso era la perspectiva de una vida distinta, sin la responsabilidad cotidiana de unos hijos a los que educar, fueran de él o de ella, lo que había tentado a Bertrand? Puede que así fuera. El caso es que al final lo aceptó, y entonces yo me puse en marcha.

Tras una estancia inicial en su casa, Charla me había ayudado a encontrar un sitio donde vivir. Un sencillo apartamento blanco de dos dormitorios con vistas a la ciudad y portero, en el número 86 de West Street, entre Amsterdam y Columbus. Se lo realquilé a un amigo suyo que se había mudado a Los Ángeles. El edificio estaba lleno de familias y de padres divorciados: era una ruidosa colmena plagada de bebés, niños, bicicletas, cochecitos de niño, monopatines. El piso era confortable y acogedor, pero allí también me faltaba algo. ¿Qué? No sabía decirlo.

Gracias a Joshua, me contrataron como corresponsal en Nueva York para una página web francesa que estaba en pleno auge. Trabajaba desde casa, y seguía recurriendo a Bamber como fotógrafo cuando necesitaba imágenes de París.

Zoë iba a un colegio nuevo, el Trinity College, a un par de manzanas de distancia.

—Mamá, nunca encajaré en él: me llaman *la francesita* —se quejaba.

Y yo no podía reprimir una sonrisa.

Era fascinante observar a los neoyorquinos, con su forma tan decidida de caminar, su guasa, su hospitalidad. Mis vecinos me decían *hola* en el ascensor, nos trajeron pasteles y flores cuando nos mudamos para darnos la bienvenida, y bromeaban con el portero. Ya me había olvidado de todo eso y me había acostumbrado a la sequedad parisina y a que personas que vivían en la misma planta apenas intercambiaran cabeceos de saludo en la escalera.

Tal vez lo más irónico de todo era que, a pesar del torbellino de vida que llevaba ahora, echaba de menos París. Sí, echaba de menos ver la Torre Eiffel iluminándose cada hora, cada noche, como una resplandeciente y seductora dama enjoyada. Añoraba el sonido de las sirenas de los primeros viernes de cada mes, al mediodía, en su simulacro mensual. Extrañaba el mercado al aire libre de los sábados en el bulevar Edgar Quinet, donde el vendedor del puesto de verduras me llamaba *«ma p'tite dame»*, aunque probablemente yo era la más alta de sus clientas. Igual que Zoë, yo también me sentía una francesita, a pesar de ser americana.

Dejar París no había resultado tan fácil como creía. Nueva York, con su energía, sus nubes de vapor ondeando sobre las chimeneas, su inmensidad, sus puentes, sus rascacielos y sus atascos, no acababa de ser mi hogar. Echaba de menos a mis amigos parisinos, aunque ya había hecho nuevas y buenas amistades aquí. A Edouard, a quien me había llegado a sentir tan unida, y que me escribía todos los meses. En especial echaba de menos la forma en que los franceses contemplan a las mujeres, lo que Holly llamaba la mirada que te «desnuda». Allí ya me había acostumbrado a ello, pero ahora, en Manhattan, lo más que había era algún conductor de autobús que le gritaba a Zoë «¡Eh, flaca!» y a mí, «¡Tú, rubia!». Era como si me hubiese vuelto invisible. Me preguntaba por qué me sentía tan vacía, como si un huracán me hubiese devastado por dentro y hubiera arrancado los cimientos de mi vida.

Y las noches.

Por la noche, aunque la pasara en compañía de Neil, me sentía abandonada. Me quedaba tumbada en la cama escuchando el pulso de la gran ciudad y dejaba que las imágenes volvieran a mí, igual que la marea vuelve a acariciar la playa.

Sarah.

Ella nunca me dejó. Había cambiado mi vida para siempre. Llevaba dentro su historia y su padecimiento como si la hubiera conocido. En realidad había conocido a la niña, a la joven, y también al ama de casa de cuarenta años que había estrellado su coche contra un árbol en una carretera helada de Nueva Inglaterra. Podía ver su rostro con claridad. Los ojos verdes y rasgados, la forma de su cabeza, su postura, sus manos, su sonrisa de esfinge. Sí, la conocía, y de haber seguido viva la habría parado por la calle para saludarla.

Zoë era una chica muy avispada. Me había pillado con las manos en la masa...

... mientras tecleaba «William Rainsferd» en el cajetín de búsqueda de Google.

No me había dado cuenta de que había vuelto del colegio. Era una tarde de invierno, y Zoë había entrado en casa sin que yo la oyera.

—¿Cuánto tiempo llevas haciendo esto? —inquirió. Sonaba como una madre que hubiera sorprendido a su hija adolescente fumando marihuana.

Ruborizada, reconocí que llevaba un año entero haciéndolo.

—¿Y? —me preguntó, cruzada de brazos y con el ceño fruncido.

—Bueno, parece que se ha ido de Lucca —confesé.

—Oh. ¿Y dónde está, entonces?

—Ha vuelto a Estados Unidos. Lleva aquí un par de meses.

No podía seguir soportando su mirada, así que me levanté, me asomé por la ventana y contemplé la bulliciosa avenida Amsterdam.

—¿Se encuentra en Nueva York, mamá?

Su tono era ahora más suave, menos severo. Se puso detrás de mí y apoyó la cabeza sobre mi hombro.

Asentí. No podía contarle lo nerviosa que me había puesto cuando descubrí que él también estaba aquí, la impresión que me había causado y la ilusión que me hacía descubrir que los dos habíamos acabado en la misma ciudad, dos años después de nuestro último encuentro. Recordé que su padre era neoyorquino, y probablemente había vivido aquí de niño.

Su nombre aparecía en la guía telefónica. Vivía en el West Village, a quince minutos en metro desde mi casa. Llevaba días y semanas preguntándome angustiada si debía o no llamarle. Él no había efectuado intento alguno de ponerse en contacto conmigo desde que lo vi en París, y no había sabido nada de él desde entonces.

Empero, la primera ilusión se había difuminado pasado un tiempo. Me faltaba coraje para telefonearle, aunque seguía pensando en él, noche tras noche, día tras día, en secreto, en silencio. Me preguntaba si algún día me lo encontraría en el parque, en unos grandes almacenes, en un bar o en un restaurante. ¿Habría venido con su mujer y sus hijas? ¿Por qué había vuelto a Estados Unidos, como yo? ¿Qué había pasado?

—¿Te has puesto en contacto con él? —me preguntó Zoë.

—No.

—¿Lo vas a hacer?

Empecé a llorar en silencio.

—Oh, mamá, por favor... —dijo Zoë con un suspiro.

Me enjugué las lágrimas con la mano, enfadada. Me sentía estúpida.

—Mamá, estoy segura de que él sabe que vives aquí. Seguro que también ha buscado tu nombre, y sabe a qué te dedicas y dónde vives.

No se me había pasado por la imaginación que William me buscara a *mí* en Google para averiguar *mi* dirección. ¿Y si Zoë tenía razón? ¿Sabría William que yo también vivía en Nueva York, en el Upper West Side? ¿Pensaba en mí alguna vez? Y si lo hacía, ¿qué sentía exactamente por mí?

—Tienes que olvidarlo, mamá. Tienes que dejarlo atrás. Llama a Neil, queda con él más a menudo, y sigue con tu vida.

Me volví hacia ella y le dije en voz alta y tono cortante:

—No puedo, Zoë. Necesito saber si lo que hice le ha servido de algo. Tengo que saberlo. ¿Es mucho pedir? ¿Acaso es una quimera?

La niña empezó a llorar en la habitación contigua. La había despertado de la siesta. Zoë fue a su habitación y volvió con la pequeña, que seguía lloriqueando entre hipidos. Por encima de los ricitos de su hermana, Zoë me acarició cariñosamente el pelo.

—No creo que lo sepas nunca, mamá. Dudo de que él esté dispuesto a decírtelo. Le cambiaste la vida. Se la pusiste patas arriba, ¿te acuerdas? Lo más probable es que no quiera volver a verte nunca más.

Cogí a la niña de brazos de su hermana, la abracé con fuerza y disfruté del calor de su cuerpecito rollizo. Zoë estaba en lo cierto. Tenía que pasar página y seguir adelante con mi vida.

Cómo hacerlo, ésa era otra cuestión.

Me mantenía ocupada. Entre Zoë, su hermana, Neil, mis padres, mis sobrinos, mi trabajo y la retahíla de fiestas a las que Charla y su marido Barry me invitaban y a las que yo acudía inexorablemente, no disponía de un minuto libre para mí misma. Había conocido a más personas en estos dos años que durante toda mi estancia en París, y me encantaba disfrutar del cosmopolita crisol de Nueva York.

Sí, me había ido de París para siempre, pero cada vez que volvía por mi trabajo, o para ver a mis amigos o a Edouard, me encontraba a mí misma en el Marais, una y otra vez, como si mis pasos no pudieran evitar dirigirse hacia allí. La calle Rosiers, Roi de Sicile, Ecouffes, Saintonge, Bretagne... Ahora las veía con ojos distintos, pues recordaba los sucesos de 1942, aunque se habían producido mucho antes de que yo naciera.

Me preguntaba quién vivía ahora en el apartamento de la calle Saintonge, quién se asomaba a la ventana con vistas al patio frondoso, quién pasaba la mano por la suave repisa de mármol. Me preguntaba si sus ocupantes tendrían la menor sospecha de que en su hogar había muerto un niño, y de que la vida de una niña había cambiado para siempre desde aquel día.

También regresaba al Marais en mis sueños. A veces, en ellos, los horrores del pasado del que yo no había sido testigo aparecían con tal claridad que tenía que encender la luz para ahuyentar la pesadilla.

Durante esas noches vacías y en vela, tumbada en la cama tras una fiesta, agotada de mantener conversaciones triviales y con la boca seca por esa última copa de vino que no debería haberme bebido, era cuando el viejo dolor regresaba para atormentarme.

Sus ojos. Su cara mientras le traducía la carta de Sarah. Todo volvía a mi mente y me robaba el sueño, hurgando en mi interior.

La voz de Zoë me llevó de vuelta a Central Park, al precioso día de primavera y a la mano de Neil en mi muslo.

—Mamá, este monstruo quiere un chupachups.

—De ninguna manera —prohibí—. Nada de chupachups.

La niña se tiró al suelo con la cara apoyada en el césped y empezó a berrear.

—Qué genio tiene —murmuró Neil.

Enero de 2005 me hizo recordar de nuevo a Sarah y a William. La importancia del sexagésimo aniversario de la liberación de Auschwitz ocupaba los titulares de la prensa de todo el mundo. Nunca antes se había pronunciado con tanta frecuencia la palabra «Shoah».

Cada vez que la oía, mis pensamientos saltaban dolorosamente a ellos dos. Mientras presenciaba el acto de conmemoración del aniversario de Auschwitz por la tele, me pregunté si William también se acordaba de mí cada vez que escuchaba esa palabra, al ver las monstruosas imágenes en blanco y negro del pasado, los esqueléticos cuerpos sin vida apilados unos sobre otros, los crematorios, las cenizas, la suma de todo aquel horror.

Su familia había muerto en aquel espantoso lugar. Los padres de su madre. ¿Cómo no iba a pensar en ello?, me dije. Con Zoë y Charla a mi lado, vi los copos de nieve que caían sobre el campo, la alambrada, la achaparrada torre de vigilancia. La multitud, los discursos, las oraciones, las velas. Los soldados rusos con esa peculiar forma de desfilar que casi parecía un baile.

Y esa visión final e inolvidable del anochecer, mientras las vías del tren en llamas brillaban en la oscuridad con una mezcla conmovedora y patética de dolor y recuerdo.

Recibí la llamada una tarde de mayo, cuando menos me lo esperaba.

Estaba en mi escritorio, peleándome con los caprichos de mi ordenador nuevo. Descolgué el teléfono, y mi «Diga» me sonó brusco incluso a mí.

—Hola. Soy William Rainsferd.

Me puse en pie como un resorte, con el corazón desbocado, y traté de mantener la calma.

William Rainsferd.

Me había quedado sin habla, apretando el auricular contra la oreja.

—¿Estás ahí, Julia?

Tragué saliva.

—Sí, es que tengo ciertos problemas informáticos... ¿Cómo estás, William?

—Bien —respondió.

Se hizo un breve silencio, pero no fue tenso ni incómodo.

—Ha pasado mucho tiempo —dije con voz tenue.

—Sí, es verdad —contestó.

Otro silencio.

—Ya veo que ahora eres neoyorquina —dijo por fin—. Me he informado sobre ti.

Así que Zoë tenía razón, después de todo.

—Bueno, ¿qué te parece si quedamos?

—¿Hoy mismo? —le pregunté.

—Si puedes...

Pensé en la niña, que dormía en la habitación contigua. Ya la había llevado a la guardería esa mañana, pero podía llevarla conmigo. Aunque no le iba a hacer gracia que la despertara de su siesta.

—Sí, sí puedo —contesté.

—Estupendo. Iré hasta tu zona. ¿Se te ocurre dónde podemos quedar?

—¿Conoces el Café Mozart? Está en el cruce de la Calle 70 con Broadway.

—Sí, lo conozco. Bien, ¿qué te parece dentro de media hora?

Colgué. El corazón me latía tan deprisa que apenas me dejaba respirar. Fui a despertar a la niña, hice caso omiso de sus protestas, la vestí, desplegué el cochecito y me fui.

Él ya estaba allí cuando llegamos. Lo vi de espaldas, con sus hombros anchos y su pelo plateado y abundante, sin rastro ya de color rubio. Estaba leyendo el periódico, pero cuando me acercaba se dio la vuelta, como si hubiera percibido mi mirada. Se levantó, y durante un instante embarazoso y divertido nos quedamos uno frente al otro sin saber si darnos la mano o un beso. Se echó a reír, yo también, y al final me dio un abrazo. Fue un enorme abrazo de oso; William me aplastó la barbilla contra su clavícula mientras me daba palmaditas en la espalda. Luego se agachó para admirar a mi hija.

—Vaya, pero qué niña tan guapa —canturreó.

La niña, con gesto solemne, le ofreció su juguete favorito, la jirafa de goma.

—¿Y cómo te llamas? —preguntó.

—Lucy —dijo la pequeña con su lengua de trapo.

—Ése es el nombre de la jirafa... —empecé a explicar, pero William había empezado a apretar al muñeco y los pitidos del juguete ahogaron mi voz, cosa que hizo que la niña gritara de alegría.

Encontramos una mesa libre y nos sentamos. Dejé a la niña en su sillita. William leyó el menú.

—¿Has probado alguna vez la tarta de queso Amadeus? —me preguntó enarcando una ceja.

—Sí —le respondí—. Es una tentación diabólica.

William sonrió.

—Tienes muy buen aspecto, Julia. Nueva York te sienta bien.

Me puse roja como una colegiala. Me imaginé a Zoë mirándonos y poniendo los ojos en blanco. En ese momento le sonó el móvil. William contestó, y, por su expresión, deduje que era una mujer. Me pregunté quién sería. ¿Su esposa, una de sus hijas? La conversación seguía. Parecía nervioso. Yo me agaché hacia la niña y jugué con su jirafa.

—Lo siento —dijo guardándose el teléfono—. Era mi novia.

—Ah.

Debí de sonar confundida, porque empezó a reírse.

—Estoy divorciado, Julia.

Me miró a la cara. Su gesto volvía a ser serio.

—Verás, después de hablar contigo todo cambió.

Por fin se decidía a contarme lo que necesitaba saber: las secuelas, las consecuencias.

No sabía muy bien qué decir. Temía que, si pronunciaba una sola palabra, él dejaría de hablar. Seguí entretenida con mi hija, dándole su botella de agua, sujetándola para que no se la echara toda encima, y limpiándola con una servilleta de papel.

La camarera se acercó para tomarnos nota. Dos tartas de queso Amadeus, dos cafés y una tortita para la niña.

William me dijo:

—Todo se hizo añicos. Fue un infierno, un año espantoso.

Durante un par de minutos no dijimos nada, solo mirábamos a la gente que ocupaba las mesas de nuestro alrededor. El café era un lugar animado y bullicioso, ambientado por música clásica que sonaba en unos altavoces camuflados. La niña hacía gorgoritos y nos sonreía a William y a mí mientras agitaba su muñeco. La camarera nos trajo las tartas.

—¿Y ahora, te encuentras bien? —le tanteé.

—Sí —se apresuró a responder—. Sí, estoy bien. Me llevó un tiempo acostumbrarme a esta nueva parte de mí, comprender y aceptar la historia de mi madre y afrontar el dolor. Aún hay días en que no me siento capaz, pero lo intento con todas mis fuerzas. Hice un par de cosas que me parecían necesarias.

—¿Cuáles? —le pregunté mientras le iba dando a mi hija pegajosos trozos de tortita.

—Me di cuenta de que no podía soportar esto solo. Me sentía aislado, roto. Mi mujer no entendía la situación por la que estaba pasando, y yo no podía explicárselo, porque ya no nos comunicábamos. Llevé a mis hijas a Auschwitz el año pasado, antes de la celebración del sexagésimo aniversario. Necesitaba contarles lo que les había ocurrido a sus bisabuelos. No era fácil, y la única forma que se me ocurría era enseñárselo. Fue un viaje muy emotivo y triste, pero por fin me encontré en paz, y sentí que mis hijas lo comprendían.

Su gesto era triste y pensativo. Yo no dije nada, le dejé hablar a él. Le limpié la cara a la niña y le di más agua.

—En enero hice una última cosa. Volví a París. Hay un nuevo edificio conmemorativo del Holocausto en el Marais, quizá te hayas enterado. —Asentí. Había oído hablar de él y tenía pensado ir a verlo en mi siguiente visita—. Lo inauguró Chirac a finales de enero. En la entrada hay un muro con nombres. Es un enorme muro de piedra gris con 76.000 nombres grabados. Los nombres de todos y cada uno de los judíos que fueron deportados de Francia.

Observé cómo sus dedos recorrían el borde de la taza de café. Me resultaba difícil mirarle directamente a la cara.

—Fui a buscar sus nombres, y allí estaban: Wladyslaw y Rywka Starzynski. Mis abuelos. Sentí la misma paz que había encontrado en Auschwitz, y también el mismo dolor. Agradecí que no los hubieran olvidado, que los franceses los recordaran y honraran de aquella forma. Había gente llorando delante de ese muro, Julia. Mayores, jóvenes, personas de mi edad que tocaban el muro con los dedos y lloraban.

William hizo una pausa y soltó aire por la boca, poco a poco. Yo mantuve la mirada en la taza y en sus dedos. La jirafa de la niña soltó un pitido, pero casi no la oíamos.

—Chirac pronunció un discurso. No entendí nada, por supuesto. Más tarde lo busqué en Internet y leí la traducción. Me pareció muy bueno. Exhortaba a la gente a recordar la responsabilidad de Francia en la redada del Vel' d'Hiv' y todo lo que vino después. Chirac pronunció las mismas palabras que mi madre había escrito al final de su carta: *Zakhor, Al Tichkah*. Recordar, nunca olvidar, en hebreo.

William se agachó. Sacó un sobre grande de papel de estraza de la mochila que tenía a los pies y me lo dio.

—Éstas son las fotos que tengo de mi madre. Quería enseñártelas. De pronto me di cuenta de que no sabía quién era ella, Julia. Quiero decir, conocía su aspecto, su cara y su sonrisa, pero nada de su vida íntima.

Me limpié el sirope de los dedos para coger las fotos. Sarah, el día de su boda, alta, esbelta, con su tímida sonrisa y el secreto guardado en sus ojos. Sarah, acunando a William de bebé. Sarah, agarrando a William de la mano mientras él daba sus primeros pasos. Sarah, a los treinta y tantos años, con un vestido de fiesta esmeralda. Y Sarah, justo antes de su muerte, en un primer plano en color. Me di cuenta de que tenía el pelo gris. Prematuramente gris, y aun así le favorecía, igual que le pasaba a su hijo ahora.

—La recuerdo como a una persona callada, alta y delgada —dijo William mientras yo contemplaba las fotos, cada vez más emocionada—. No se reía mucho, pero era una mujer apasionada y una madre cariñosa. Sin embargo, después de su muerte nadie mencionó la posibilidad del suicidio. Nunca, ni siquiera mi padre. Supongo que él nunca leyó el cuaderno. Nadie lo había leído. Tal vez lo encontró mucho después de su muerte. Todos pensamos que fue un accidente. Nadie sabía quién era mi madre, Julia, ni siquiera yo, y eso es algo que me cuesta mucho aceptar. No sé qué la llevó a matarse aquel día nevado, ni cómo tomó esa decisión. Por qué decidió no contárselo a mi padre. Por qué se guardó todo su sufrimiento y su dolor para ella sola.

—Son unas fotos preciosas —le dije al fin—. Gracias por traerlas.

Hice una pausa.

—Hay algo que debo preguntarte —empecé, apartando las fotos y haciendo acopio de valor para mirarle por fin a la cara.

—Adelante.

—¿No me guardas rencor? —inquirí con una tímida sonrisa—. Me siento como si hubiese arruinado tu vida.

William sonrió.

—No te guardo el menor rencor, Julia. Sólo necesitaba pensar, entender, encajar todas las piezas. Me llevó un tiempo. Por eso no has sabido nada de mí durante estos dos años.

Me sentí aliviada.

—Pero siempre he sabido dónde estabas —añadió sonriendo—. He dedicado bastante tiempo a seguirte la pista.

Mamá, él sabe que vives aquí. Seguro que él también ha buscado tu nombre, y sabe a qué te dedicas y dónde vives.

—¿En qué fecha te mudaste a Nueva York? —me preguntó.

—Un poco después de que naciera el bebé, en primavera de 2003.

—¿Y por qué te marchaste de París? —me preguntó—. Vamos, si no te importa contármelo...

Sonreí de medio lado, triste.

—Mi matrimonio se había ido al traste y acababa de tener a esta cría. No fui capaz de irme a vivir al apartamento de la calle Saintonge después de saber lo que ocurrió allí. Y, además, me apetecía volver a Estados Unidos.

—¿Y cómo lo hiciste?

—Nos quedamos una temporada en casa de mi hermana, que vive en el Upper East Side. Luego realquilé el piso de un amigo suyo, y mi ex jefe me encontró un buen trabajo. ¿Y tú?

—La misma historia. La vida en Lucca se me antojaba imposible. Y mi mujer y yo... —Su voz se fue apagando. Hizo un pequeño gesto con los dedos, como diciendo adiós—. Yo viví aquí de niño, antes de irnos a Roxbury. La idea llevaba tiempo rondándome por la cabeza, y al final me decidí. Primero estuve en casa de unos viejos amigos, en Brooklyn, y luego encontré un piso en el Village. Aquí me dedico a lo mismo: soy crítico gastronómico.

El teléfono de William sonó. Su novia, otra vez. Yo aparté la mirada, tratando de darle la intimidad que necesitaba. Por fin colgó.

—Es un poco posesiva —me confió con voz dócil—. Me parece que voy a apagar el móvil un rato.

William pulsó un botón del teléfono.

—¿Cuánto tiempo lleváis juntos?

—Un par de meses. —Me miró—. ¿Y tú qué? ¿Sales con alguien?

—Pues sí.

Pensé en la sonrisa dulce y cortés de Neil, en sus gestos atentos, en el sexo rutinario. Estuve a punto de añadir que no era nada importante, que sólo quería compañía, porque no soportaba estar sola, porque todas las noches pensaba en William y en su madre, y llevaba así desde hacía dos años y medio, pero mantuve la boca cerrada y dije tan sólo:

—Es un buen hombre. Está divorciado, y es abogado.

William pidió más café. Mientras me servía el mío, volví a advertir la belleza de sus manos, de sus dedos largos y afilados.

—Unos seis meses después de la última vez que nos vimos —me dijo—, volví a la calle Saintonge. Tenía que verte, y hablar contigo. No sabía cómo localizarte, no tenía tu número y tampoco me acordaba del apellido de tu marido, así que ni siquiera podía buscarte en la guía telefónica. Creía que vivías allí. No tenía ni idea de que te habías ido.

Hizo una pausa y se pasó la mano por el pelo plateado.

—Lo leí todo sobre la redada del Vel' d'Hiv', estuve en Beaune-la-Rolande y en la calle donde se encontraba el estadio. Fui a ver a Gaspard y Nicolas Dufaure. Ellos me llevaron a ver la tumba de mi tío, en el cementerio de Orleans. ¡Qué caballeros tan amables! Pero fue una experiencia muy difícil. Me habría gustado que estuvieras allí conmigo. Nunca debí hacer todo aquello yo solo; debí aceptar cuando te ofreciste a acompañarme.

—Tal vez yo debería haber insistido —le dije.

—Y yo debería haberte escuchado. Es demasiado duro para soportarlo a solas. Después, cuando por fin fui a la calle Saintonge y aquellos desconocidos me abrieron la puerta, me sentí como si me hubieras plantado.

William agachó la mirada. Yo solté la taza de café sobre el plato, ofendida. Cómo podía pensar eso, me dije, después de todo lo que había hecho por él, después de todo este tiempo, el esfuerzo, el dolor, el vacío.

Debió de interpretar algo en mi cara, porque de inmediato me puso la mano en el brazo.

—Siento haber dicho eso —murmuró.

—Nunca te dejé plantado, William.

Mi voz sonó tensa.

—Lo sé, Julia. Lo siento.

La suya sonó grave y vibrante.

Me relajé y me las arreglé para componer una sonrisa. Nos tomamos el café en silencio. A veces nuestras rodillas se rozaban debajo de la mesa. Parecía algo natural estar con él, como si lleváramos años haciendo esto, como si no fuera la tercera vez que nos veíamos.

—¿Tu ex marido ve bien que vivas aquí con las niñas? —me preguntó.

Me encogí de hombros. Miré a la niña, que se había quedado dormida en la sillita.

—No fue fácil, pero él lleva mucho tiempo enamorado de otra mujer, y eso ayudó. No ve mucho a las niñas. Viene aquí de cuando en cuando, y Zoë pasa las vacaciones en Francia.

—Con mi ex mujer pasa lo mismo. Ahora tiene otro hijo, un chico. Voy a Lucca siempre que tengo ocasión para ver a mis hijas. O vienen ellas aquí, aunque eso ocurre con menos frecuencia. Están bastante creciditas ya.

—¿Cuántos años tienen?

—Stefania tiene veintiuno, y Giustina, diecinueve.

Solté un silbido.

—Debiste de tenerlas muy joven.

—Demasiado joven, quizá.

—No sé —repuse—, a veces me siento rara con esta niña. Me habría gustado tenerla antes. Hay un abismo entre su edad y la de Zoë.

—Es una niña preciosa —me dijo, y le dio un buen bocado a su tarta de queso.

391

—Sí, lo es. Es la niña de los ojos de su mamá.

Los dos nos echamos a reír.

—¿No echas de menos tener un niño? —me preguntó.

—Pues no. ¿Y tú?

—Tampoco. Adoro a mis hijas. Y puede que me den algún nieto. Hemos quedado en que se llama Lucy, ¿no?

Primero lo miré a él, y después a la niña.

—No, Lucy es la jirafa —le respondí.

Hubo una pequeña pausa.

—Se llama Sarah —añadí en voz baja.

William dejó de masticar y soltó el tenedor. Sus ojos cambiaron. Me miró a la cara, y luego miró a la niña sin decir nada.

Después enterró la cara entre las manos. Se quedó así durante varios minutos. Yo no sabía qué hacer, así que le puse una mano en el hombro.

Silencio.

De nuevo me sentí culpable, como si hubiese hecho algo imperdonable, pero siempre había sabido que mi hija tenía que llamarse Sarah. En cuanto me informaron de que era una niña, en el momento en que nació, supe cuál sería su nombre.

Mi hija no podía haberse llamado de otra forma. Ella era Sarah. Mi Sarah. Un eco de la otra Sarah, la niña de la estrella amarilla que había cambiado mi vida.

Por fin apartó las manos y vi su rostro, apenado y hermoso. Su intensa tristeza, la emoción en su mirada. No intentó ocultármela ni contener las lágrimas. Era como si quisiera que yo lo viera todo, la belleza y el dolor de su vida, su gratitud, su sufrimiento.

Le cogí la mano y la apreté. Era incapaz de seguir mirándolo a la cara, así que cerré los ojos y me llevé su mano a la mejilla. Lloré con él. Sentí que sus dedos se mojaban con mis lágrimas, pero dejé su mano allí.

Nos quedamos allí sentados durante un largo rato, hasta que la multitud que nos rodeaba se redujo, hasta que el sol se escondió y la luz cambió. Hasta que nuestros ojos pudieron volver a encontrarse, ya sin lágrimas.

Gracias a:
Nicolas, Louis y Charlotte.
Andrea Stuart, Hugh Thomas, Peter Viertel.

Gracias también a:
Valérie Bertoni, Charla Carter-Halabi, Valérie Co-
lin-Simard, Holly Dando, Cécile David-Weill, Pascale
Frey, Violaine y Paul Gradvohl, Julia Harris-Voss, Sarah
Hirsch, Jean de la Hosseraye, Tara Kaufman, Laetitia
Lachman, Hélène Le Beau, Agnès Michaux, Emma
Parry, Laure du Pavillon, Jan Pfeiffer, Catherine Ram-
baud, Pascaline Ryan-Schreiber, Susanna Salk, Ariel
y Karine Toledano.

Por último, pero no menos importantes:
Heloïse d'Ormesson y Gilles Cohen-Solal.

T. de R.
Lucca, Italia, julio de 2002
París, mayo de 2006

Bibliografía

Le Mémorial des enfants juifs de France, Serge Klarsfeld, Fayard.

Vichy-Auschwitz, Serge Klarsfeld, Fayard.

Le Calendrier des la persécution des Juifs de France, Serge Klarsfeld, Fayard.

Je veux revoir maman, Alain Vincenot, éditions des Syrtes.

Paris, 1942, Chroniques d'un survivant, Maurice Rajfus, Editions Noesis.

La Rafle du Vel' d'Hiv', Maurice Rajfus, *Que sais-je?*, Presses Universtaires de France.

Journal d'un petit Parisien, 1941-1945, Dominique Jamet, Editions J'ai Lu.

Les Juifs pendant l'Occupation, André Kaspi, Points/Seuil.

Paroles d'Etoiles, Mémoire d'enfants cachés, 1939-1945, Librio.

La Petite Fille du Vel' d'Hiv', Annette Muller, Denoël.

Les Guichets du Louvre, Roger Boussinot, Gaia Editions.

Voyage à Pitchipoi, Jean-Claude Moscovici, Ecole des Loisirs.

Lettres de Drancy, un été 42, Editions Taillandier.

Sans oublier les enfants, (Les camps de Pithiviers et Beaune-la-Rolande), Eric Conan, Livre de Poche.

Beaune-la-Rolande, Cécile Wajsbrot, Editions Zulma.

Opération «Vent Printanier», *La rafle du Vel' d'Hiv'*, Blanche Finger, William Karel, Editions La Découverte.

La rafle du Vel' d'Hiv', *Le cinéma de l'Histoire*, cassette vidéo, Passeport Productions/Editions Montparnasse/la Marche du Siècle.

La Grande Rafle du Vel' d'Hiv', Claude Lévy et Paul Tillard, Editions Robert Laffont.

Les Juifs en France pendant la Seconde Guerre Mondiale, Renée Poznanski, Hachette Littératures.

Les convois de la honte, Raphaël Delpard, Editions Michel Lafon.

Nous n'irons pas à Pitchipoi, Janet Thorpe, Editions de Fallois.

J'ai pas pleuré, Ida Grinspan, Editions Robert Laffont.

Les français sous l'Occupation, Pierre Vaillaud, éditions Pygmalion/France Loisirs.

Carnets de Mémoire, Michèle Rotman, Editions Ramsay.

Convoi, Numéro 6, Editions le Cherche-Midi.